bibliocollège

La Vie tranchée

Bénédicte des Mazery

Notes, questionnaires et dossier d'accompagnement
par Isabelle de LISLE,
agrégée de Lettres modernes,
professeur en collège et en lycée

Sommaire

Introduction 5

LA VIE TRANCHÉE

Extraits suivis de quatre questionnaires

Chapitre 1 9

Chapitre 2 23

Chapitre 3 41

Chapitre 4 45

Chapitre 5 65

Chapitre 6 79

Chapitre 7 81

Chapitre 8 97

Chapitre 9 101

ISBN : 978-2-01-281446-2

© Éditions Anne Carrière, Paris, août 2008.

© Hachette Livre 2009, 43 quai de Grenelle, 75905 Paris Cedex 15, pour la présente édition.
Tous droits de traduction, de reproduction et d'adaptation réservés pour tous pays.

Les droits de reproduction des textes et des illustrations sont réservés en notre comptabilité pour les auteurs ou ayants droit dont nous n'avons pas trouvé les coordonnées malgré nos recherches et dans les cas éventuels où les mentions n'auraient pas été spécifiées.

Chapitre 10	103
Chapitre 11	121
Chapitre 12	133
Chapitre 13	147
Chapitre 14	165
Chapitre 15	169
Chapitre 16	191
Chapitre 17	209
Chapitre 18	223
Chapitre 19	233

DOSSIER BIBLIOCOLLÈGE

Structure de l'œuvre	251
La Grande Guerre : un conflit mondial	256
Chronologie	265
Groupement de textes : « Dans les tranchées »	269
Bibliographie, filmographie, sites Internet	282

Dossier pédagogique téléchargeable gratuitement sur :
www.hachette-education.com

**Bénédicte des Mazery
photographiée par André Jouanjan.**

Introduction

Dans l'enthousiasme et la confiance qui caractérisent le début du XXe siècle, les quelques voix pacifistes qui se font entendre, lorsque, durant l'été 1914, s'enchaînent les déclarations de guerre, ne parviennent pas à inquiéter une France patriotique persuadée que la guerre sera brève. Mais très vite le conflit s'enlise et prend une forme – la guerre des tranchées – et une dimension mondiale jusqu'alors inconnues. Tandis qu'à l'arrière la vie continue comme elle peut, sur les frontières du Nord et de l'Est de la France une plaie béante engloutit pendant quatre années des millions de jeunes gens de toutes nationalités. Les témoignages expriment la souffrance et l'angoisse inhumaines des soldats mobilisés dans un conflit qui les dépasse.

Les soldats au front écrivent à leur famille : certains, face à l'horreur indicible qui est devenue leur quotidien, échangent des banalités ; d'autres tentent d'exprimer

Correspondance et lecture dans la tranchée.

INTRODUCTION

leur désarroi. Bénédicte des Mazery a choisi d'évoquer cette souffrance par le biais du contrôle postal. Journaliste, elle est aussi l'auteur de deux romans : *Pour solde de tout compte* et *Les morts ne parlent pas* ; *La Vie tranchée*, publiée dans sa version intégrale en 2008, se déroule durant les deux dernières années de la guerre, quand le découragement est le plus grand.

Bénédicte des Mazery a lu les lettres et les rapports conservés au Service historique de l'armée de terre. Elle a vu les lettres censurées, celles qui n'ont jamais été acheminées parce qu'on a jugé qu'elles risquaient de délivrer des informations stratégiques et surtout de propager découragement et défaitisme. Les lecteurs affectés au contrôle, se conformant aux ordres qu'ils avaient reçus, « caviardaient » les lettres, c'est-à-dire barraient les propos jugés inacceptables. Dans les cas les plus graves, le courrier était écarté et le soldat dénoncé, surveillé. À la peine et au désespoir exprimés dans ces lettres venait alors s'ajouter la souffrance de ne pas être écouté et de ne pas recevoir de réponse.

Comment les hommes affectés à ce service vivaient-ils leur mission ? Comment acceptaient-ils d'interrompre la correspondance d'un de leurs camarades découragé ? C'est la question que s'est posée Bénédicte des Mazery en imaginant le personnage de Louis Saint-Gervais, soldat réformé pour blessure et affecté au contrôle postal.

Si l'originalité du roman réside dans ce thème de la censure, elle tient aussi à l'association de la fiction et de la réalité. La correspondance de Louis est imaginaire, mais les lettres que le jeune homme lit ont bel et bien été écrites entre août 1917 et mai 1918 par des soldats désespérés. Certaines lettres deviennent même des ressorts de l'intrigue, de sorte que fiction et réalité tissent des liens complexes et s'éclairent mutuellement. Ce jeu d'échos, riche en émotions, nous permet de mieux comprendre, voire de partager, les souffrances de la Grande Guerre.

À la mémoire de Théophile Airiau, qui m'a inspiré ce livre. Sergent du 66ᵉ régiment d'infanterie, Théophile fut blessé le 11 mai 1915, entre Carency et Neuville-Saint-Vaast, et mourut six jours plus tard à l'hôpital auxiliaire d'Amiens. Il avait vingt et un ans.

Soldats de la guerre de 14-18 après un terrible affrontement avec l'ennemi.

« Le petit jour paraît, éclaire tristement ces champs silencieux, ternes et ravagés, où tout est destruction et pourriture, éclaire ces hommes livides et mornes, couverts de haillons boueux et sanglants, qui frissonnent au froid du matin, au froid de leur âme, ces attaquants épouvantés qui supplient le temps de s'arrêter. »

Gabriel Chevallier[1], *La Peur*

---

note

1. Gabriel Chevallier (1895-1969), romancier français, auteur de *La Peur* (1930), un récit fortement autobiographique qui raconte la vie des soldats durant la Première Guerre mondiale.

1

Hôpital militaire d'Amiens
Août 1917

La lettre arriva un matin, portée par les mains blanches et sèches de sœur[1] Anne. Louis vit tourner la cornette[2] dans l'encadrement du dortoir et la religieuse maigre s'avancer vers son lit d'un pas militaire, tenant devant elle, comme une nouvelle de la plus haute importance, une missive[3] serrée entre le pouce et l'index droits. « Tenez, dit-elle de sa voix ferme, c'est pour vous. » Et elle ajouta, en coulant sur la lettre un regard empli de curiosité : « C'est officiel, on dirait. »

Louis prit l'enveloppe que la bonne sœur lui tendait. Elle lui sembla plus lourde que les lettres qu'il recevait habituellement, fines et toujours promptes à se froisser. Dans les lits voisins, quelques moqueries s'élevèrent.

— Une demande en mariage, Louis ? ricana Fernand.

— Oui, une marraine[4] de soixante-quinze ans en mal de jeunesse ! ajouta Lucien.

notes

1. sœur : façon dont on appelle une religieuse, familièrement désignée par l'expression « bonne sœur ».

2. cornette : coiffure de la religieuse.
3. missive : lettre.

4. marraine : femme qui écrit à un soldat pour le soutenir en temps de guerre.

LA VIE TRANCHÉE

Louis haussa les épaules, tournant et retournant l'enveloppe entre ses doigts sans se décider à l'ouvrir. L'en-tête indiquait que la lettre venait de la direction de l'infanterie[1], et cela ne lui disait rien qui vaille. C'était à coup sûr des ennuis, et sans doute le plus terrible de tous, en tout cas celui qu'il redoutait le plus : un retour au front[2].

– Alors, tu l'ouvres ou t'attends la fin de la guerre ? lança Fernand.

Quelques rires éclatèrent de nouveau, plus brefs cette fois et moins gais. Au début, tout le monde avait cru à une fin rapide. Les Boches[3], on allait les écraser en quelques paires de semaines et chacun reprendrait le cours de sa vie, victoire en poche. Et puis... et puis le premier hiver était arrivé. Le premier Noël et, avec lui, cette pensée soudaine, alors que l'année s'achevait dans les tranchées humides : « Il faudra dire la guerre de 1914-1915. » Voilà ce que Louis avait écrit à ses parents, un soir de décembre 1914, et cette perspective l'avait abattu plus sûrement qu'un obus.

Il posa la lettre sur son drap, tâchant de calmer son cœur qui s'était mis à battre comme s'il cherchait à sortir de son abri, et la recouvrit de sa main.

Depuis, trois autres années étaient passées, et combien d'autres encore allaient venir ? Personne n'en avait la moindre idée, mais ce que Louis savait, c'est qu'il ne voulait à aucun prix remonter au front. Il jeta un coup d'œil autour de lui. Lucien avait repris son courrier interrompu, le papier posé sur son unique jambe levée qui lui servait d'écritoire, et Maurice avait rouvert son livre dont il lisait et relisait depuis plusieurs semaines la même page, sans sembler s'en apercevoir. Deux lits plus loin, penchée sur un malade au visage entièrement bandé, sœur Anne prodiguait à mi-voix des paroles

notes

1. infanterie : troupes qui combattent à pied et qui sont chargées de l'occupation du terrain.
2. front : zone des combats.

3. Boches : Allemands ; terme familier issu d'une déformation de l'argot allemand *Alboche* (« Allemand »).

Chapitre 1

45 réconfortantes. En face de la pauvre gueule cassée[1], Fernand, un éternel sourire aux lèvres depuis son arrivée à l'hôpital, savourait sa « fine blessure » : « Juste ce qu'il faut, mon vieux, pour me sortir de l'enfer. Une bonne blessure, pas trop grave, mais suffisante pour quitter les rats et les totos[2]. » Louis aussi était en convalescence. Par

50 miracle, il avait conservé ses deux jambes, ses deux bras, sa tête en entier ; il avait juste perdu deux doigts de pied, résultat des longues heures passées dans le froid et la boue. Ses pieds gelés le faisaient hurler de douleur, et c'est ainsi que le major l'avait fait évacuer. Une bonne blessure, ça, on pouvait le dire. Deux doigts de pied,

55 qu'est-ce que c'était ? Pas grand-chose, au regard de ce que d'autres avaient perdu. Rien, au regard de ceux qui étaient perdus.

Louis sentait l'enveloppe sous sa main. Tant que cette lettre resterait fermée, se disait-il, il garderait l'espoir qu'il s'agisse d'une simple formalité, une modification dans son grade par exemple ou,

60 mieux, un avis d'inaptitude militaire pour blessure de guerre. Tant que cette lettre demeurerait dans le secret de son enveloppe, Louis resterait un jeune homme convalescent, un soldat arraché à l'enfer, un veinard à qui il manquait juste deux doigts de pied.

Petit à petit, les battements de son cœur se calmaient et il sentait

65 son corps redevenir silencieux. Il étira ses jambes, goûtant au passage le glissement du drap sur ses mollets. C'était une sensation dont il ne se lassait pas, de retrouver ainsi l'usage de son corps, libre sous les draps, débarrassé des chaussures craquelées par l'usure et des vêtements trempés par la pluie et lourds de boue. De loin, Fernand, que

70 ses jambes criblées d'éclats de shrapnels[3] n'autorisaient pas encore à se lever, lui lança un coup de menton interrogateur. Louis répondit d'un haussement d'épaules et détourna le regard. « Pas envie de savoir », pensa-t-il en faisant crisser l'enveloppe sous ses doigts.

Il ferma les yeux.

---

notes

1. gueule cassée : expression employée pour désigner les soldats défigurés par une blessure.

2. totos : poux.
3. éclats de shrapnels : balles que projette en explosant une sorte d'obus

appelé « shrapnel » ou « fusant ».

En apprenant son évacuation sur Amiens, ses parents avaient envisagé un instant de venir le voir, mais le voyage était long depuis La Roche-sur-Yon[1] et Louis les en avait dissuadés. *Je ne suis pas en danger,* leur avait-il écrit. *Ne vous tracassez pas pour moi et prenez soin de vous. Embrassez bien Petite Jeanne pour moi.* Il n'oubliait jamais sa sœur, dans aucune de ses lettres. Comme il eût aimé qu'elle soit plus grande ! Il lui aurait écrit chaque jour, et peut-être lui aurait-il raconté, à elle, ce qu'il vivait vraiment. Mais Jeanne était beaucoup trop petite, quelques mois tout juste. Il frissonna. *Je ne suis pas en danger,* avait-il annoncé imprudemment, mais il aurait dû ajouter « pour le moment », car cette lettre allait peut-être tout remettre en cause. Depuis trois semaines qu'il était hospitalisé, son pied avait eu le temps de cicatriser et l'absence d'orteils, même si elle s'avérait gênante, ne l'empêchait pas de marcher. Comment avait-il pu oublier que la guerre reprendrait son dû[2] dès qu'elle le désirerait !

Il rouvrit les yeux.

– Louis ! cria Fernand depuis son lit.

Il s'était dressé sur son séant et s'aidait de ses deux bras pour tenir assis. À le voir ainsi, droit comme la justice au bout de ses bras raides, Louis fut pris d'une brève envie de rire.

– Louis ! cria de nouveau Fernand, en se haussant autant qu'il pouvait sur son lit.

– Silence, monsieur Jodet ! intima[3] sœur Anne en lui jetant un regard noir. Nous sommes dans un hôpital ici.

Fernand ouvrit alors la bouche en forme de O et, sans un bruit, dit à Louis : « Ouvre. » C'est en tout cas ce que Louis lut sur ses lèvres. « Ouvre », hurlait muettement son ami. « Ouvre donc cette lettre qu'on en finisse », semblait dire sa bouche démesurément élargie.

Louis eut un sourire en coin. Pour tout ce qui touchait à la correspondance, Fernand faisait preuve d'une curiosité insatiable[4]. Qui écrivait à qui, de qui Untel recevait ses colis, à qui celui-ci destinait

notes

1. La Roche-sur-Yon : ville de Vendée.

2. son dû : ce qu'on lui devait.

3. intima : ordonna.

4. insatiable : que l'on ne peut satisfaire complètement.

Chapitre 1

ses lettres qu'il couvrait de baisers enflammés, rien n'échappait à sa sagacité[1], alimentée par l'absence de courrier à son intention. En effet, en dehors d'une correspondance de courte durée avec une marraine de guerre à un moment, lui-même ne recevait rien, ni lettre, ni colis, juste des journaux auxquels il s'était abonné et à la lecture desquels il enrageait chaque fois. Orphelin depuis de nombreuses années, Fernand, qui travaillait dans une usine de Vendée, n'avait aucune famille, pas même une fiancée, lui qui était pourtant séduisant. Comment il avait fait pour tenir au front sans recevoir de courrier, c'était une prouesse et un mystère que Louis ne s'expliquait pas.

Il porta son regard sur sœur Anne dont le profil émacié[2] était tout entier concentré sur le visage bandé. Elle s'adressait au blessé et ses lèvres bougeaient rapidement, au rythme de paroles dont il ne captait que des bribes, « votre famille », « soin de vous », « Dieu ».

Bon Dieu de Bon Dieu qui avait laissé faire cette guerre !

Louis leva l'enveloppe à hauteur de ses yeux et la décacheta d'un geste vif.

La lettre, dactylographiée à l'encre violette, tenait sur une page qu'il parcourut une première fois rapidement.

> *Suite à la demande de la Section des renseignements aux armées (contrôle postal) et après accord de celle-ci, la direction de l'infanterie donne ordre au caporal Louis Théophile Pierre Marie Saint-Gervais, du 66ᵉ régiment d'infanterie, 2ᵉ bataillon, 5ᵉ compagnie, en convalescence à l'hôpital militaire d'Amiens (Somme) et déclaré inapte ce jour au service armé, de rejoindre dès que possible le dépôt dans l'Est de la France à l'adresse indiquée. Il se verra affecté à la commission de contrôle postal, où il exercera comme lecteur. Charge à l'officier président de la commission de lui faire part des instructions relatives au contrôle postal et de lui expliquer en quoi consistera son travail et quelles en seront les limites.*

---

notes

1. sagacité : perspicacité.   **2. émacié :** maigre, anguleux.

LA VIE TRANCHÉE

> *Nous rappelons que la tâche de lecteur exige toutes garanties d'honorabilité[1], de zèle[2] et de tact[3] et que le secret absolu est de rigueur pour toutes les opérations relatives au contrôle exercé.*
>
> *Le caporal Louis Théophile Pierre Marie Saint-Gervais doit prendre toutes ses dispositions dès réception de ce courrier pour rejoindre au plus tôt le dépôt indiqué. Ce courrier lui servira d'introduction auprès du capitaine Grillaud, président de la commission de contrôle postal.*

À peine eut-il achevé sa lecture que Louis la recommença. Pris séparément, les mots faisaient sens, mais il peinait à comprendre la signification véritable de cette lettre qui créait en lui des sentiments contradictoires. Ce qu'il retenait surtout, c'est qu'il était déclaré inapte. *Inapte au service armé*, ce qui signifiait qu'il ne regagnerait pas le front. Durant ces trois années interminables de la guerre, il ne s'était pas passé une seule journée sans qu'il pense au miracle de l'inaptitude, au point d'envisager sérieusement, plus d'une fois et malgré la menace du conseil de guerre[4], de se faire lui-même la blessure qui l'éloignerait du front. Et voilà qu'aujourd'hui, alors qu'il était déclaré inapte par les autorités les plus compétentes, il ne ressentait aucune joie, aucun soulagement. Rien, si ce n'était une vague inquiétude. *Inapte ce jour*, disait la lettre, *ce jour* seulement. Alors, il se demandait soudain si son inaptitude vaudrait pour demain, les jours et les mois suivants... les années peut-être encore que durerait cette guerre dont personne n'osait plus penser l'issue. Et puis cette tâche de lecteur de commission de contrôle postal, en quoi le concernait-elle ? Pourquoi l'avait-on choisi ? Sans doute parce qu'il avait entamé des études à Nantes...

Louis se ressaisit. Quelles que soient les raisons, il n'allait pas se plaindre. Lecteur, c'était un travail peinard, un « boulot

---

notes

1. honorabilité : respectabilité.

2. zèle : travail soutenu et dévoué.
3. tact : finesse.

4. conseil de guerre : tribunal militaire habilité à juger les soldats.

Chapitre 1

d'embusqué[1] » comme on disait au front, de « salaud d'embusqué »
même, mais c'était au front qu'on disait cela et Louis Saint-Gervais
n'irait plus au front. Tout changeait. La guerre qu'il avait connue
jusqu'ici prenait subitement fin. C'était à n'y rien comprendre.

Lorsqu'il leva les yeux du courrier, il prit garde de ne pas croiser
le regard de Fernand et ne répondit pas à l'appel de son prénom. Il
fixa les murs décrépits[2] de l'hôpital et, oublieux des plaintes qui
montaient de lit en lit, il s'absenta en pensée. Travailler au contrôle
postal, c'était la certitude de ne plus entendre les sifflements des obus
au-dessus de sa tête, l'assurance de ne plus patauger dans la boue et
le sang et, surtout, celle de ne plus avoir à entendre les gémissements
des copains tombés dans le *no man's land*[3] et qu'on ne pouvait pas
secourir. Partir au contrôle, c'était un travail d'embusqué, certes,
mais, pour l'avoir si souvent croisée et de si près, Louis estimait qu'il
méritait que la mort l'oublie, au moins jusqu'à la fin de cette guerre.
Tous l'envieraient d'avoir une chance pareille. Il allait être enfin
tranquille, au calme, sans avoir plus ni peur ni soif. Une immense
vague de bonheur l'envahit soudain, si forte qu'il en eut le souffle
coupé.

– Louis !

– Monsieur Jodet, cessez vos simagrées[4] ! ordonna sœur Anne en
s'approchant de Louis. Laissez-le finir de lire sa lettre tranquillement.

Il allait pouvoir reprendre goût à la vie, peut-être.

– Tout va bien, monsieur Saint-Gervais ?

– Oui, répondit-il sans réfléchir.

Il tenait toujours à la main sa lettre ouverte, vers laquelle
la cornette penchait de plus en plus.

– De bonnes nouvelles, peut-être ? insista la sœur dont le regard
brûlait de curiosité.

---

notes

1. embusqué : caché,
planqué (familier).
2. décrépits : en mauvais
état, délabrés.

3. no man's land : zone
inaccessible aux soldats car
située entre les premières
lignes des deux armées
ennemies et n'appartenant à

aucun des opposants
(littéralement « la terre de
personne »).
4. simagrées : grimaces,
manières.

Louis lui tendit sa lettre, qu'elle s'empressa de saisir et qu'elle lut à mi-voix, pour le plus grand contentement de Fernand dont l'ouïe, par moments, savait se faire aussi fine que celle d'un chevreuil. Quelques secondes de silence suivirent la fin de la lecture, puis sœur Anne décréta en lui rendant le courrier :

– Parfait. Nous allons nous occuper de votre sortie au plus vite.

D'un large mouvement de la main, elle tira sur le drap, découvrant le corps à moitié nu de Louis, attrapa d'une main ferme son pied droit et entreprit de retirer la bande qui l'enveloppait.

Retombé sur son séant[1], Fernand leva un pouce victorieux et mima un applaudissement auquel Louis répondit par un sourire timide. Depuis le début de la guerre, Fernand et lui se suivaient comme des jumeaux. Après des années de jeunesse dans la même région sans que leurs chemins se croisent un seul jour, ils avaient été mobilisés ensemble au bureau de recrutement de La Roche-sur-Yon et ils avaient gagné le même régiment d'infanterie. Depuis, ils ne s'étaient plus quittés, tenant côte à côte, jusqu'à ce jour. Trois ans de guerre sans même une maladie, vaguement quelques maux de gorge par-ci par-là, qu'ils soignaient avec les pastilles Valda envoyées par la mère de Louis. Épargnés ensemble, ils avaient été également évacués le même jour, à quelques heures d'intervalle, dans le même hôpital.

– Aïe ! râla Louis. Vous me faites mal, sœur Anne.

– Taisez-vous, jeune homme, il faut que je regarde.

Fernand observait son ami avec une pointe d'envie. Lecteur dans une commission de contrôle postal, c'est bien lui qui aurait aimé occuper un poste semblable, tiens. Lire le courrier des autres, s'imaginer une vie avec des parents, une fiancée, des enfants... Oh ! les enfants, ce n'était pas vraiment nécessaire, se corrigea-t-il aussitôt. Une fiancée, voilà qui suffisait à son bonheur. Il hocha la tête en direction de Louis.

– Veinard, va ! lui lança-t-il avec un sourire.

note

1. séant : postérieur.

Chapitre 1

– Votre pied a bien cicatrisé. Si le major est d'accord, vous pourrez partir dès aujourd'hui.

– Ben dites donc, fit remarquer Fernand, vous êtes pressée de vous débarrasser de lui, ma sœur.

– Un lit c'est un lit et, par les temps qui courent, il y a plus de blessés que de matelas. Et puis, ajouta-t-elle en se redressant, à votre âge, vous serez mieux sur vos deux pieds qu'allongé comme un pacha[1], dans un lit.

– Notre âge ! Il a bon dos, notre âge ! Vous croyez que j'ai l'âge de vivre avec une seule jambe, moi ? cria soudain Lucien.

Depuis la visite de sa fiancée, la semaine dernière, Lucien avait perdu de sa joie. C'était une jolie fille, toute jeune encore, dans les dix-neuf ans, que manifestement la vue de son soldat sans jambe avait atteinte. Ce que ces deux-là s'étaient dit, personne n'en savait rien, mais, depuis, Lucien n'était plus le même. Comme disait Fernand, il y avait fort à parier que la douce regarderait ailleurs désormais.

– Pensez à ceux qui sont morts, rétorqua la bonne sœur. Vous êtes en vie, tout de même.

– En vie, en vie…, maugréa[2] Lucien. Si vivre avec une seule jambe et les poumons bouffés par l'ypérite[3], c'est vivre, alors d'accord. Et Maurice ? Comment il va vivre, Maurice ? Si ça se trouve, il va passer sa vie à lire la même page !

– Quoi ? Qu'est-ce que j'ai, moi ? s'inquiéta Maurice.

– Bon, ça suffit maintenant, intima sœur Anne en élevant le ton. Vous, dit-elle en s'adressant à Louis, vous êtes en état de partir, et quant à vous (elle tourna sa cornette anguleuse vers Lucien), je vous demanderai de penser à vos camarades. Personne ici n'a besoin qu'on lui rappelle sa condition.

notes

1. pacha : en référence au gouverneur de province dans l'ancien Empire ottoman (actuelle Turquie), toute personne menant une vie d'oisiveté et de plaisirs.

2. maugréa : bougonna, ronchonna.
3. ypérite : gaz de combat utilisé par les Allemands pour la première fois en juillet 1917 dans la région d'Ypres (Belgique) – d'où son

surnom. On l'appelle aussi « gaz moutarde » en raison de son odeur. Son action est beaucoup plus nocive et durable que celle des gaz asphyxiants utilisés depuis avril 1915.

LA VIE TRANCHÉE

Lucien se recroquevilla sous ses draps, tournant résolument son visage contre le mur.

260   Partir.

Louis allait partir de cet hôpital et, pour la première fois depuis le début du conflit, il se rendrait quelque part sans son compagnon de guerre dont le regard restait posé sur lui. D'avoir été deux durant toutes ces années et de se retrouver brusquement, alors que la guerre

265   tonnait encore à quelques kilomètres de là, à partir seul... Louis eut l'impression qu'il abandonnait son camarade et que, en se séparant ainsi l'un de l'autre, il mettait fin à leur protection mutuelle. Il se leva et gagna le lit de Fernand. Assis tous deux côte à côte, ils se serrèrent longuement dans les bras, puis son ami articula d'une voix

270   rauque : « Tu m'enverras des Valda, n'est-ce pas ? »

Au fil du texte

Questions sur le chapitre 1 (pages 9 à 18)

AVEZ-VOUS BIEN LU ?

1. Où et quand se situe l'action ?

2. Qui est le personnage principal ? Qu'apprend-on à son sujet ?

3. Quels sont les autres personnages présents ? Que sait-on d'eux ?

4. Quel événement introduit un changement dans la vie du personnage principal ?

ÉTUDIER LA GRAMMAIRE : LES TEMPS DU RÉCIT (L. 206 À 218, P. 16)

5. Quels verbes sont conjugués à la voix passive ? À quoi le voit-on ? Justifiez cet emploi.

6. Quels sont les temps du passé utilisés dans le passage ? Quelle est leur valeur ?

7. Relevez les indices temporels. Quel rôle jouent-ils ?

ÉTUDIER LES PAROLES RAPPORTÉES*

8. Quels signes de ponctuation permettent l'insertion du discours direct dans le récit ?

9. Relevez les verbes de parole utilisés dans les incises narratives*. Quel est leur rôle ?

10. Quel est le procédé de style utilisé dans l'incise « *hurlait muettement* » et quelle est sa signification ?

---

* paroles rapportées : paroles d'un personnage insérées dans le récit ; on distingue le discours direct (on entend les paroles signalées par une ponctuation spécifique), le discours indirect (la parole est placée dans une subordonnée) et le discours indirect libre (la parole est fondue dans le récit, mais elle garde ses intonations).

* incises narratives : petites propositions constituées d'un verbe de parole et de son sujet et permettant l'insertion du discours direct dans le récit.

Au fil du texte

11. Dans la phrase « *Une bonne blessure, ça, on pouvait le dire* », à quel procédé l'auteur a-t-il recours ? Justifiez votre réponse et expliquez l'intérêt de ce procédé.

ÉTUDIER UN INCIPIT*

12. Comment le passage remplit-il sa fonction informative ?

13. Comment l'*incipit* capte-t-il l'attention du lecteur et lui donne-t-il envie de poursuivre ?

14. Quels liens voyez-vous entre la dédicace*, la citation en exergue* et le premier chapitre ?

* **incipit :**
première page
pour un roman
(en latin : « il
commence »).

* *dédicace :*
formule qui
offre le livre à
quelqu'un.

* *exergue :*
inscription ou
citation en tête
d'un livre.

ÉTUDIER LA LETTRE

15. Quelles sont les différentes lettres citées ?

16. Quels indices montrent que la lettre citée aux lignes 126 à 145 est bien une lettre officielle ?

17. Pourquoi Louis tarde-t-il à ouvrir cette lettre ? Attachez-vous à la psychologie du personnage et à la dynamique de la narration.

ÉTUDIER LE VOCABULAIRE : LE LEXIQUE DE LA GUERRE

18. Relevez les termes familiers appartenant au lexique de la guerre. Quel effet produit leur présence dans le chapitre ?

Chapitre 1

19. Relevez les autres termes ou expressions appartenant au champ lexical★ de la guerre et classez-les selon qu'ils désignent ou se rapportent aux personnes impliquées, ou renvoient à l'action militaire et à ses conditions.

20. Comment le vocabulaire de la souffrance s'oppose-t-il à celui du plaisir dans le passage « *Depuis, trois autres années* [...] *sous ses doigts* » (l. 36 à 73) ? Quel est l'effet produit ?

21. Quelle image de la guerre le premier chapitre du roman nous donne-t-il ?

LIRE L'IMAGE
22. Comment la photographie de la page 7 exprime-t-elle l'horreur de la guerre ?

À VOS PLUMES !
23. Sans pratiquer une ellipse★ comme au début du chapitre 2, imaginez, à la suite immédiate du chapitre 1, un dialogue entre Louis et son ami Fernand. Vous prendrez en compte les informations données dans le roman et votre dialogue sera inséré dans un récit au passé. Vous vous aiderez du relevé effectué en réponse à la question 9.

★ champ lexical : ensemble des mots se rapportant à une même notion.

★ ellipse : saut dans le temps.

Le général Nivelle, chef des armées françaises jusqu'à la débâcle du chemin des Dames.

2

Trois mois plus tard
Novembre 1917

> *Je te dis en ce moment quand je me vois dans cette boue, que*
> *j'entends continuellement le canon faire son fracas épouvantable,*
> *les pires idées me passent par la tête. Je me sens comme un petit*
> *gosse abandonné, seul au milieu d'un tas de désordres.*

Louis leva un instant les yeux de sa feuille. Il avait les doigts gourds[1] à force de frapper les touches de la vieille machine. Depuis plusieurs semaines, en plus de son travail de lecteur, il faisait office de dactylographe[2] puisque, en dehors de lui, personne au sein de la commission ne savait taper à la machine. On disait qu'une femme allait bientôt arriver pour remplir cette fonction. Louis espérait sa venue car ses doigts tachés d'encre violette lui donnaient l'impression d'être constamment sales.

– Vous avez déjà fini ?

---

notes

1. gourds : engourdis.

2. dactylographe : personne qui tape à la machine.

LA VIE TRANCHÉE

Il se remit à la tâche, appuyant avec ardeur sur une touche puis sur l'autre, accélérant la cadence. À ses côtés, le président de la commission, le capitaine Joseph Grillaud, posa une main sur son épaule.

– N'ayez crainte, mon garçon. Vous n'en avez plus pour long-
290 temps. Le grand quartier général[1] vient de m'annoncer l'arrivée de la jeune femme promise. Elle devrait être là dans les deux semaines.

– Merci, mon capitaine, répondit-il en levant le regard sur son supérieur.

Joseph Grillaud ébaucha un sourire, puis il replaça sa pipe à
295 son endroit habituel, au coin droit de la lèvre. De taille moyenne, les cheveux grisonnants, les sourcils épais et la moustache rieuse, le président était un gradé[2] comme tous les soldats en rêvaient, un homme juste qui savait entendre les petits. Depuis son arrivée dans la commission, voilà trois mois, Louis n'avait rien trouvé à lui
300 reprocher. Il l'appréciait et, lui semblait-il, cette estime était réciproque.

– Mon écriture est difficile à déchiffrer, n'est-ce pas ? interrogea le capitaine. (En se penchant sur les feuillets couverts d'une graphie fine et serrée, il enveloppa Louis d'une large bouffée de tabac.)
305 Voulez-vous que je vous fasse la dictée ? J'ai quelques minutes devant moi.

– Je vous en serais reconnaissant, répondit Louis.

Chaque semaine, désormais, il tapait le rapport rédigé par le président. Les instructions du grand quartier général étaient très strictes
310 sur la question : seul un militaire d'active[3], le président de la commission de contrôle postal, était habilité[4] à rédiger le rapport hebdomadaire, concocté[5] à partir des courriers retenus par les lecteurs. Le rapport en question était ensuite transmis aux

notes

1. grand quartier général : état-major de l'armée. Après le massacre du Chemin des Dames en avril 1917, le général Nivelle est remplacé par le général Pétain qui est nommé commandant en chef des armées françaises le 15 mai 1917.
2. gradé : officier supérieur.
3. d'active : en activité militaire (pour le distinguer d'un militaire de réserve ayant déjà effectué son service).
4. habilité : légalement apte, autorisé.
5. concocté : préparé minutieusement.

Chapitre 2

commandants concernés ainsi qu'à la Section des renseignements aux armées.

Grillaud se redressa, sa bouffarde[1] calée au creux de sa main droite, et dicta d'une voix grave.

– Beaucoup d'hommes décrivent avec effroi... décrivent avec effroi... les effets des gaz utilisés par les Allemands... utilisés par les Allemands. Ouvrez les guillemets, je cite : « *Les gaz attaquent les yeux et les poumons... les yeux et les poumons... et ceux qui les respirent se mettent à gonfler... à gonfler... comme des ballons*. Point. *Si tu voyais cela,* virgule, *c'est atroce et nous...* »

Louis chassa aussitôt l'image qui commençait à s'imposer à son esprit et se racla la gorge avec bruit. Il n'aimait pas cette fonction de rapporteur dont il s'acquittait de façon mécanique, tapant un mot après l'autre, en évitant que leur addition ne forme un message doté d'une réalité quelconque.

– « *irritants* »... Fermez les guillemets. En conclusion, le moral des troupes peut être considéré comme médiocre... En conclusion, le moral des troupes peut être considéré comme médiocre, euh ! Ajoutez « plutôt », c'est cela, plutôt médiocre. Les Américains se font attendre... se font attendre... et le poilu[2] français a l'impression que... l'impression que, comme toujours, c'est lui et lui seul... lui et lui seul... qui fait front à l'ennemi. La victoire de nos troupes à La Malmaison[3]... est déjà oubliée. Point final.

Louis appuya fortement sur la dernière touche. Si la femme promise arrivait dans deux semaines, il ne lui restait plus qu'un rapport, deux au pire, à supporter. Ensuite, il redeviendrait le simple lecteur qu'il était jusqu'ici, appliqué et zélé, uniquement soucieux de bien faire. Silencieux à son coin de table. Fermé aux images.

[...]

---

notes

1. bouffarde : pipe (langage familier).

2. poilu : nom donné au soldat durant la Première Guerre mondiale.

3. La Malmaison : fort destiné à arrêter les ennemis venant de l'est par le chemin des Dames ; tombé entre les mains des Allemands en 1914, il est repris le 23 octobre 1917. L'offensive victorieuse a été préparée pendant trois mois. En 1918, le fort sera tour à tour entre les mains des deux armées ennemies.

La Vie tranchée

★

Tous les quatre jours environ, Louis recevait des nouvelles de Fernand. Les shrapnels incrustés dans ses jambes lui valaient d'être toujours à l'hôpital mais, depuis quelques semaines, son ami était parvenu à marcher de façon *satisfaisante*, d'après lui. Cette fois, il était encore plus fier de ses progrès.

Je marche, mon vieux, si tu me voyais ! Un pas puis un autre, et j'y vais, tu peux me croire. Je ne cours pas mais cela viendra, et plus vite que tu ne penses. Je n'ai presque plus de douleurs mais ne t'inquiète pas, je ne m'en vante pas. Tu connais sœur Anne, elle aurait vite fait de dégager mon lit ! Maurice est rentré chez lui la semaine dernière, mais je crois bien que pour lui, c'est foutu. Il n'a toujours pas fini son livre, pas de danger : il en est encore à la même page. Il est devenu très maigre, tu ne le reconnaîtrais pas si tu le voyais. Il est parti comme ça, son livre sous le bras, sans rien dire, ni au revoir ni rien. On aurait dit qu'il partait parce qu'il le fallait mais qu'il aurait aussi bien pu rester là, dans ce lit, toute sa vie. C'était pareil. C'est pour ça que je te dis que, pour moi, il est foutu. Il recevait trois lettres par semaine de sa mère, parfois une de sa tante et, après son départ, il en est arrivé une encore. Je l'ai lue... pour lui, ça ne lui servait plus à rien. Sa mère lui disait qu'elle l'attendait avec impatience. Eh bien ! D'après moi, elle a changé d'avis, depuis. Quant à Lucien, pas de nouvelles directes de lui mais sœur Anne m'a dit qu'il avait rejoint une association des estropiés de Paris, ou un truc du genre. Maintenant qu'il a sa jambe en moins, de toute façon, il a décidé de les emmerder tous et il y arrivera, tu peux en être sûr. Sinon, rien de nouveau à t'apprendre. Je bénis chaque jour qui passe du bonheur de cette blessure qui me tient loin du front.
Ton camarade, Fernand Jodet.
P.-S. : Si tu reçois des Valda, pense à moi. Avec ce foutu temps, j'ai la gorge qui me brûle. On dit que, dans l'Est, il fait un froid épouvantable. Est-ce vrai ?

Chapitre 2

375 La veille, Louis avait envoyé une boîte entière de pastilles vertes à son ami. Depuis trois mois qu'ils ne s'étaient vus, Fernand lui manquait de plus en plus. Ils avaient beau s'écrire régulièrement, sa verve[1] et sa bonne humeur lui faisaient défaut, et il attendait avec impatience sa première permission pour aller le voir à l'hôpital. Il 380 ferait un crochet par La Roche, ce qui le rallongerait, mais bon, les permissions étaient si rares qu'il valait mieux en profiter sur le moment. Ici, à la commission, en dehors du capitaine Grillaud avec lequel il entretenait un rapport de bonne entente (il se refusait à employer le mot *amical*, mais c'était celui-ci pourtant qui lui venait 385 aux lèvres), il ne s'était fait aucun ami. Chaque lecteur œuvrait sur son paquet de lettres et personne ne perdait de temps à discuter. Le soir, quelques-uns, qui avaient eu le bonheur de trouver une chambre non loin, rentraient dans une maison tandis que la grande majorité des autres, dont Louis, dormait au dépôt servant 390 aussi de cantonnement[2] aux régiments de passage.

Non seulement Louis ne s'était pas fait d'ami, mais il possédait un ennemi en la personne de Henri Pageot. Cet homme sec, notaire de quarante ans, excessivement scrupuleux des règlements, exerçait lui aussi comme lecteur et partageait avec Louis un même coin de 395 table. Dès les premiers jours, à propos d'un désaccord sur une lettre à saisir ou non, Henri Pageot avait pris son jeune voisin en grippe[3], l'accusant d'une « intolérable tolérance ». Sommé[4] d'intervenir en sa qualité de président, Joseph Grillaud avait envenimé les choses en prenant fait et cause pour Louis et son jugement. La lettre, frappée 400 du cachet protocolaire[5] « Contrôlé par l'autorité militaire », avait alors repris la route vers son destinataire et Louis avait gagné pour l'éternité un ennemi farouche.

À cette heure, Pageot était déjà rentré chez lui. Les rapports étaient tous partis, le capitaine rassemblait les dernières affaires et

notes

1. *verve :* parole pleine d'entrain.
2. *cantonnement :* camp temporaire d'une troupe, hors des lignes.

3. *avait pris [...] en grippe :* ne supportait pas, détestait.
4. *Sommé :* obligé.

5. *protocolaire :* conforme au protocole, à la procédure légale.

La Vie tranchée

405 Louis en profita pour répondre rapidement à son ami. Il tira une feuille d'une chemise posée sur le bureau et porta sa mine de crayon à sa bouche pour l'humecter[1].

Cher Fernand. Je t'ai envoyé hier une boîte de Valda. Laisse-les fondre lentement car je ne suis pas sûr d'en recevoir de sitôt, ma
410 *mère dit avoir de plus en plus de mal à s'en procurer. Ici, il fait très froid en effet et je vois passer beaucoup d'hommes évacués pour des pieds gelés. Quant à moi, les orteils qu'il me reste, je les tiens bien au chaud et je n'ai pas à me plaindre. C'est triste ce que tu me racontes pour Maurice, mais je pense que le pauvre ne se*
415 *doutant en rien de son état, il ne doit pas souffrir vraiment. Quant à Lucien, ce que tu m'apprends ne m'étonne pas. Je pense qu'il ira s'il le faut jusqu'au gouvernement pour leur dire tout le mal qu'il pense. Il se fera entendre, j'en suis sûr. Je te laisse car notre journée est finie (en ce qui me concerne, trois cent cinq lettres lues*
420 *pour aujourd'hui). Conserve-toi bien suffisamment mal pour ne plus jamais entendre tonner le canon, vieux frère.*

Ton camarade, Louis Saint-Gervais.

Il plia la lettre, la mit dans une enveloppe sur laquelle il apposa de chaque côté le cachet du contrôle, Bom ! Bom ! puis il la glissa dans
425 le tas destiné à reprendre sa route dès la prochaine levée.

★

Chaque fois que Louis poussait la porte de la pièce, il éprouvait la même sensation que lorsqu'il était entré pour la première fois. Il se sentait étourdi à la vue de cette grande salle éclairée par une série de lampes suspendues, aux tables alignées les unes à la suite des autres
430 comme pour un banquet, et qui résonnait d'une effervescence studieuse et disciplinée. Devant chaque lecteur, des piles de lettres d'une hauteur inégale s'entassaient, et les dos courbés des hommes s'agitaient au rythme des mains qui prenaient une lettre, l'ouvraient,

note

1. humecter : humidifier.

Chapitre 2

la dépliaient, puis la posaient à droite ou à gauche selon son contenu,
435 la frappaient du cachet, deux fois, Bom ! Bom ! et s'emparaient de
la suivante, l'ouvraient, la dépliaient, et ainsi de suite. Chaque fois
que Louis traversait la pièce pour gagner le bout de table qui lui était
attribué, une sensation de vertige l'accompagnait qui ne se calmait
qu'au moment où il prenait connaissance de la première lettre
440 du jour.

> *Mon Aimée,*
> *Je pense à toi et à ma petite Marie tous les jours. Prends bien soin*
> *d'elle, elle est si mignonne et si intelligente, pauvre chérubin*[1] *qu'il*
> *me faut chérir de loin. Je sais que vous manquez de nourriture,*
445 > *que le peu que l'on trouve est trop cher et que... Allons, je me tais*
> *ou je vais prendre un coup de noir, et le cafard ici est pire que*
> *le pou. Ne t'inquiète pas pour moi. Je ne remonte pas demain en*
> *ligne, nous allons vers... l'Inconnu. Je t'aime. Toutes mes amitiés*
> *aux parents et pour toi, mon Aimée, tous mes plus ardents baisers*
450 > *et folles caresses. Ton Gaston.*
> *Comme toutes ces journées et toutes ces nuits sans toi me semblent*
> *vaines et inutiles !*

Louis mouilla son crayon et recopia, sur sa feuille encore vierge à
cette heure, l'extrait suivant : *Je me tais ou je vais prendre un coup de*
455 *noir, et le cafard ici est pire que le pou.* Puis il saisit le cachet de
la commission et, après avoir refermé l'enveloppe avec la bande
translucide de rigueur, il en apposa le numéro. Côté verso, l'ovale
noir portant le numéro 81 et indiquant « Contrôlé par l'autorité
militaire » vint s'écraser à cheval sur la bande de fermeture. Côté
460 recto, il tomba à demi sur l'adresse. Bom ! Bom ! Louis plaça la lettre
dans le tas des missives qui repartaient dès aujourd'hui vers leurs
destinataires et il passa à la suivante.

---

note

1. chérubin : enfant
gracieux, à l'image d'un ange.

LA VIE TRANCHÉE

Les feuilles de papier étaient si fines et tant de fois pliées que les plus grandes précautions étaient nécessaires et, les premières semaines, il avait eu toutes les peines du monde à les ouvrir sans les déchirer. Maintenant, Louis était rodé, et plutôt agile de ses mains puisqu'il s'écoulait moins de trois secondes entre le moment où il prenait l'enveloppe et celui où il entamait la lecture de son contenu. Grâce à cela, entre autres, il dépassait toujours la moyenne de lecture requise, fixée par le grand quartier général des armées à deux cent cinquante lettres par jour et par lecteur, pour atteindre parfois les quatre cents lettres quotidiennes.

Cher Maurice,
Rien de nouveau à t'apprendre depuis hier. Il fait toujours un temps effroyable. Nous avons de l'eau et de la boue jusqu'aux genoux et, depuis ce matin, je suis malade avec des coliques qui me tordent le ventre en deux. Je crois que la faute en est au pain et à la viande qui nous arrivent gelés. Même le vin a gelé dans les bidons, tu n'as qu'à voir...
Ce soir, nous marchons vers Carency[1] et l'on attend dans les jours à venir un sérieux coup de main. Prie que j'aie la chance d'en revenir.

Ton cousin, René.

« Indiscrétion de lieu », nota machinalement Louis en s'emparant de son crayon à aniline[2]. Il se reprit à temps, se souvenant qu'ils avaient reçu récemment une note du grand quartier général sur la façon la plus efficace de caviarder[3] un mot dans une lettre. Il attrapa sa toute nouvelle bouteille d'encre noire, y trempa son pinceau, jusqu'ici resté propre, et passa une couche sur le mot *Carency*. Puis, comme l'exigeait désormais le grand chef du bureau des services spéciaux au nom imprononçable, un certain lieutenant-

notes

1. Carency (Artois) fut le théâtre d'affrontements (prise de Carency les 11-12 mai 1915).

2. crayon à aniline : ancêtre du stylo bille.
3. caviarder : rayer à l'encre noire pour censurer.

Chapitre 2

colonel Zopff, il entreprit de « passer immédiatement après le crayon à aniline en égratignant légèrement le papier »[1].

[Midi arrive. Louis se rend au réfectoire accompagné d'un nouveau lecteur, un jeune curé de 23 ans : l'abbé Clément Jourdin.][2]

Le réfectoire avait été installé dans l'habitation la plus proche du canal, une ancienne grange au toit encore vaillant mais aux ouvertures branlantes. Les deux hommes s'empressèrent de franchir le pont et poussèrent bientôt la porte qui tenait comme par miracle sur ses gonds.

À l'intérieur, il régnait une chaleur odorante, humaine, comestible, et, contrastant avec la solitude glacée des bords de l'eau, un brouhaha terrible remplissait la pièce. Louis quitta l'abbé en le saluant d'un mouvement de tête et fendit la foule, son quart[3] et son assiette à la main.

Depuis le début de la guerre, il traînait avec lui le même matériel qui lui rappelait le dernier été des moissons, lorsque son père et lui s'arrêtaient à l'ombre d'un arbre pour déjeuner. C'était au mois de juillet et Louis s'apprêtait à vivre ses premières vacances d'étudiant. Le contact du fer entre ses mains lui redonnait encore aujourd'hui le goût de ces jours simples et heureux. Plus tard, une histoire avait fait qu'il s'était particulièrement attaché à son quart, un vieux machin cabossé de partout mais qui lui avait sauvé la mise. C'était en mai 1915, le 11 très exactement. Un mardi. Le bataillon était en première ligne dans un très sale coin, entre Neuville-Saint-Vaast et Souchez[4]. Son régiment était pris de front par l'artillerie[5] ennemie et les hommes tombaient comme des mouches. En deux heures, Louis avait vu mourir douze de ses camarades. Il avançait, plié en deux par la peur, lorsque son quart, qu'il avait attaché à sa ceinture, était tombé dans la boue. Le quart lui venait de son père, alors Louis

notes

1. Procédé destiné à éviter que l'encre noire ne soit grattée par le destinataire de la lettre.

2. Les résumés des passages supprimés ont été établis par l'auteur, Mme Bénédicte des Mazery.

3. *quart :* gobelet.

4. *Neuville-Saint-Vaast et Souchez :* deux villes situées en Artois (Nord-Pas-de-Calais).

5. *artillerie :* corps d'armée chargé des canons.

s'était penché pour le ramasser et, à l'instant précis où il se penchait, une balle lui avait soufflé le képi de la tête. Sans la chute de son quart, la balle en question lui transperçait la gorge.

– Une cuillerée supplémentaire ? demanda le cantinier[1] à l'homme qui précédait Louis.

– Oui, merci.

En ce moment, ils mangeaient mal et peu car la nourriture était sévèrement rationnée. À l'arrière aussi, d'après ce que lui racontaient ses parents, la situation était difficile : vie chère, mauvaises récoltes, manque de bras, réquisitions de paille et de foin. Alors, une cuillerée de plus, même si la viande partait en bouillie au fond de la marmite, personne ne la refusait. Pas plus que le verre de pinard[2] qui allégeait la tête et les malheureux deux cents grammes de pain quotidien.

– Encore une, insista l'homme devant lui. Donne-moi encore une cuillerée, mon vieux, sois sympa.

– Nib de rab ! lui répondit le cantinier. T'as déjà été resservi. Dégage de là.

Il le sentait au ton « monotone » des lettres de sa mère, elle le rassurait autant qu'elle le pouvait mais Louis se tracassait pour ses parents et pour Jeanne, sa petite sœur, si frêle[3] depuis sa naissance. Dans la famille, il ne pouvait compter sur personne pour voler à leur secours car tous, frères et beau-frère, étaient partis. Sur les quatre hommes, deux étaient tombés au front, morts pour de bon, et ceux qui restaient n'étaient pas près de revenir. Il aurait fallu un ou deux ouvriers dans la famille pour rester à l'arrière et rapporter dix à quinze fois ce que Louis gagnait en tant que soldat. En venant à la commission, sa solde était restée identique à celle de troupier[4], et encore, une partie était versée systématiquement sur son carnet de pécule[5] ! Ce qu'il envoyait à ses parents suffisait à peine.

– Une cuillerée supplémentaire ? lui proposa le cantinier.

notes

1. cantinier : militaire chargé du service des repas.
2. pinard : vin (familier).
3. frêle : fragile.

4. troupier : soldat destiné à combattre.
5. carnet de pécule : carnet sur lequel sont notés les versements effectués par

l'armée et les dépenses du soldat. Une partie de la solde est retenue et n'est versée qu'à la démobilisation, sur présentation du carnet.

Chapitre 2

— Merci, oui.

D'après ce que disaient certaines lettres, des ouvriers étaient actuellement en grève du côté de Lyon. Ils réclamaient plus d'argent, eux qui se faisaient déjà entre douze et quinze francs par jour ! Parfois, Louis en venait à penser comme certains qui disaient qu'il n'y avait dans les tranchées que les P.C.D.F., les Pauvres Couillons Du Front, comme ils se désignaient eux-mêmes les jours de cafard.

[...]

★

[Après le déjeuner, Louis regagne la salle de lecture. Il donne à l'officier Mercier, surnommé « Pasd'souci », les lettres jugées suspectes.]

Il sortit de sa poche de pantalon la boîte de pastilles, l'ouvrit, en saisit une qu'il plaça sur sa langue et compta celles qui lui restaient. Dix. Il se racla la gorge puis laissa fondre le bonbon vert contre son palais. Entre Fernand et lui, c'était à qui garderait le plus longtemps sa Valda en bouche. Ils laissaient la petite pastille ronde diminuer peu à peu jusqu'à n'être plus qu'un mince trait de sucre qui disparaissait soudain, sans crier gare, entre la langue et le palais. À ce petit jeu, qui avait l'avantage de leur faire oublier la guerre quelques instants, le record établi par son camarade était de dix-huit minutes. Mais aujourd'hui, s'il pensait à chaque fois à Fernand en prenant une pastille, Louis ne comptait plus le temps qu'elle mettait à fondre. Faute d'adversaire, le jeu ne l'intéressait plus.

La lettre qu'il déplia était rédigée sur du papier ligné.

> *Chers parents,*
> *Je reçois aujourd'hui votre lettre du 25 octobre. Je vois que vous n'êtes pas toujours bien tranquilles et que vous ne dormez pas toujours en pensant à moi. Je le comprends, car c'est dur pour les parents de songer à tous les dangers que nous courons. Heureusement que mon père n'est pas un peu plus jeune, sans cela il aurait été pris aussi et alors votre chagrin aurait été double. Que de misères la guerre amène. Ceux qui pourront revenir sains et saufs de cette lutte sanglante et rentreront chez eux, ils*

La Vie tranchée

trouveront la vie heureuse et seront heureux de pouvoir vivre. Et lorsque l'on se souviendra des jours passés dans de telles circonstances, l'on se demandera comment l'on peut résister à tout. J'en suis rendu à me demander comment j'ai pu résister, moi, qui n'étais pourtant pas trop fort. J'espère que le bon Dieu continuera à me protéger comme je l'ai été jusqu'ici. Ne vous frappez pas et ayez toujours confiance et courage. Je vous embrasse bien affectueusement ainsi que René et grand-mère.

Théophile

Théophile, comme son deuxième prénom, pensa Louis en apposant son cachet sur l'enveloppe. Louis, bom ! Théophile, bom ! Saint-Gervais.

Il passa au courrier suivant. Il s'agissait, cette fois, d'une carte postale représentant des halles[1] avec, en lettres noires, le texte suivant : *Bon souvenir d'Ypres*[2]. L'expéditeur n'avait rien écrit au verso, il s'était juste contenté d'une signature, d'ailleurs illisible, et, sur le côté recto de la carte, il avait biffé[3] le mot *bon* et l'avait remplacé par *mauvais*. Ce qui donnait *Mauvais souvenir d'Ypres*.

Et comment ! Par bonheur, Louis avait été blessé et évacué juste avant l'attaque, mais Lucien était à Ypres, cet été-là, et il avait perdu, le même jour, sa jambe et ses poumons. Juillet 1917, Ypres... les Allemands avaient utilisé pour la première fois des gaz monstrueux. Le gaz d'Ypres, l'ypérite, comme l'avaient aussitôt surnommé les soldats, brûlait les mains, les yeux, les poumons de façon effroyable. Des hommes mouraient en deux jours ; certains, parce qu'ils avaient uriné à l'endroit où les gaz s'étaient répandus, voyaient leurs testicules gonfler et devenir gros comme des ballons de football. Louis toussa. Ce que Lucien avait raconté ce jour-là à l'hôpital, il aurait préféré ne jamais l'entendre.

---

notes

1. *halles :* marché.

2. **Ypres :** ville belge où ont eu lieu, en octobre-novembre 1914, en avril-mai 1915 et en juillet-novembre 1917, trois grandes batailles.

3. *biffé :* rayé.

Chapitre 2

Bom ! Bom ! Il tamponna la carte de son double cachet et
s'apprêtait à la poser sur le tas destiné à repartir lorsque Pageot se
pencha vers lui.

– Tu laisses passer ça ? demanda-t-il d'une voix perfide[1].

Louis ne répondit pas. Il prit la lettre suivante, la décacheta et
la déplia devant lui.

– C'est du défaitisme[2], je trouve, insista son voisin.

Parce qu'il était le plus jeune lecteur de toute l'équipe, donc
le moins expérimenté, Louis avait souvent droit à des remarques plus
ou moins condescendantes[3] faites par de plus âgés que lui. Il en tenait
compte, la plupart du temps, excepté lorsqu'elles lui venaient de
son voisin, animé uniquement par l'inimitié[4] qu'il lui vouait.

– Parfaitement, du défaitisme, répéta Pageot en voyant s'approcher le président Grillaud.

Ce dernier tenait à la main un courrier, officiel semblait-il, et
sa mine réjouie laissait présager une bonne nouvelle. Il s'arrêta
devant Louis, retira sa pipe de sa bouche et se lissa la moustache de
plaisir.

– Laissez-moi deviner... Le quartier général nous envoie finalement la dactylographe.

Le visage du capitaine s'éclaira davantage. Il posa une fesse sur
le bord de la table, coupant Louis de son désagréable voisin, et se
pencha vers le jeune homme.

– Eh oui ! Cette fois, ça y est. Son arrivée nous est annoncée pour
début décembre, soit dans un peu plus d'une semaine. Jamais
une femme n'avait occupé cette fonction jusqu'ici mais le colonel
Zopff a toute confiance en elle. C'est une jeune fille qui travaillait au
Bureau central des postes à Paris. Une certaine Blanche... (il se
pencha sur le courrier qu'il tenait à la main)... Blanche Castillard.
Elle exerçait au centre de tri, paraît-il. Une personne de confiance,
répéta-t-il.

notes

1. perfide : déloyal, traître.
2. défaitisme : attitude qui
laisse entendre qu'on ne croit
plus à la victoire.

3. condescendantes :
hautaines, méprisantes.
4. inimitié : aversion.

LA VIE TRANCHÉE

Louis sentit le bout de ses doigts le chatouiller, comme excités à la perspective de ne plus avoir à taper des rapports longs de trente pages dont les mots, malgré lui, résonnaient dans son corps tout entier, bien après qu'il eut fini de les retranscrire.

– Vous devez être soulagé, conclut le président en se relevant. Maintenant, il suffit que la jeune enfant, elle a à peine dix-neuf ans, soit à la hauteur de la tâche et vous n'aurez plus à taper le moindre rapport. Mais je compte sur votre aide, si besoin était.

Louis opina[1] de la tête sans rien dire. Bien sûr, il était soulagé de cette arrivée, mais son idéal à lui aurait été que Fernand occupe cette place. Si seulement son ami avait été un peu plus lettré[2], il aurait fait des pieds et des mains pour le faire venir ici, avec lui, mais Fernand n'avait que l'instruction de l'école. Il lisait et écrivait sans difficulté et sans fautes d'orthographe mais il ne pouvait se prévaloir d'aucune autre compétence susceptible d'intéresser le contrôle postal, comme de taper à la machine.

– Je peux compter sur votre aide, c'est entendu ? voulut s'assurer le président.

– Bien sûr, mon capitaine. À vos ordres.

– Merci, Saint-Gervais. Continuez votre travail.

Pourtant, avec l'amour que Fernand portait aux lettres qu'il ne recevait pas, Louis ne doutait pas qu'il eût pris très à cœur un emploi de ce type. En soupirant, il s'empara de la lettre suivante et se remit au travail.

★

À dix-sept heures trente, la journée était considérée comme finie. Les hommes devaient avoir lu le nombre exigé de lettres, l'avoir dépassé même, et ils allaient remettre à leur officier responsable les courriers saisis. Normalement, même les caviardages devaient être soumis à leur supérieur, mais le rythme imposé avait fait que, rapidement, les lecteurs s'étaient trouvés autorisés à s'en remettre à

notes

1. *opina :* manifesta son accord.

2. *lettré :* instruit, cultivé.

Chapitre 2

eux-mêmes. Ils se contentaient de recopier sur un cahier des « extraits significatifs de lettres », comme le voulait le grand quartier général. Ceux-ci alimenteraient les différentes catégories du rapport hebdomadaire[1].

À la fin de la journée, Louis avait saisi une seule lettre. Motif : pacifisme. Proposition : recopier en entier et peut-être ? (il avait mis un point d'interrogation car il n'était pas sûr de lui) peut-être l'envoyer au grand quartier général ? L'auteur de la lettre en question déclarait lui-même souhaiter être appréhendé[2] par la censure afin que l'on sache ce qu'endurait le soldat au front. Il concluait avec désespoir : *La paix, la paix, nous n'en réclamons pas davantage !*

La paix. Combien de jours, de semaines, de mois et d'années, Louis l'avait espérée, attendue ! Une paix victorieuse la plupart du temps mais, certains jours, même une paix blanche ou boiteuse aurait convenu pourvu qu'elle le sorte de cet enfer.

– Lettre saisie pour pacifisme, annonça-t-il en la déposant sur le bureau de l'officier.

– Encore ? s'étonna Mercier. C'est la quinzième aujourd'hui. Faites voir.

Il prit la lettre et se mit à la lire à voix basse. Louis regardait ses lèvres bouger et il écoutait chaque mot se détacher.

On gagne à La Malmaison et les Italiens sont vaincus à Caporetto[3] *! On a fait tuer des hommes pour avancer de cinq kilomètres dans l'Aisne et les macaronis*[4] *reculent de cinquante kilomètres ! Je vous dis que nous n'aurons jamais les Boches et que les Boches ne nous auront jamais. Cette guerre ne finira jamais par les armes.*

notes

1. Les lettres étaient classées en quatre catégories, selon une grille élaborée par le quartier général : « Hygiène », « Guerre », « Affaires extérieures », « Arrière ».

2. appréhendé : arrêté.

3. Caporetto : ville du Nord de l'Italie, où les Italiens furent battus par les Allemands et les Autrichiens (24 octobre-16 novembre 1917).

4. macaronis : Italiens (familier).

LA VIE TRANCHÉE

À l'autre bout des mots, Louis voyait l'homme couvert de boue et empli de rage.

> *Que l'on arrange donc les choses par des traités ! Hélas ! chez nos*
> *voisins comme chez nous, c'est le gouvernement qui ordonne*
> *la continuation du massacre.*

Mercier leva les yeux de la lettre et soupira.

– Toujours cette croyance naïve que le gouvernement peut faire la paix quand il veut...

Il soupira une seconde fois, ostensiblement[1], avant de reprendre sa lecture.

> *Qu'on ouvre ma lettre si l'on veut, au moins on verra le moral*
> *que nous avons, et non pas le moral de commande des journaux*
> *qui ne font que bourrer le crâne. Depuis le temps que nous*
> *sommes là-dedans, nous sommes à moitié fous. Nous voulons*
> *la paix. La paix, la paix, nous n'en réclamons pas davantage !*

Mercier reposa la lettre sur la table.

– Pacifisme, vous avez raison. À recopier entièrement puis à fiche au rebut[2], je ne pense pas qu'elle intéressera l'état-major. À moins que... (il se pencha sur l'enveloppe et regarda le nom de l'expéditeur) à moins que le soldat Jean Monier du 104e régiment d'infanterie ne fasse partie de la liste que l'on vous a remise cette semaine.

Il se tourna vers Louis.

– Vous avez vérifié ?

– Bien sûr, répondit Louis. Non, il n'est pas mentionné.

– Alors, pas de souci. Copie et au rebut.

Le regard de l'officier se perdit derrière lui, signe qu'il en avait fini et qu'il passait au lecteur suivant.

Louis salua d'une main ferme, puis il reprit la lettre. Quelques mètres plus loin, il s'arrêta pour allumer une cigarette. Comme

notes

1. ostensiblement : de manière particulièrement visible.

2. à fiche au rebut : à jeter.

Chapitre 2

chaque fois, depuis qu'il avait commencé à fumer, il la fit d'abord glisser sous ses narines en s'enivrant de l'odeur un peu âcre du tabac. En frottant contre sa moustache, la cigarette produisait un drôle de bruit, une sorte de crissement feutré qui lui procurait un sentiment bref, mais réel, de sécurité. Durant quelques secondes, il ne pensait plus qu'à cette présence contre sa bouche et cela suffisait à le soustraire de la guerre ; quelques secondes seulement, qui chassaient brusquement l'angoisse et lui permettaient de tenir encore un peu. Il pensait alors au père et à la cigarette roulée qu'il tassait en la tapant sur la table d'un geste mécanique et sûr avant de la planter entre ses lèvres. Son père silencieux que tous appelaient « le Taiseux ».

Louis tira sa chaise et s'assit à son coin de bureau. Alors qu'il pensait l'avoir fermé jusqu'au lendemain, il rouvrit l'encrier, y trempa sa plume et entreprit de recopier la lettre. Sa main, insensible au crissement plaintif sur le papier, évoluait au rythme des pleins et des déliés[1] des mots qu'elle reproduisait fidèlement. Il lui fallut peu de temps pour mettre un point final à cet exercice, qu'il conclut par cette formule elliptique[2] : « Soldat du 104e R.I. à ses parents. »

Bien que la commission gardât quelque part les noms des auteurs en question, au cas où le quartier général les lui réclamerait, les copies des lettres étaient anonymes. En revanche, le président de la commission possédait, dans une armoire fermée à clé, une liste régulièrement mise à jour d'individus considérés comme dangereux, avec consigne pour les lecteurs de mettre systématiquement de côté leur correspondance, quel qu'en soit le contenu. Pour cette semaine, la liste comptait une vingtaine de noms que Louis, à force de les avoir lus, connaissait par cœur. En ce qui concernait l'auteur de la lettre pacifiste, Jean Monier, il n'avait même pas eu besoin de vérifier, contrairement à ce qu'il avait affirmé à Pasd'souci ; ce nom ne faisait pas partie de la liste. Il plaça la lettre dans le casier qui trônait en bout de table : elle irait rejoindre dès le lendemain matin

notes

1. pleins et déliés : particularités de la calligraphie à la plume.

2. elliptique : raccourcie.

le placard du président, où elle resterait en instance[1] un mois durant avant d'être détruite, si toutefois aucun fait nouveau ne lui donnait de l'importance entre-temps.

Les parents de Jean Monier ne recevraient jamais la lettre de leur fils, se dit Louis en chassant de son esprit cette pensée qu'il s'agissait peut-être de sa dernière lettre.

Il s'empara d'une feuille vierge et plongea de nouveau sa plume dans l'encrier, laissant les mots venir tout seuls.

Cher Fernand,
Ici, tout va bien. Rien de nouveau à t'apprendre depuis hier.
J'espère que ta jambe te fait honneur et que tu souffres de moins en moins. Avec toute cette humidité, je commence à avoir mal à la gorge. Moi qui n'ai jamais été malade pendant trente-neuf mois de guerre, ce serait un comble que j'attrape une angine maintenant ! Prends soin de toi. Je t'embrasse bien cordialement.
Ton camarade, Louis Saint-Gervais.

Cachetée, tamponnée, envoyée. La lettre pour Fernand partirait, elle.

Louis se leva et quitta la salle.

---

note

1. en instance : en attente.

3

Ce soir-là, Louis eut du mal à trouver le sommeil. Dans le grenier qui leur servait de dortoir, la pluie tombait en gifles violentes sur les lucarnes en pente. Le froid, la pluie dont les gouttes parvenaient à s'infiltrer et à couler sur leurs visages, le vent qui sifflait sans discontinuer... il était difficile de même somnoler. « C'est votre chambrée[1] », avait dit le petit officier qui leur servait de chef. Le repos, voilà ce qu'était leur repos à eux : une mansarde mal isolée et une couche de paille humide envahie par les rats. Les hommes, presque une centaine, étaient entassés pour certains à même le parquet aux lattes disjointes, affublés[2] d'une couverture rêche, trop mince pour éloigner le froid, collés les uns aux autres, proches à mélanger leurs odeurs et à échanger leurs poux. Louis était allongé par terre, Fernand à côté de lui, lorsque le petit officier entra de nouveau dans le grenier et répéta pour la dixième fois au moins : « C'est votre chambrée. » Alors, sans réfléchir, Louis roula sur le côté jusqu'à se trouver à portée des pieds du gradé et là, il ouvrit tout

notes

1. chambrée : dortoir pour les soldats.

2. affublés : vêtus d'une manière ridicule ; il s'agit ici de la couverture dont les soldats s'enveloppent.

grand la bouche et mordit de toutes ses forces dans l'une de
ses chevilles. Insensible au hurlement de l'homme, il garda serré dans
sa mâchoire l'os qui s'effritait entre ses dents, tellement qu'il n'eut
795   bientôt plus qu'un tas de petits os dans la bouche qu'il cracha
soudain au milieu des hommes endormis.

– Ta gueule !

Louis entendit de nouveau la voix rauque[1]. « Ta gueule ! »
meuglait un homme non loin de lui.

800   Il s'assit sur son lit, incapable de se souvenir de l'endroit où il était
et, durant quelques minutes, une peur effroyable s'empara de lui.
Était-il au front, en première ligne, sans pouvoir se réveiller alors
que le sifflet avait retenti et que les Boches les attendaient à quelques
mètres ? Rêvait-il vraiment ? Et son lit, car il était dans un lit à en
805   juger par ses doigts serrés sur des draps, était-il vrai ? Peut-être se
trouvait-il à l'hôpital, auquel cas sœur Anne n'allait pas tarder à
pointer sa cornette pour voir de quoi il retournait et qui avait crié de
la sorte. « Monsieur Jodet ! Cessez vos simagrées ! » Fernand avait-il
crié ? Ou bien était-ce lui, Louis, victime d'un cauchemar dont
810   les dernières images s'enfuyaient à toute allure ? Au moment où il
alluma sa lampe de poche, il lui restait tout juste une odeur de vieille
paille et un drôle de goût dans la bouche.

– Éteins, merde, râla la voix rauque.

Louis écarquilla les yeux du plus qu'il put. Pas de Fernand, pas
815   d'hôpital, pas de front non plus, Dieu merci ! ni d'ennemi, juste
des lits qui surgissaient, pris dans le cercle lumineux de la lampe. Il
savait maintenant où il se trouvait, exactement dans cette partie
du bâtiment abritant les lecteurs du contrôle postal ainsi que quelques vaguemestres[2]. À la fenêtre, le vent jetait la pluie en rafales
820   contre la vitre.

– Bon Dieu, tu vas éteindre ou quoi ! cracha une voix à ses côtés.

– Oui, oui.

Il éteignit.

---

notes

1. rauque : enrouée, éraillée.   **2. vaguemestres :** militaires
chargés du service postal.

Chapitre 3

Allongé sur le dos, les yeux ouverts dans la nuit, Louis attendit que son cœur se calme en écoutant mugir le vent, taper la pluie et les hommes se retourner en gémissant. Bientôt, il entendit ronfler son voisin, de plus en plus fort, et, durant de longues minutes, il tâcha en vain de caler sa respiration sur la sienne. Finalement, alors qu'il désespérait de se rendormir, il sombra brutalement dans un sommeil noir.

Chemin des Dames. - Le Fort de la MALMAISON.
The Fort of MALMAISON.

4

Décembre 1917

> *Cher Auguste,*
> *Ici, on est en plein air et en pleine campagne. Seulement la terre est labourée par les marmites[1] au lieu des charrues et, dans les tranchées, nous avons de l'eau jusqu'à mi-jambes. Les Boches en ont encore plus que nous. Toute la journée, ils retirent l'eau avec des seaux et, quand ils lèvent un peu trop la tête, on leur envoie une pastille pour leur rhume et eux en font autant pour nous. Les pluies des jours derniers transforment le sol en une boue liquide, nos effets[2] sont remplis d'humidité et nous allons être malheureux cet hiver encore, aussi nous ne sommes pas gais et le moral n'est pas extraordinaire. C'est avec tris…*

Louis leva les yeux de sa lettre. Devant lui se tenait le président Grillaud, accompagné par deux hommes, un galonné[3] qui portait au bras gauche le brassard noir du deuil et un officier d'une trentaine

---

notes

1. **marmites :** gros obus (durant la Première Guerre mondiale).

2. **effets :** affaires.
3. **galonné :** officier supérieur.

La Vie tranchée

d'années au regard perçant. Il ne les avait pas entendus arriver et il se mit aussitôt au garde-à-vous devant sa chaise.

– Repos, lui intima Grillaud.

L'homme au brassard dégageait une autorité naturelle. Cependant, il regardait Louis d'un air absent, comme s'il était ici par obligation et que la situation créait chez lui un sentiment d'ennui. En revanche, l'officier qui semblait être son second faisait montre d'une attention soutenue.

– Louis Saint-Gervais, mon commandant. Il est lecteur ici depuis plus de trois mois.

Grillaud se pencha vers son supérieur hiérarchique et ajouta d'une voix basse mais suffisamment audible pour que l'intéressé l'entende : « Un très fin lecteur, d'ailleurs. »

Une lueur d'intérêt traversa le regard du commandant. « C'est bien, mon garçon, continuez ainsi », dit-il, puis elle disparut de ses yeux et son regard redevint vide. Louis s'interrogea. Était-ce le deuil qui le coupait ainsi des hommes, ou bien appartenait-il à cette race de gradés arpentant les tranchées en terrain connu, sous prétexte qu'ils en avaient vu le tracé sur une carte ? Ceux-là, Louis les connaissait, ils regardaient les choses et les hommes sans les voir. Son second, lui, se pencha sur la lettre ouverte dont il lut quelques mots à mi-voix, avant de se redresser.

– Ce travail vous plaît-il ? demanda-t-il soudain.

Louis acquiesça[1] mécaniquement mais, en réalité, il n'en savait rien.

Tandis que l'officier rejoignait le président Grillaud et le commandant, il se reposa la question intérieurement. Oui ou non, aimait-il faire ce qu'il faisait ? Lire la correspondance des autres, pénétrer sans leur accord dans leur vie intime, violer leurs pensées secrètes... faire un boulot de « salaud d'embusqué », comme on disait au front. Louis n'en savait rien et, momentanément, il renonçait à connaître la réponse.

---

note

1. acquiesça : approuva, répondit « oui ».

Chapitre 4

Il reprit sa lecture interrompue.

> *C'est avec tristesse que nous envisageons de passer un quatrième hiver dans les tranchées. On nous avait tellement dit que le précédent serait le dernier. Allons, je me tais ou je vais prendre un sérieux coup de noir. Cordiale poignée de main de ton camarade Léon.*

L'an dernier, Louis avait vécu son troisième hiver de guerre. Un froid de tous les diables les tenait les uns contre les autres, appuyés contre la terre glacée, silencieux. Puis, à moins de cent mètres de là, les Allemands qui leur faisaient face s'étaient mis à leur parler comme s'ils étaient dans un salon. Louis entendait encore la voix de ce soldat du fond de sa tranchée : « Guerrre finie, messieurs, guerrre finie. » Chaque matin, durant plusieurs jours, l'homme avait répété avec son accent qui accrochait les *r* : « Ne tirrrez pas, guerrre finie. » On était en décembre 1916 et tout le monde n'avait plus qu'une idée en tête : que la guerre finisse, tout de suite, par n'importe quel moyen. Lorsque Gaston était monté à l'échelle et avait tiré droit devant lui en hurlant : « Ta gueule, le Boche ! Ta gueule ! », l'Allemand s'était tu mais les copains avaient eu du mal à empêcher le Français et ses cent dix kilos de muscles de quitter la tranchée. Finalement, Gaston s'était calmé et on n'avait plus jamais entendu le Boche.

– Guerre toujours pas finie, murmura Louis en repliant la lettre et en la posant sur le tas prêt à repartir. Toujours pas finie un an plus tard.

Il ouvrit la lettre suivante. Sur le papier, d'une écriture enfantine, un jeune soldat avait écrit à sa mère ces quelques phrases.

> *Ma chère maman,*
> *Aujourd'hui, pas de jaloux car personne n'a de lettre. Sur le coup, beaucoup ont le cafard, moi le premier. Jamais il ne m'a tenu comme il me tient aujourd'hui. Pardon de te le dire. Je t'embrasse de tout mon cœur.*
> *Ton fils, Maurice.*

L'hiver, la plus terrible des saisons. Dans quelques semaines, Noël serait là, et avec lui, la douleur accrue de n'être pas avec les siens. C'était l'époque où les hommes regardaient plus souvent encore, avec une boule dans la gorge, la photographie de la femme aimée et des enfants chéris. Comme beaucoup d'autres de son âge, Louis avait relu pour la centième fois les lettres de sa mère et il avait soudain pensé que, s'il mourait sur le champ de bataille, il n'aurait jamais connu l'amour. Ce jour-là de Noël 1916, il avait réalisé avec effroi qu'il quitterait peut-être cette terre sans avoir tenu une fille dans ses bras.

**Commission de contrôle postal de Bellegarde
par M. Malmezat, lecteur en juin 1916
et dessinateur de métier.**

Chapitre 4

[Louis laisse aller ses pensées, tandis que le président Grillaud et les deux contrôleurs font le tour des lecteurs.]

Un brouhaha se fit entendre fait de raclements de pieds de chaises sur le parquet et de murmures. Louis leva les yeux. Le commandant et son second s'en allaient, escortés par Grillaud qui les raccompagnait jusqu'à la porte. Tous les lecteurs s'étaient levés et, désormais silencieux, ils saluaient le départ de leurs supérieurs. Louis s'aperçut que, de là où il se trouvait, le commandant et son second ne pouvaient pas le voir et qu'il n'était donc pas nécessaire qu'il se lève à son tour. Aussi resta-t-il assis, caché par le mur des dos, la main posée sur sa dernière lettre.

— Messieurs, dit le commandant avant de quitter la pièce (il s'était retourné vers les lecteurs et son ton était celui d'un homme habitué à diriger d'autres hommes), continuez ainsi. Soyez attentifs et justes mais intraitables, afin qu'entre vos mains aucune indiscrétion ne se glisse qui mette en péril la France et ses enfants. Je compte sur vous, le grand quartier général compte sur vous. La victoire de notre pays repose en grande partie sur votre vigilance.

La fin du discours fut saluée d'un claquement simultané de talons. Puis, chacun se rassit à sa place et reprit le cours de son activité. Ignorant le regard désapprobateur de son voisin qui avait repéré son manquement à la règle, Louis termina la lecture de sa lettre.

... je ne devrais sans doute pas t'en parler car la censure veille toujours, mais, ce matin, les Boches nous ont envoyé par des petits ballonnets[1] La Gazette des Ardennes, rédaction française mais made in Germany pour annoncer leur victoire en Italie. Il paraît que le désastre italien est effrayant. Les journaux n'en parlent pas, afin sans doute de ne pas démoraliser nos troupes et faire manquer le nouvel emprunt[2]... Peux-tu m'avoir des renseignements à ce sujet ?

notes

1. petits ballonnets : petites montgolfières.

2. Le gouvernement lance des emprunts auprès de la population pour financer les dépenses de guerre.

LA VIE TRANCHÉE

Non, fit Louis en balançant silencieusement la tête de gauche à droite. Non, le jeune Charles, puisque tel était le prénom de l'auteur de cette lettre, n'aurait jamais de *renseignements à ce sujet*. Sa lettre allait être saisie, envoyée au grand quartier général qui la transmettrait, peut-être, au ministère de la Guerre, et son père n'en aurait jamais connaissance. « Fraternisation avec l'ennemi », écrivit Louis sur le papier qu'il joignit à la lettre. Et le nom du jeune Charles et de sa famille irait sans doute grossir la liste des suspects.

À côté des lettres à contrôler, le vaguemestre avait déposé le courrier personnel de Louis. Trois lettres l'attendaient, une de sa mère dont il reconnaissait l'écriture large et ronde et deux autres de Fernand. Il commença par la lettre maternelle. Les nouvelles étaient bonnes, de la maison comme de Jeanne qui se remettait d'un mauvais rhume leur ayant fait peur à tous. Les chevaux étaient rentrés dans les étables et le froid commençait à tomber. Bientôt il allait geler, annonçait la mère en se plaignant du manque de bras pour seconder le père dans les tâches les plus rudes. *On ne trouve plus de main-d'œuvre, tout le monde est parti à la guerre par chez nous.* Pour finir, elle lui demandait les dates de sa prochaine permission et, comme chaque fois, Louis ne pourrait pas lui répondre avec précision... dans les quatre mois à venir, sans doute.

Il replia la lettre et la remit dans son enveloppe. Puis il ouvrit la première lettre de Fernand, dont le cachet indiquait la date du 3 décembre. Son ami y parlait justement de permission. Pratiquement rétabli, il s'était entendu suggérer par sœur Anne une sortie de quelques jours. *La cornette en chef a décrété que le grand air me ferait du bien, alors voilà qu'elle se renseigne. Tu la connais, elle est capable d'obtenir gain de cause même auprès de cet imbécile de médecin-major.* Son ami allait de mieux en mieux et, d'après ce qu'il disait, il marchait bien, quoique avec un boitement. Sa deuxième lettre était datée du 10 décembre. Étrangement, par ce mélange inattendu qu'accomplissent parfois les postes, les deux courriers étaient arrivés

Chapitre 4

le même jour. Cette dernière lettre était d'un laconisme[1] télégraphique. *J'arriverai le 21. N'oublie pas le pinard et les filles ! Fernand.*

Louis ressentit une violente douleur à la poitrine. Fernand. Son camarade de guerre, son ami de chaque jour, son porte-bonheur des tranchées allait venir ici, le voir ! Depuis son départ de l'hôpital, Louis n'avait reçu aucune visite et il n'avait même jamais pensé que cela pût se produire. Fernand, ici ! Il jeta un coup d'œil circulaire dans la pièce et lorsqu'il vit tous ces militaires penchés sur leur bureau, accomplissant leur tâche, ils lui parurent soudain empesés[2] et sinistres. Fernand semblait si... si vivant comparé à eux. En tout cas, pensa-t-il en souriant intérieurement, pour ce qui était des filles, il y en aurait au moins une ici. Si elle arrivait comme prévu cette semaine, cette Blanche qui débarquait de Paris serait peut-être au goût de son ami. Il trempa sa plume dans l'encrier et répondit immédiatement à Fernand, finissant sa lettre par un : *Je t'attends, vieux camarade !* plein d'un enthousiasme qu'il ne se croyait plus capable de ressentir.

Sa douleur à la poitrine diminuait peu à peu. Louis connaissait bien cette sensation et il avait découvert durant la guerre, entre autres choses bien pires, que l'on pouvait suffoquer[3] de bonheur comme de malheur. Pour deux sentiments totalement opposés, il était possible d'éprouver la même souffrance intérieure.

Il restait une bonne semaine avant l'arrivée de son ami. Une longue semaine durant laquelle il allait s'abîmer[4] dans son travail afin que les heures se succèdent plus rapidement. Il demanderait au président Grillaud qu'il lui prête un matelas. Depuis quelques jours, Louis occupait une chambre au premier étage de la maison réquisitionnée pour le président du contrôle postal. Lorsque Grillaud lui avait proposé cette pièce à l'étage, une chambre d'environ quinze mètres carrés donnant sur la cour, Louis avait accepté sans réfléchir, la seule perspective de quitter le dortoir

---

notes

1. laconisme : concision, froideur.
2. empesés : raides, dépourvus de naturel.
3. suffoquer : étouffer.
4. s'abîmer : se perdre, tout oublier.

commun suffisant à sa décision. Il n'avait pas eu à se repentir de[1] son choix, Grillaud se montrant d'une grande discrétion à son égard. Un simple matelas placé au fond de la pièce, sous la fenêtre, procurerait à Fernand un endroit sympathique pour son séjour, et Louis espérait que le président en avait un, entreposé dans un placard quelconque, à lui proposer.

> *Chers parents,*
> *Pas de date précise à vous donner quant à ma prochaine permission. En revanche, mon ami Fernand, vous savez, mon camarade de ligne[2] avec qui je fais la guerre depuis le début, va venir me rendre visite à la fin décembre. Il est presque rétabli et il a droit à quelques jours hors de l'hôpital. Je me réjouis de le voir. J'espère tout de même obtenir une permission pour le Nouvel An et venir le fêter avec vous. En attendant, faites un baiser de ma part à ma petite Jeanne. Elle doit changer en ce moment. Si vous avez une photo, pouvez-vous me l'envoyer ? J'ai hâte de la revoir, tout comme vous. À très bientôt. Je vous embrasse. Louis.*
> *Si vous pouvez me faire parvenir deux boîtes de Valda, je n'arrive pas à en trouver par ici. Merci.*

Au moment où Louis commençait une nouvelle lettre, la cloche du déjeuner retentit. Il regarda sa montre : midi, déjà. Il prit le temps de terminer sa lecture, la lettre était courte et sans intérêt particulier, et il la plaça sur le tas des courriers à acheminer. Il étira devant lui ses deux bras et bâilla longuement. La tâche était parfois si fastidieuse[3] qu'il lui fallait faire un effort pour ne pas lire en diagonale en se contentant de rechercher les mots les plus couramment sanctionnés comme *paix, cesse la guerre, salauds du gouvernement, hécatombe,* etc. Il se leva, repoussa derrière lui la chaise qui recula en gémissant.

Fernand arrivait dans huit jours, c'était la seule pensée à laquelle il avait envie de s'accrocher. Son ami aurait-il changé en quatre mois ?

---

notes

1. **se repentir de :** regretter.
2. **ligne :** front.
3. **fastidieuse :** monotone et rebutante.

Chapitre 4

Louis espérait qu'il s'était musclé, le fait de ne pas avoir marché durant de longues semaines avait dû affaiblir ses jambes et il se souvenait avec dégoût de ses mollets qui pendouillaient dans le lit comme la peau des bras des vieilles personnes. Il avait ainsi découvert que, malgré leur jeune âge et ce qu'ils avaient enduré dans les tranchées, leur corps pouvait soudain leur faire défaut d'une façon tout à fait ordinaire. Qu'elles ne soient pas utilisées durant plusieurs semaines et leurs jambes, qui avaient pourtant parcouru des centaines de kilomètres, ressemblaient à des paquets de chiffons qui ne portaient plus rien. Les corps s'effondraient brutalement et rendaient soudain inexplicable la façon dont ils avaient tenu jusqu'ici, durant des mois, dans des conditions inhumaines.

Louis sortit une cigarette de son paquet et la fit glisser entre sa moustache et son nez. En tout cas, c'était bien debout que Fernand arriverait et il espérait de tout cœur revoir en lui le camarade qu'il avait connu dans les lignes : un garçon rieur et bien bâti que rien ne semblait pouvoir vaincre.

★

Devant la marmite de soupe, il se retrouva une nouvelle fois avec l'abbé Jourdin décidément résolu à fraterniser avec lui. La proximité de l'âge sans doute, se dit Louis de guerre lasse[1]. La plupart des lecteurs avaient autour de la quarantaine et, en dehors de l'abbé et de lui, les seuls hommes jeunes appartenaient aux régiments de passage. Très souvent, d'ailleurs, ces soldats les regardaient avec défiance[2] et amertume, particulièrement Louis qui, ne portant pas de soutane et n'arborant[3] aucune blessure visible, leur faisait l'effet d'un lâche, d'un embusqué. Heureusement pour lui, ces soldats ignoraient son rôle car, alors, il n'aurait pas donné cher de sa peau.

– Tu les achètes où, tes cigarettes ?

– Au village à côté ou à la coopérative, parfois elles y sont moins chères.

---

notes

1. de guerre lasse : ayant renoncé par lassitude.

2. défiance : manque de confiance.

3. n'arborant : ne présentant pas.

LA VIE TRANCHÉE

– J'irai ce soir, promit le curé. Comme ça, je te rendrai ce que je te dois.

Louis leva un bras en l'air et le laissa retomber, une cigarette de plus ou de moins...

– Ah non ! protesta le curé. Il faut être juste dans la vie et rendre exactement ce que l'on vous a donné.

Œil pour œil, dent pour dent, pensa aussitôt Louis, mais il ne dit rien. Auparavant, lui qui aimait tant discuter aurait sauté sur l'occasion pour polémiquer[1] sur la question de la justice et de l'égalité mais, aujourd'hui, il n'avait plus le cœur à cela. La guerre avait détruit en lui toute velléité[2] d'échange. Seuls comptaient désormais sa famille, Fernand, et le souvenir des camarades du front dont un grand nombre étaient restés là-bas, à engraisser les rats. Cela seul lui importait, ainsi que rencontrer une femme auprès de qui vivre. C'était là tout son rêve. Penser autre chose lui semblait hors de propos et réfléchir s'apparentait pour lui à sombrer dans une nuit sans fin.

– Je peux m'asseoir à côté de toi ?

– Si tu veux, dit Louis, sans répondre au sourire éternel.

[Louis déjeune avec le jeune abbé qui lui explique combien il souhaite partir au front.]

Alors qu'il rejoignait son coin de bureau en se jurant d'éviter à l'avenir l'ennuyeux Jourdin, Louis enregistra inconsciemment un changement d'atmosphère. Sur le coup, il aurait été incapable d'en décrire la cause, mais il flottait dans l'air une ambiance inhabituelle. Il se pencha vers Pageot dont le visage éclairé d'un sourire n'augurait[3] rien de bon, son voisin n'étant à son aise que dans des situations que Louis estimait généralement désagréables.

– Que se passe-t-il ?

---

notes

1. polémiquer : échanger des opinions contradictoires.

2. velléité : intention non suivie d'effet.

3. n'augurait : ne présageait, n'annonçait.

Chapitre 4

Spontanément, il avait chuchoté. Pageot, pas pire sourd que lui-même, fit celui qui n'avait rien entendu. Louis réitéra[1] sa question, à voix haute cette fois :

– Que se passe-t-il, au juste ?

Son voisin lui jeta un regard noir, puis il dressa son index à la verticale au milieu de ses lèvres : « Chut ! » Que Pageot, à la critique si prompte et à la censure si bavarde, ne trouvât rien à dire acheva de troubler Louis.

Le président Grillaud se tenait debout, au milieu de la pièce, et à la façon dont il tortillait sa moustache, on voyait tout de suite qu'il se trouvait dans l'embarras. Il s'éclaircit la voix une fois, puis deux, avant de recommencer à tirer sur sa moustache comme si la solution pouvait en sortir. À ses côtés, Mercier demeurait droit, les bras raides de chaque côté de son corps, dans une immobilité réglementaire qui ne lui était pas habituelle. Il régnait dans la pièce un silence impressionnant que seules quelques toux entamaient de-ci, de-là.

Grillaud s'éclaircit la voix une dernière fois, lâcha sa moustache, puis il commença :

– Messieurs, comme vous avez pu le constater, nous avons reçu ce matin la visite du commandant de Banvilliers ainsi que de son second, le capitaine Andrieux, qui occupe la fonction d'inspecteur de la zone des armées. Tous deux venaient s'assurer du bon fonctionnement de notre commission et il semble qu'ils aient été satisfaits de ce qu'ils ont vu, aussi je tiens à vous remercier, messieurs, pour le zèle dont vous faites preuve chaque jour dans l'exercice de la tâche délicate qui est la vôtre.

À ces mots, Pageot leva les épaules de plaisir.

– Toutefois... (Grillaud s'était remis à tirer sur sa moustache.) Toutefois, reprit-il, au regard des dossiers individuels, le capitaine Andrieux a cru constater qu'un certain nombre d'entre vous étaient vraisemblablement atteints par la limite d'âge tandis que d'autres devaient repasser devant la commission médicale de réforme pour vérifier si leur inaptitude aux armes était toujours valable ou non.

note

1. réitéra : répéta.

**Georges Clemenceau (1841-1929),
surnommé « le Tigre » et « le Père la Victoire ».**

Chapitre 4

Il avait parlé d'une traite[1], comme pour se débarrasser du message qui provoqua immédiatement un murmure dans les rangs. Devant Louis, les épaules de Pageot s'affaissèrent.

1135 — J'ai expliqué au commandant de Banvilliers à quel point la moindre diminution du nombre des lecteurs nuirait au service de la commission, mais je crains de ne pas avoir été entendu.

Cette fois, plus personne ne cachait son inquiétude et, dans certains regards, le désarroi se lisait. Louis fut parcouru d'un frisson.
1140 Ce qu'il avait toujours redouté sans se l'avouer, à savoir que son *inapte ce jour* n'était pas un avis définitif, arrivait. Il n'avait jamais voulu imaginer que son inaptitude puisse être remise en cause. En tout cas, pas si vite, pas au bout de quatre mois seulement d'exercice.

— Je comprends ce que vous ressentez, poursuivit Grillaud, et je ne
1145 suis pas moi-même à l'abri. Sachez que je plaiderai la cause de chacun ici mais, je vous le répète, je crains de ne pas recevoir beaucoup d'écho. Les lois sont plus strictes désormais et Clemenceau[2] n'a pas caché ses intentions en revenant au gouvernement, alors, s'il est de notre devoir de Français de rejoindre les lignes, eh
1150 bien... (il eut une brève hésitation) eh bien, nous le ferons de tout notre cœur.

Un lourd silence accueillit cette déclaration. « La guerre, la guerre », les mots de Clemenceau se mirent à tourner dans la tête de Louis. « La guerre, rien que la guerre », avait annoncé le Tigre[3].

1155 — Maintenant, messieurs, remettez-vous au travail, termina le président avant de tourner les talons.

Chacun se rassit, le visage sombre. Certains parmi les plus âgés semblaient peu inquiets, leur âge excluant un envoi au front, mais quelques-uns d'entre eux, qui avaient perdu leur travail ou ne
1160 pouvaient l'exercer en temps de guerre, voyaient d'un mauvais œil

notes

1. d'une traite : sans s'arrêter.
2. Georges Clemenceau (1841-1929), médecin puis journaliste et homme politique qui devint

président du Conseil le 16 novembre 1917, fonction qu'il avait déjà occupée de 1906 à 1909.
3. Tigre : surnom donné à Clemenceau pour évoquer sa

forte personnalité et son intransigeance (« Je fais la guerre », avait-il déclaré à son retour au pouvoir).

un retour à la vie civile. Les plus angoissés étaient les hommes de trente à trente-cinq ans, qui tremblaient à l'idée de quitter le confort de la commission pour se retrouver dans ce qu'ils avaient uniquement vu décrit dans les lettres et qu'ils désiraient par-dessus tout ne jamais connaître. Seul le jeune abbé arborait un visage léger et son sourire s'était élargi.

Louis décacheta l'enveloppe et en sortit une fine feuille de papier pliée en huit, qu'il eut du mal à ouvrir de ses mains tremblantes.

Il n'imaginait plus qu'il puisse y retourner. Cela datait de peu mais il avait recommencé à éprouver un soupçon d'intérêt pour sa vie. Depuis quelque temps, il avait retrouvé un peu de cette sensibilité qu'il croyait avoir perdue dans les premières lignes où il ne leur restait que deux possibilités : devenir indifférent ou devenir fou, même si, à bien y penser, il lui semblait parfois que les deux revenaient au même.

Ma Lilie chérie...

Retourner au front après ces quelques mois de répit ? Ce serait pire que de ne pas l'avoir quitté, se dit-il soudain.

Ma Lilie chérie,
Je viens à l'instant de recevoir ta lettre m'annonçant avec tristesse la mort de ton frère Jean. Le cœur serré par l'émotion, je m'empresse de te faire réponse, voulant partager la douleur amère qui étreint ton cœur de sœur.

Retourner au front dans quinze jours, ou trois semaines peut-être, en plein mois de décembre... Louis eut un violent hoquet. Ce n'était pas possible, pas maintenant, pas comme ça. Des larmes lui montèrent aux yeux, qui le surprirent et lui firent courber la tête.

Lilie chérie, les pleurs et les lamentations ne sont pas pour guérir les plaies du cœur, tout au contraire, d'un malheur il ne faut pas en faire deux.

Par malchance, il partirait peut-être avant que Fernand n'arrive. Un nouveau hoquet lui tordit l'estomac lorsqu'il réalisa que Fernand

Chapitre 4

ne serait pas du voyage, cette fois. Si jamais Louis retournait au front,
ce serait seul. Seul là-bas ! Il eut un frisson de dégoût. Ne plus penser
à cela, ne plus penser à rien. Louis planta son index sur la lettre et se
mit à suivre un à un, du bout du doigt, les mots qui tremblaient sous
ses yeux humides de larmes.

> *Pour nous, pauvres innocents guerriers, la vie est bien peu de
> chose. Nous vivons au jour le jour. À l'instant bien portants et,
> peut-être, dans quelques minutes… morts !*

Il lui semblait que ses yeux allaient sortir de leurs orbites tant
l'effort qu'il faisait pour lire lui pesait. Chaque mot se détachait, net,
unique, incompréhensible.

> *Notre existence se balance attachée à un fil et l'espoir qu'il ne
> cassera pas est si frêle… qu'il vaut mieux ne pas en causer.*

« Se taire et espérer, se taire et espérer, se taire et espérer »,
répétait-il à mi-voix.

> *Je sens en mon âme une pitié ineffable[1] pour ces glorieux
> malheureux, victimes de la barbarie humaine, dont tu pleures
> l'agonie et la mort d'un des membres.*

Espérer que la commission le déclare inapte encore un peu.

> *Je termine brusquement mes impressions, car je sens que je
> divague… Nous sommes à Sapicourt, à 15 km à gauche de
> Reims, à 12 km des premières lignes, et j'entends du baraque-
> ment, au fond duquel je t'écris, le grondement rauque et sourd
> du canon.*

Espérer mieux encore, espérer l'inespéré : être reconnu inapte
définitif.

---

note

1. ineffable : qu'on ne peut décrire par des mots, indicible.

Écris-moi vite, dis-moi bien des choses. Reçois mes plus doux baisers, ma petite Lilie adorée.

Jo, ton petit homme P.L.V.

Il replia la lettre du petit homme P.L.V. et la plaça dans le tas des lettres à saisir. « Défaitisme et indication précise de lieux », écrivit Louis au crayon.

Il passa un avant-bras rageur sur ses yeux, pour les nettoyer de toute larme. Il lui fallait réfléchir. Lucien avec sa jambe en moins ou Maurice et sa pauvre tête perdue dans un endroit inconnu étaient reconnus inaptes définitifs. Et lui, que pourrait-il dire ? Peut-être pouvait-il parler de... confusion ? Parfois, il se sentait bizarre, le cerveau pris d'un étrange engourdissement. L'idée était tentante mais il se ravisa[1] presque aussitôt : à l'hôpital, un malade leur avait raconté que toute tentative de tricherie était sévèrement punie et que l'électricité faisait revenir plus d'un simulateur à la raison. Non, Louis secoua la tête, il était préférable d'abandonner cette idée.

Il jeta un coup d'œil sur la lettre qu'il venait de lire et mettre de côté. *Ton petit homme P.L.V.*

P.L.V., qu'est-ce que cela pouvait bien vouloir dire ? se demanda-t-il un court instant.

Il saisit l'enveloppe suivante, couverte de taches, et l'ouvrit. Il en sortit une petite feuille bleu ciel sur laquelle courait une écriture enfantine. L'homme avait écrit sans respirer, c'était du moins l'impression que donnaient ses mots, qui se suivaient à se toucher de part et d'autre de la feuille, sans ponctuation. Pas de marge, pas d'espace, aucun blanc ni d'un côté ni de l'autre : la courte lettre avait été rédigée d'une traite, sur une impulsion.

Papa. Ici pour être évacué il faut être crevé je voudrais que le gouvernement vienne en ligne pendant deux heures il verrait ce que c'est je m'en fous si la lettre passe à la censure ce n'est que

note

1. se ravisa : changea d'avis.

Chapitre 4

la vérité excuse-moi mais je ne veux pas que l'on me parle du champ d'honneur[1] car moi j'appelle ça la boucherie car cette guerre n'est qu'un jeu de massacre on nous y mène comme un bœuf ou un mouton à l'abattoir. Ton fils qui désespère de revenir en vie.

Louis leva les yeux. Il venait de trouver ce que signifiait P.L.V. Cela voulait dire : Pour La Vie.

---

note

1. champ d'honneur : expression officielle employée pour désigner le « champ de bataille » (« soldat mort au champ d'honneur »).

Au fil du texte

Questions sur l'extrait des pages 54 à 61, lignes 1091 à 1255

QUE S'EST-IL PASSÉ ENTRE-TEMPS ?

1. Parmi les propositions suivantes, rayez celles qui sont fausses :

a) Fernand annonce à Louis qu'il a postulé pour une affectation à la commission chargée du tri postal.

b) Louis envoie à Fernand une boîte de pastilles Valda.

c) Louis et Fernand correspondent régulièrement.

d) Fernand annonce à Louis son arrivée pour le 21 décembre.

e) Louis s'inquiète de ne pas recevoir de nouvelles de ses parents.

f) Louis apprécie le capitaine Grillaud, président de la commission.

g) Louis apprécie Henri Pageot, un des lecteurs de la commission.

h) Le capitaine Grillaud annonce la venue d'une dactylographe, Blanche, âgée de dix-neuf ans.

2. En quoi consiste le travail de Louis ?

AVEZ-VOUS BIEN LU ?

3. De quel le « *changement d'atmosphère* » parle-t-on à la ligne 1093 ?

4. Pourquoi le capitaine Grillaud prononce-t-il son discours « *d'une traite* » (l. 1132) ?

5. Comment les différents personnages réagissent-ils au discours de Grillaud ?

Extrait pp. 54 à 61

6. Pour quelles raisons Louis place-t-il la lettre signée « *Jo, ton petit homme P.L.V.* » dans le tas des lettres à saisir ?

7. Que signifie, selon Louis, l'abréviation P.L.V. ?

ÉTUDIER LE VOCABULAIRE ET LA GRAMMAIRE : LE DISCOURS DE GRILLAUD (L. 1117 À 1124, L. 1126 À 1131, L. 1135 À 1137, PP. 55-56)

8. De combien de phrases se composent les trois parties de ce discours ? Quel lien faites-vous avec l'expression « *d'une traite* » employée à la ligne 1132 ?

9. Donnez la nature des différentes propositions* qui composent la phrase des lignes 1127 à 1131 en excluant l'incise narrative*.

10. Quel connecteur logique* exprime une conséquence ? Lesquels introduisent une opposition ? Déduisez-en la démarche adoptée par Grillaud dans son discours ?

ÉTUDIER LE PROCÉDÉ DE L'ALTERNANCE (L. 1169 À 1224, PP. 58 À 60)

11. À quoi voit-on que Louis est bouleversé par la nouvelle annoncée par Grillaud ?

12. Relevez le champ lexical* des larmes dans le récit et dans la lettre. Quel est l'effet produit ?

13. Comment la présence de la lettre dans ce passage vient-elle souligner la souffrance de Louis ?

---

* proposition : groupe de mots centré sur un verbe conjugué. La proposition indépendante se suffit à elle-même, alors que la proposition principale dirige une proposition subordonnée.

* incise narrative : petite proposition constituée d'un verbe de parole et de son sujet inversé et permettant l'insertion du discours direct dans le récit.

* connecteur logique : mot ou expression exprimant un lien logique entre deux informations données.

* champ lexical : ensemble des mots se rapportant à une même notion.

Au fil du texte

14. Comment le récit contribue-t-il à mettre en relief la lettre* réelle ?

ÉTUDIER LA LETTRE RÉELLE DE JO (L. 1176 À 1221, PP. 58 À 60)

15. Quels sont les différents indices de la forme épistolaire* ?

16. Quels sont les sentiments éprouvés par Jo et par Lilie ?

17. Relevez les adjectifs qualificatifs et précisez le nom auquel ils se rapportent et leur fonction. Quels sont ceux qui appartiennent au champ lexical* de la souffrance ?

18. Quelle image des soldats au front la lettre de Jo donne-t-elle ? Vous vous appuierez sur des citations pour répondre.

LIRE L'IMAGE

19. Quelles informations données par la gravure (p. 48) retrouve-t-on dans le roman ?

À VOS PLUMES !

20. L'attitude du capitaine Grillaud au début du passage puis la lecture de la lettre modifient l'atmosphère. À votre tour, mettez en scène un groupe duquel se démarque un personnage qui a une nouvelle à annoncer.

* *lettre* : on distingue les lettres réelles des lettres fictives.

* *forme épistolaire* : forme de la lettre.

* *champ lexical* : ensemble des mots se rapportant à une même notion.

5

Blanche arriva un mardi en fin d'après-midi. De toutes les femmes que Louis avait approchées jusque-là, elle était de loin la plus singulière. Taille moyenne, hanches fines, un chignon châtain serré sur la nuque, la jeune fille n'était pas ce qu'on pouvait appeler jolie mais, à peine eut-elle posé le pied dans la pièce que Louis ne vit plus qu'elle, qui avançait à pas timides aux côtés du président Grillaud en jetant des coups d'œil furtifs[1] autour d'elle. Sa jupe longue et plissée se balançait à ses mollets et découvrait des bottines lacées serré. Par-dessus sa veste en coton grossier, elle portait un tour de cou en fourrure marron clair, « du renard », nota Louis en se levant comme tous les hommes dans la pièce. Son regard fixe et ses lèvres tombantes lui donnaient l'air d'une fillette renfrognée[2].

– Repos.

Grillaud s'était arrêté devant la table des officiers. Il lissa sa moustache, eut une mimique satisfaite puis, d'un geste ample, il lança son bras armé de sa pipe en direction de la jeune fille.

– Messieurs, dit-il, je vous présente Blanche Castillard, la jeune dactylographe que le quartier général nous avait promise. Je demande à chacun d'entre vous de l'accueillir le mieux possible.

notes

1. **furtifs :** discrets.　　2. **renfrognée :** boudeuse, de mauvaise humeur.

LA VIE TRANCHÉE

Un murmure parcourut les rangs. L'abbé Jourdin souriait à pleines dents, visiblement enchanté par l'arrivée d'une nouvelle ouaille[1] dans son entourage. Seul Pageot soupira, et Louis, qui était suffisamment proche, l'entendit. Sur le visage de Blanche, aucune émotion n'apparaissait. Ses yeux avaient arrêté de bouger en tous sens, elle restait immobile aux côtés de Grillaud, les bras ballants[2], le regard figé au loin.

– Mademoiselle Castillard étant placée sous mon autorité, elle travaillera essentiellement avec moi. Vous n'aurez donc que rarement affaire directement à elle, mais je vous demanderai, si elle vous sollicite[3], de bien vouloir répondre à ses questions et de l'aider, autant que vous le pourrez, à se familiariser avec la tâche qui lui incombe[4].

Louis se demanda si la jeune fille avait un frère, un père ou un fiancé sur le front. Comment réagirait-elle à la lecture de certains récits ?

– Blanche nous vient du Bureau central des postes de la rue du Louvre, à Paris, où elle travaillait dans la salle de tri, et elle méconnaît[5] les usages de commissions comme la nôtre. Je lui laisse donc deux ou trois jours, bien sûr pour découvrir un peu notre petite ville de province, mais surtout pour prendre connaissance de notre règlement, et, ensuite, elle pourra occuper pleinement son rôle.

Grillaud s'avança vers la table de Louis, accompagné de Blanche qui le suivit comme par automatisme. Le tri n'avait rien à voir avec la fonction de lecteur, songea Louis en détournant son regard des yeux noisette. Et puis, le règlement et ses nombreux chapitres étaient fastidieux à lire. Qu'est-ce qu'une jeune fille de dix-neuf ans trouverait d'amusant à cela ?

Grillaud s'arrêta devant la table, provoquant chez Pageot un infime[6] mouvement de recul.

notes

1. **ouaille :** mot désignant les chrétiens dépendant d'un curé dans une paroisse.
2. **ballants :** pendants.

3. **sollicite :** demande.
4. **qui lui incombe :** qui lui revient.
5. **méconnaît :** ignore.

6. **infime :** à peine perceptible.

Chapitre 5

1305   — Le caporal Saint-Gervais s'étant jusqu'ici acquitté[1] de la saisie des rapports hebdomadaires, je lui demanderai d'assister[2] la jeune Castillard pour le prochain rapport. Maintenant, messieurs, vous pouvez vous rasseoir et reprendre votre travail.

    Il se pencha vers la jeune fille et lui présenta Louis.

1310   — Le caporal Louis Saint-Gervais est un homme de parole[3] en qui j'ai toute confiance, mademoiselle, aussi je vous remets tranquillement entre ses mains.

    Une brève lueur traversa le regard féminin, ce qui eut pour effet de faire rougir Louis.

1315   — Merci, monsieur, murmura-t-elle à son intention.

    Monsieur ? Louis sentit une pointe lui pincer l'estomac. Sa voix avait une intonation rauque qui accentuait son côté timide. Pourquoi l'appelait-elle « monsieur » ? Il bafouilla un vague « ce n'est rien », avant de manquer s'asseoir, comme tous les autres. Il se reprit 1320 à temps et se redressa, adoptant une position proche du garde-à-vous.

    Grillaud le releva[4] d'un bref hochement de tête.

    — Dès demain, vous montrerez à Mlle Castillard notre façon de procéder, dit-il en tournant à moitié le dos.

1325   Alors qu'ils s'apprêtaient à repartir dans l'autre sens, Blanche eut un sourire énigmatique. Un très léger sourire, comme un soupçon, si léger que Louis crut longtemps qu'il s'était trompé et qu'il s'agissait juste d'un rictus commandé par l'ennui ou par la pique d'une petite douleur. L'espace d'une seconde, ce sourire rendit à 1330 Louis un fol espoir, celui de séduire et d'être séduit. Espoir vite envolé tandis qu'il la regardait marcher à pas rapides derrière Grillaud et que de dos, soudain, elle lui semblait étrangement plus petite, à moins que cette impression ne soit due au fait qu'elle s'éloignât.

---

notes

1. acquitté : chargé (en parlant d'un travail).
2. assister : aider.

3. homme de parole : homme qui tient parole.

4. le releva : le dispensa de poursuivre le garde-à-vous.

LA VIE TRANCHÉE

1335 Il se rassit, ou plutôt il se laissa tomber lourdement sur sa chaise. « Monsieur »... à ce seul mot, Louis s'était senti aussi vieux que son père. Alors qu'il avait tout juste vingt-trois ans, une jeunette de seulement quatre ans de moins lui donnait du « monsieur » comme à ceux de la territoriale[1] ou, pire encore, aux barbons[2] que l'on croisait
1340 en ville. Il était accablé non pas par le mot mais par la réalité qu'il recouvrait. Car ce qu'elle avait suggéré était bien vrai. Vieux, il l'était d'une certaine façon ; ce qu'il avait vécu durant ces trois années de guerre l'avait usé plus sûrement que trois décennies successives.

1345 — Elle est trop jeune, cette fille, bougonna son voisin, on dirait une gosse tout juste sortie des jupons de sa mère.

Pageot trouvait à y redire. Bien sûr. En dehors de la hiérarchie et de lui-même, personne ne trouvait grâce à ses yeux[3], et Louis ne s'étonna pas de cette dernière remarque. Il avait senti tout à l'heure
1350 son mouvement de recul à l'approche de Blanche.

— Elle a encore les lèvres rondes comme si elle venait de téter le mamelon de sa mère, ajouta-t-il d'un ton fielleux[4].

Ce n'était pas la première fois que Pageot montrait de l'agacement en parlant des femmes. Louis en avait déduit qu'il leur en voulait.
1355 Peut-être n'obtenait-il pas auprès d'elles le succès escompté ?... Le bougre continuait de maugréer, la tête penchée sur son courrier, sans s'adresser à personne en particulier.

— Trop jeune, ça ne nous vaudra que des ennuis.

Louis fut pris d'un frisson. Trop jeune ! La guerre n'avait trouvé
1360 personne trop jeune, elle. Ils étaient tous partis, pleins de leur vigoureuse jeunesse, et ceux qui en étaient revenus, comme lui, étaient devenus des vieux, des vieux à jamais, des vieux pour toujours. Trop jeune... La belle foutaise !

notes

1. territoriale : militaires plus âgés, généralement affectés à des secteurs tranquilles.

2. barbons : vieillards (terme péjoratif ; au départ, personnage type de la comédie, tel Harpagon dans *L'Avare* de Molière).

3. ne trouvait grâce à ses yeux : n'était digne d'intérêt.
4. fielleux : plein d'une haine cachée.

Chapitre 5

Il se leva et quitta sa place. Marcher un peu pour oublier, marcher
ne serait-ce que jusqu'au petit enclos dans la cour qui abritait
les latrines[1], pour être seul. Il sortit son paquet de cigarettes de
sa poche et en tira une qu'il colla sous son nez.

★

La note adressée à Grillaud circula de table en table. Elle émanait
de la Section des renseignements du grand quartier général et était
signée du nom du chef de service, un certain Toutain, presque aussi
connu des commissions de contrôle postal que son supérieur, le
lieutenant-colonel Zopff. Il y était écrit ceci :

> *Suite à la saisie de la lettre émanant de Joseph Soubire, dit Jo,*
> *signant P.L.V., soldat au 121ᵉ R.I., adressée à Lilie Cabrera,*
> *10 rue des Francs-Bourgeois à Paris 4ᵉ, lettre transmise*
> *le 14 décembre 1917 : lettre versée au rebut. L'enquête donne de*
> *bons renseignements sur la destinataire qui est la fiancée de*
> *l'expéditeur mais, comme celui-ci est suspect, sa correspondance*
> *doit être surveillée et toutes les correspondances qui lui sont*
> *destinées doivent être saisies.*

Louis releva la tête. Jo Soubire était le *petit homme pour la vie* dont
il avait récemment mis la lettre de côté. Eh bien ! le retour n'avait
pas traîné. Il fit passer la note à son voisin et garda un des exemplaires
dactylographiés de la nouvelle liste des suspects qui, depuis les mutineries[2] du printemps dernier, n'avait cessé de grossir. La peur que
d'autres incidents n'éclatent conduisait d'ailleurs l'état-major, qui
n'avait rien vu venir à l'époque, à envoyer régulièrement des notes
cinglantes[3] aux commissions, les exhortant[4] à fournir dans leurs
rapports toujours davantage d'extraits des courriers.

---

notes

1. *latrines :* toilettes.
2. *mutineries :* révoltes des soldats contre l'autorité militaire.
3. *cinglantes :* agressives, blessantes.
4. *exhortant :* incitant.

LA VIE TRANCHÉE

1390   Du coin de l'œil, Louis vit Pageot sortir de sa poche son petit
carnet noir, son « Mata Hari[1] » comme il l'appelait depuis l'exécution, il y avait deux mois, de l'espionne du même nom. Pageot
humecta son crayon et y copia consciencieusement le nom de
Joseph Soubire. « Suspect un jour, suspect toujours », déclara-t-il
1395   comme chaque fois. Depuis le début de la guerre, il se targuait[2]
d'avoir rempli deux cahiers. « Mes Mata Hari à moi, affirmait-il avec
fierté, n'effacent personne. »

Louis détourna son regard et ouvrit sa première lettre de
la journée.

1400   *Maman…*

C'était le plus effroyable des souvenirs. Ce mot, le seul qui venait
à la bouche des mourants, de ces grands hommes aux yeux écarquillés redevenus des enfants sur le champ de bataille leur servant de
cimetière, hantait Louis. Combien de fois l'avait-il entendu, ce mot,
1405   répété d'une voix gémissante de plus en plus sourde, de plus en plus
faible jusqu'à ne plus être. *Maman*, réclamait l'homme avant de
mourir. *Maman*, disait l'auteur de la lettre comme dans un testament.

*Maman, le temps passe mais les événements sont de plus en plus
longs et vilains. Imagine que les Russes lâchent tous leurs
1410   prisonniers, 1 700 000, paraît-il ! Plus de soldats que nous ne
sommes sur le front. J'ai le moral au plus bas et j'ai peur de ne pas
en revenir. La batterie n'est plus qu'un amas informe de décom-
bres et les pièces sont en miettes. Maman, prie pour moi.
Ton Henri qui fait tout pour tenir.*

1415   La défection[3] des Russes était un sale coup. Beaucoup de soldats se
plaignaient de ces « cochons de Russes » qui avaient abandonné

notes

1. Mata Hari : Margaretha
Zelle (1876-1917), danseuse
et aventurière néerlandaise,
qui devint une espionne
au service, à la fois, de
l'Allemagne (agent H 21) et

de la France ; reconnue
coupable d'avoir vendu
des renseignements aux
Allemands, elle fut fusillée
le 15 octobre 1917.
2. se targuait : se vantait.

3. défection : abandon
(après la révolution
bolchevique du 6 novembre
1917, les Russes entament un
processus de paix avec les
Allemands en décembre
1917).

Chapitre 5

la guerre du jour au lendemain, comme si elle ne les concernait plus, laissant le poilu seul, à faire face.

– Monsieur ?

Louis sursauta. Il ne l'avait pas entendue arriver et voilà que Blanche se tenait à ses côtés, lui donnant brutalement - était-ce la proximité de son corps ou bien la surprise ? – la chair de poule. Elle le fixait d'un regard dénué d'expression, puis elle dit d'une voix plus douce encore :

– Le président m'a demandé de voir avec vous pour le rapport.

Louis sourit bêtement, du moins lui sembla-t-il. Les lèvres féminines s'étaient refermées l'une sur l'autre, et la jeune fille arborait de nouveau cette petite moue boudeuse qui lui avait plu au premier regard. Louis sentait son corps vibrer intégralement, de la tête aux pieds.

– Euh... (Devant son absence de réponse, elle hésitait.) Je ne voudrais pas vous déranger, mais...

– Pardon. Oui ?

Sortant soudain de sa torpeur, il se leva précipitamment, manquant renverser sa chaise derrière lui. « Pardon », dit-il une nouvelle fois en rattrapant de justesse la chaise par son dossier, ce qui arracha à Pageot un regard dédaigneux[1].

L'éclair d'amusement dans les yeux de Blanche le vexa. Ainsi, il était risible ! Un instant, Louis fut tenté de rabrouer[2] l'insolente, mais elle avait déjà repris son visage normal et sa moue de tout à l'heure.

– Hum ! fit-il seulement.

La jeune fille se redressa, à l'écoute.

Il toussa de nouveau, ce qui provoqua chez lui un tremblement intérieur.

– Hum !

---

notes

1. dédaigneux : méprisant.
2. rabrouer : repousser brusquement.

Cette fois, elle le regardait avec acuité[1]. Louis se sentait fébrile, tendu par l'attente. Comment faire ? Par quoi commencer ? Et pourquoi diable Grillaud ne lui avait-il pas donné d'indications quant à l'instruction de la jeune personne ?

Ce fut elle, finalement, qui le tira de cette mauvaise passe dans laquelle il avait la sensation de s'enliser plus profondément, de seconde en seconde, sans qu'aucune issue ne se présente à son esprit. Elle demanda :

– Nous restons ici ? ou nous allons nous installer ailleurs ?

– Ailleurs, répondit Louis dans un automatisme.

Chaque semaine, il rejoignait le bureau du président, une pièce située au bout du couloir qui partait de la grande salle des lecteurs. Là, il s'installait sur le petit bureau en bois, face à la machine à écrire, et il tapait le rapport manuscrit que Grillaud lui remettait, en lui dictant parfois les passages illisibles. De temps en temps, pour se reposer un peu, Louis levait les yeux sur la tapisserie à fleurs bleues et il laissait son regard se perdre sur les murs, dans les courbes répétitives des tiges.

Elle le suivit sans rien demander de plus.

(Le froissement de sa jupe dans son dos allait poursuivre le jeune homme jusque dans ses rêves. Cette nuit-là, contrairement aux nuits précédentes, il n'allait pas se retrouver tout de suite dans les lignes, enseveli sous la boue. Non. Cette nuit-là, il commencerait par entendre le bruit de la jupe courir gaiement, comme la rivière, et il rêverait des bords de l'eau où il plongeait ses pieds, aux plus chauds soirs de l'été. La rivière coulait, ses pieds rougissaient dans le courant glacé – quand il les agitait, il éclaboussait son pantalon retroussé jusqu'aux genoux – et il entendait au loin approcher la jupe feutrée de Blanche.)

[Blanche s'installe à la place habituellement occupée par Louis. Celui-ci explique à la jeune fille en quoi consiste le rapport hebdomadaire, envoyé à la Section des renseignements aux armées.]

---

note

1. acuité : de façon attentive.

Chapitre 5

★

Louis dictait.

– Nombreux cas de pessimisme à l'approche des fêtes.

C'était l'époque de tous les risques, la pire des saisons. Noël arrivait à grands pas et les soldats s'abîmaient de plus en plus dans leurs pensées.

Il se pencha vers Blanche et baissa le ton.

– Ouvrez les guillemets : « *Je donnerais bien ma vie pour deux sous tellement je suis dégoûté. Nous marchons presque toutes les nuits pour le ravitaillement, les chevaux ne tiennent pas debout et je t'affirme que nous en avons, de la misère. Bon Dieu, celui qui est chez lui ne connaît pas son bonheur, mais on peut dire guerre d'injustices car il faudra y crever, c'est écrit.* » Fermez les guillemets.

Il reprit un ton normal et dit à haute voix :

– Lassitude générale, mauvais esprit. Plaintes contre le froid excessif et les cantonnements qui seraient, écrivez plutôt : qui sont dans un état pitoyable. Nombreuses plaintes contre la nourriture gelée qui cause des coliques. Plaintes contre les gaz.

De nouveau, il baissa le ton.

– Ouvrez les guillemets : « *Le Boche lance des gaz qui brûlent comme le feu. Il en lance par obus, à nuit passée, et un jour après on pose le pied dans le trou d'obus et ça brûle le soulier et vite encore. Si ça tombe sur la figure, ça brûle les yeux tout comme si on jetait de la graisse chaude sur la figure. Combien de camarades ai-je vus se tenant par la capote[1] et marchant à tâtons vers le poste de secours.* » Fermez les guillemets.

– C'est horrible, murmura la jeune fille en levant ses mains des touches.

– Oui, en effet, répondit Louis d'une voix qui lui sembla trop sèche.

Il s'éclaircit la voix avant de reprendre.

---

note

1. capote : manteau typique de l'uniforme français.

1605 — Comme chaque année, l'arrivée prochaine de Noël rend les hommes plus sensibles et...

Il s'arrêta, remarquant que Blanche ne tapait plus ce qu'il lui dictait.

— Eh bien ? demanda-t-il en s'efforçant, vainement, d'adopter 1610 un ton sévère.

Elle avait posé les mains sur ses genoux et elle les regardait avec fixité, comme une enfant qui aurait quelque chose de difficile à dire et qui n'oserait pas, sentant le regard des adultes posé sur elle.

— Vous avez... est-ce que vous-même... là-bas..., dit-elle d'une 1615 voix sourde, le regard figé sur ses mains. Est-ce que vous avez... ?

— Non.

Louis avait répondu sans réfléchir, sans même savoir ce qu'elle souhaitait connaître au fond. Il n'était pas question de parler de cela avec elle, ni des tranchées, ni du front, ni de tout ce qui était 1620 susceptible de compliquer son travail.

— Non, répéta-t-il en remuant les feuilles qu'il tenait entre les mains.

Elle leva brièvement sur lui un regard interrogatif, puis elle le reposa sur la machine à écrire. Ses mains s'étaient replacées 1625 au-dessus des touches.

— Donc, reprit-il en songeant avec impatience au moment où elle se débrouillerait seule et où il se remettrait à l'unique tâche pour laquelle on l'avait fait venir ici, la lecture des lettres. Donc, nous en étions à : « Comme chaque année, l'arrivée prochaine de Noël rend 1630 les hommes plus sensibles et moins combatifs, aussi cette période est-elle propice aux... »

Le cliquetis régulier reprit. Le bruit sec des ongles sur les touches se mêlait aux frappes sourdes des marteaux qui envahissaient la pièce d'une sonorité grinçante. Blanche tapait sans surveiller ses mains, 1635 entièrement concentrée sur la feuille de papier qui se déroulait au fil des phrases, avec une rapidité qui impressionnait Louis.

— ... fraternisations de part et d'autre.

— « Fraternisations », c'est bien cela ? demanda-t-elle sans lever les yeux.

Chapitre 5

1640 — Oui, c'est cela : fraternisations de part et d'autre. Ouvrez les guillemets : « *Nous sommes à quarante mètres des Boches. On parle avec eux, quelques-uns viennent nous porter des cigarettes ou des photos et nous faisons de même. Personne ne tire, pas une grenade ni un coup de fusil car on est trop près.* » Précisez : lettre saisie.

1645 Blanche eut un petit soupir.

« Eh bien ! se dit Louis, si elle fatigue déjà, je ne suis pas près de me voir remplacé. »

— Une pause, peut-être ?

Elle refusa d'un signe négatif de la tête.

1650 — Je ne suis pas fatiguée. Continuez.

Il reprit sa dictée. Dehors, le soir s'avançait. Bien qu'il ne fût que cinq heures de l'après-midi, le ciel s'obscurcissait régulièrement, dessinant une lueur bleutée à la fenêtre. Dans les tranchées, la tombée de la nuit rendait tout le monde nerveux. C'était l'heure
1655 maudite où ce que l'homme avait domestiqué retournait à l'état sauvage, l'heure « entre chien et loup ». Les monticules de terre qui n'effrayaient personne le matin même devenaient alors des tombeaux vivants d'où émergeaient soudain un bras, une jambe, un bout de visage arraché à la nuit, et il n'était pas rare que
1660 les simples mouvements des soldats assis à quelques mètres fassent sursauter le reste de la section. Louis alluma la lampe puis attrapa son paquet de cigarettes qu'il avait laissé sur la table. Il en sortit une qu'il roula sous sa narine, inspirant fortement, laissant la douce odeur du tabac l'envahir, se forçant à ne penser qu'aux mots, et aux
1665 mots seuls, qu'il continuait de dicter. Chaque soir, à la tombée de la nuit, Fernand et lui se rapprochaient sous des prétextes divers dont le plus courant était l'échange de pastilles Valda. Comment aurait-il fait sans cette silencieuse présence de l'ami ? Il n'osait y penser.

Tandis qu'il égrenait[1] les mots les uns après les autres, sans se
1670 soucier de leur sens, Louis regardait la nuit tomber à la fenêtre. Cette

note

1. égrenait : enchaînait un à un (verbe de la famille de *graine*).

75

heure avait perdu pour lui de son horreur, lui qui désormais la regardait avancer par-delà une vitre. C'était simplement le soir qui venait. Le plus effroyable arriverait plus tard, au moment du sommeil, lorsqu'il sombrerait dans une nuit de cauchemars successifs. Mais là, à cette heure sans danger, il se contentait de dicter des mots en écoutant sa voix résonner en lui, se perdre à l'intérieur de lui comme à l'intérieur d'une caverne, ses phrases faites de mots qui emplissaient la pièce et, pourtant, le laissaient seul avec lui-même.

Le cliquetis s'était tu. D'un mouvement de la main, Blanche retira la feuille de la machine, la dernière d'une série de douze feuillets dactylographiés qu'elle rassembla en les tapant sur la table d'un geste sec.

– Voilà, dit-elle en levant vers lui son regard noisette.

– Merci, murmura Louis en s'emparant du paquet.

– C'est Noël dans cinq jours, dit-elle soudain.

– Oui, en effet, répondit Louis en se concentrant sur l'unique pensée que cette dernière remarque lui suggérait : Fernand arrivait demain.

Blanche repoussa la chaise derrière elle et se leva. D'une main rapide, elle tira sur sa jupe pour la défroisser et lui rendre un peu de tenue. À la fenêtre, la nuit était cette fois totalement tombée.

– Vous rentrez chez vous ? demanda-t-elle.

Depuis décembre 1914, il avait raté trois Noëls en tout et celui-ci allait être son quatrième, alors...

– Non, dit-il seulement, puis, en grande partie parce qu'il avait la sensation d'être incorrect s'il ne lui demandait pas, il ajouta : Et vous ?

– Non plus. Mon frère ne viendra pas, il n'a pas de permission.

Louis fronça les sourcils.

– Vous avez un frère au front ?

– Oui. Paul a été affecté dans l'artillerie. On dit que c'est moins risqué que dans l'infanterie, c'est vrai ?

Louis acquiesça d'un hochement de tête, sans rien ajouter.

Elle leva les bras et les laissa retomber de chaque côté de ses hanches.

Chapitre 5

– De toute façon, Paris est loin et en ce moment, avec les bombardements, s'y rendre n'est pas très conseillé. Je vais rester chez ma logeuse.

De nouveau, Louis hocha la tête. Pour rien au monde il n'aurait avoué qu'il n'avait jamais mis les pieds à Paris et qu'il n'imaginait pas à quoi pouvait bien ressembler une ville de cette taille. Même après la mobilisation, lorsque son régiment s'était dirigé vers l'est, il n'avait fait que frôler la capitale, passant à sa porte du côté de Pantin.

Elle réajusta son écharpe en renard.

– Il fait toujours aussi froid ici ?

– Toujours. Et encore, il paraît que l'an dernier c'était pire car il n'y avait pas de poêle.

– Eh bien, dit-elle avec un petit rire, estimons-nous heureux. Nous arrivons au bon moment.

Louis ne voyait pas les choses de cette façon mais il acquiesça de nouveau.

– Peut-être qu'ici, continua-t-elle en s'emparant de son manteau qu'elle avait posé sur le dossier de sa chaise et en commençant à l'enfiler, peut-être qu'ici ils organiseront une petite fête ou un dîner spécial pour Noël. Qu'en pensez-vous ?

Rien, pensa-t-il aussitôt. Il préférait que rien ne se fasse. Noël n'avait aucun sens pour lui, ici. Par automatisme, il attrapa la manche que Blanche peinait à atteindre et qui flottait, vide, dans son dos, à quelques centimètres des vains moulinets qu'elle opérait avec son bras.

– Merci, dit-elle en glissant sa main dans l'ouverture proposée.

Il s'inclina en claquant des talons, puis il se dirigea vers la porte.

– Merci, répéta-t-elle.

Elle n'avait pas bougé et elle le regardait, planté au seuil de la porte maintenant entrouverte. Un léger sourire flottait sur ses lèvres. C'était la première fois que Louis avait affaire à quelqu'un d'aussi... déroutant. Il ne savait que penser des airs qu'elle prenait par moments et qui n'avaient pour lui aucun rapport avec la situation ou la circonstance. Il ne connaissait rien aux femmes et cette méconnaissance, il le sentait, dressait entre elle et lui un mur d'incompréhension. Ce qu'il ressentait, en revanche, c'était une brusque

LA VIE TRANCHÉE

bouffée de chaleur qui lui engourdissait le cerveau et lui laissait la gorge sèche.

1745   – Alors, ce rapport ? tonna une voix dans son dos. Il est tapé ?

Louis se retourna d'un mouvement d'épaules et se mit aussitôt au garde-à-vous.

– Vous pouvez disposer, mon garçon, ironisa Grillaud, ce n'est que moi. Vous allez finir par effrayer mademoiselle avec toutes vos
1750   singeries.

La demoiselle en question étouffa un petit rire qui eut pour effet de piquer Louis dans son orgueil. Elle se moquait trop facilement de lui à son goût.

– Allons, allons, jeune homme, le tranquillisa Grillaud en lui
1755   posant une main affectueuse sur l'épaule, ne faites pas cette tête-là. Noël n'approche-t-il pas ? Et puis, il n'est jamais mauvais de rire un peu de soi.

Louis lui répondit par un bref rictus. Et rire des autres sans cesse, est-ce que c'était bien ? D'un geste, il tendit le tapuscrit[1] au prési-
1760   dent.

[Grillaud se dit satisfait du rapport.]

---

note

1. tapuscrit : texte tapé à la machine.

6

[La nuit, Louis est la proie d'un terrible cauchemar dans lequel la guerre se mêle à ses souvenirs de paix à la campagne, avec son père.]

**Extrait d'une scène de bataille du film
À l'ouest rien de nouveau de Lewis Milestone (1930),
adaptation américaine du roman de l'auteur allemand E. M. Remarque.**

7

– Dis donc, c'est pas aujourd'hui qu'il arrive, ton copain... comment il s'appelle déjà ? Roland ?

Louis ne prit pas la peine de le corriger. Depuis que Grillaud avait annoncé la remise à plat des inaptitudes et le prochain passage de chacun devant la commission médicale de réforme, il s'était écoulé plusieurs jours durant lesquels l'abbé Jourdin ne tenait pas en place. Louis savait ce qu'il attendait : il espérait que la commission le déclarerait apte et l'enverrait, enfin, prêcher la bonne parole au front. Si elle ne l'agaçait pas (il avait lui-même connu ce genre d'enthousiasme au début de la guerre), cette exaltation puérile attristait profondément Louis, qui aurait aimé faire comprendre au naïf représentant de Dieu que son maître était absent des champs de bataille, parce que s'Il avait été là, comment expliquer qu'Il avait laissé faire ce qui s'était fait ?

La vérité, c'est que Dieu n'existait pas, voilà tout.

– Aujourd'hui, oui, répondit-il en continuant d'avancer avec la file des soldats qui attendaient pour le café du matin.

Il était fatigué de sa nuit, peuplée de cauchemars comme les précédentes, malgré l'apparition de Blanche, pour la première fois.

– Dis donc, insista le curé, ce n'est pas la bonne période pour recevoir quelqu'un. Tu as vu le nombre de lettres qui arrivent en ce

LA VIE TRANCHÉE

moment ? Ça n'arrête pas. Pour garder le rythme, il faudrait lire toute la nuit !

Il y avait foule ce matin, un régiment entier cantonnant dans la ville depuis hier soir, et la file avançait lentement, au milieu d'une odeur vaguement écœurante de café. Louis s'aperçut soudain qu'il n'avait pas faim.

– Tout le monde écrit à tout le monde, c'est la période qui veut ça. On sent que Noël et le Nouvel An approchent, les vœux, etc.

– Les coups de noir surtout, marmonna Louis.

– En tout cas, ce n'est pas cette année que je célébrerai ma première messe de Noël, déclara le curé d'un ton amer.

Après avoir jeté un rapide coup d'œil autour de lui, il baissa la voix et continua, à la seule intention de Louis :

– Mais j'espère bien que l'an prochain... à Pâques... si toutefois la guerre n'est pas finie...

Louis s'apprêtait à lui expliquer ce qui l'attendait, qu'il distribuerait davantage d'extrêmes-onctions[1] que d'hosties[2], que les hommes survivants à qui il prêcherait là-bas étaient si brisés qu'un Dieu ne leur était plus d'aucun secours et que le pinard enivrait mieux la tête que son vin de messe[3]... quand quelqu'un, derrière eux, chuchota à leurs oreilles :

– À Pâques, le corbac[4], c'est sûr qu' la guerre sera pas finie.

Les deux hommes se retournèrent d'un seul élan. L'abbé était devenu rouge cramoisi et la colère avait fait virer son œil au violet, tandis que Louis pâlit brutalement.

– Nom de Dieu ! s'écria-t-il. Nom de Dieu de nom de... Fernand !

– Lui-même. Fernand, en personne, s'inclina l'homme en claquant des talons.

---

notes

1. extrêmes-onctions : sacrement catholique donné à ceux qui vont mourir.
2. hosties : petites lamelles de pain sans levain ; consacrée dans l'Eucharistie

par le prêtre, l'hostie devient, pour les catholiques, le corps du Christ.
3. vin de messe : le vin consacré dans l'Eucharistie devient le sang du Christ.

4. corbac : terme familier pour désigner le corbeau et, en raison de sa soutane noire, le prêtre.

Chapitre 7

Sous le regard médusé[1] du curé, les deux amis tombèrent dans les bras l'un de l'autre. Ils restèrent ainsi un long moment, à se serrer fort, tandis qu'autour d'eux, on poussait et on râlait à qui mieux mieux.

1815 — Allez, sortez de là, que diable, vous voyez bien que vous gênez.

— Bougez-vous, les filles.

— Merde, dégagez.

Mais ils n'entendaient rien, ni l'un ni l'autre. « Louis », disait l'un, et l'autre répondait : « Fernand », sans qu'aucun des deux ne se lasse 1820 du bonheur des retrouvailles. Finalement, la file les avait écartés et maintenant ils étaient occupés à se regarder de la tête aux pieds en se tenant à bout de bras. « T'as pas changé, vieux », « toi non plus », et ils se reprenaient dans les bras, se tapaient une nouvelle fois l'omoplate en riant.

1825 Jourdin, qui avait conservé sa place dans la file et continué d'avancer, se retournait de temps à autre pour regarder l'étrange duo. Il s'en souvenait maintenant, l'ami s'appelait « Fernand », et non pas « Roland ». Pourquoi Louis ne l'avait-il pas repris ? En tout cas, il n'aimait pas ce type qui l'avait traité de « corbac » alors qu'ils 1830 ne se connaissaient pas. De quel droit ? À les regarder tous les deux, il s'aperçut qu'il éprouvait une pointe de jalousie, lui qui n'avait jamais connu d'amitié forte. Ce n'était pas faute d'avoir essayé durant ses études, puis au séminaire[2], mais à chaque fois il s'était heurté à une attitude réservée, une retenue qui lui interdisait 1835 d'imaginer que, un jour, il obtiendrait de quelqu'un ne serait-ce qu'une infime part de la camaraderie qui liait Louis à ce grand gaillard râblé[3], un peu malhabile sur ses jambes.

Parvenu devant le cantinier, l'abbé tendit son quart dans lequel l'homme versa une pleine louche de café, puis, au moment où il 1840 cherchait des yeux une place, Pageot lui fit signe de la main, désignant l'espace libre à ses côtés. L'abbé jeta un dernier regard derrière lui. Les deux amis n'en finissaient pas de s'observer.

---

notes

1. médusé : figé par la surprise.

2. séminaire : lieu où l'on forme les prêtres.

3. râblé : de forte carrure.

LA VIE TRANCHÉE

— Alors ? demanda Louis en reculant de quelques pas, après avoir lâché les bras de Fernand. Tes jambes, comment ça va ?

1845 — Ma foi ! Sœur Anne dit que c'est un miracle et je crois bien qu'elle a raison.

Louis se rapprocha de son ami et glissa un bras sous son coude en faisant mine de l'entraîner.

— Viens me montrer ça dehors, tu veux ? À moins que tu aies

1850 envie d'un café, ou bien, peut-être as-tu faim ? D'ailleurs, tu es là depuis combien de temps ? Je ne t'attendais que ce soir. Comment es-tu venu ? Tu aurais dû me préven...

— Ho ! ho ! calme...

Fernand retira son coude des mains de Louis. Il jeta un coup d'œil

1855 circulaire sur le réfectoire rempli de longues tables en bois et aux bancs pleins d'hommes assis, le nez dans leur quart, tête nue, la moustache marronnasse de café.

— Sortons, tu as raison. Il y a trop de monde ici.

Ils étaient tout près de la porte et les quelques pas qu'il leur fallut

1860 pour gagner la sortie enchantèrent Louis. Fernand marchait à nouveau, c'était incontestable, et même s'il boitait, même si ses jambes tremblaient encore un peu, il retrouvait le garçon vigoureux qu'il avait connu autrefois. Celui-ci vit son regard et eut un sourire heureux.

1865 — Je sais, le devança-t-il, c'est un miracle, n'est-ce pas ?

Louis répondit par un hochement de tête admiratif. Fernand s'arrêta alors de marcher, regarda son ami dans les yeux et dit en mimant à la perfection la voix cassante de sœur Anne :

— « Monsieur Jodet, cessez vos simagrées ou bien... jamais vous ne

1870 remarcherez ! » Tu te souviens ?

Louis partit d'un éclat de rire.

— Et comment !

Fernand fit alors descendre son képi sur son front, le cassa en deux et le tira par-devant en un simulacre[1] de cornette, puis il se mit à

---

note

1. simulacre : apparence qui vise à être prise pour la réalité.

Chapitre 7

marcher en tous sens, à vive allure, le haut du corps penché en avant comme si cela pouvait le faire avancer plus vite.

– « Monsieur Saint-Gervais, regagnez votre lit tout de suite ! Et vous, monsieur Jodet, si vous continuez, je vous fais transférer ! »

Fernand rit à son tour, de ce rire grave et sonore que Louis avait toujours aimé et qui, même les jours tristes, arrivait à lui mettre un peu de baume au cœur. Une nouvelle fois, il pensa que, si son ami n'avait pas été avec lui, il n'aurait pas survécu jusqu'ici.

– Eh bien ! tu vois, lui dit Fernand, ça n'a pas changé. Sœur Anne continue de gueuler, je continue de bouger, mais elle a dû convenir que, pour marcher, j' m'étais plutôt bien débrouillé.

Il rajusta son képi et baissa le ton.

– Ça a été long, tu sais. Il y a trois mois encore, je tremblais sur mes quilles, j' te dis pas ! Le médecin-major prétendait même que je ne remarcherais pas de sitôt. « C'est une histoire de plusieurs mois, votre affaire, mon pauvre vieux », qu'il radotait. Et puis, dit-il en reprenant son ton de voix normal, et puis un jour j'ai fait un pas, deux le lendemain, quatre le jour d'après et vingt-cinq la semaine qui suivait. J'étais pressé, moi, pressé de me tenir de nouveau debout... Pauvre con !

Louis haussa les sourcils.

– Pourquoi tu dis ça ?

– Pour rien. (Il se rapprocha de Louis et murmura :) Dis donc, t'as pas une Valda pour moi ?

Dehors, une pluie fine s'était mise à tomber. De nombreux nuages gris s'étaient amoncelés, serrés les uns contre les autres, ne laissant percer que quelques trouées infimes de ciel bleu.

– Dans la chambre, répondit Louis en rabattant les pans de sa capote devant lui.

« Pauvre con ? » s'interrogea-t-il intérieurement en chassant de son esprit la terrible idée qui venait de le traverser.

★

Louis demanda sa journée au président Grillaud, qui la lui accorda, et il emmena Fernand chez lui afin qu'il dépose ses affaires. Ils montèrent directement dans la chambre. Au fond de la pièce, juste

LA VIE TRANCHÉE

sous la fenêtre, Louis avait installé le matelas prêté par Grillaud. Il avait fait le lit, bordé la couverture marron et disposé sur le traversin une grande serviette de toilette blanche et bouclée que le président lui avait donnée ce matin.

— Je pense que tu vas être bien, là. C'est calme, tu verras.

— Mhhum moui, grommela son ami.

Il essayait tant bien que mal d'ouvrir la fenêtre mais, avec le matelas posé devant, il n'arrivait pas à atteindre le loquet et se maintenait dans une position pour le moins précaire, une main posée contre le mur, qu'il ne pouvait pas lâcher sans risquer de tomber, et l'autre effectuant de vains moulinets en direction de la fenêtre. Louis se précipita à son secours.

— Je suis stupide, dit-il en tirant son ami en arrière par les épaules, ce qui rétablit son équilibre. Vraiment stupide, répéta-t-il en déplaçant aussitôt le matelas vers un autre coin de la pièce.

Il n'osait regarder Fernand de peur de découvrir dans ses yeux de la vexation.

— Pas grave. Alors, elles sont où, tes Valda ? C'est que je suis en manque, moi. Plus de Valda depuis deux semaines, tu te rends compte ?

Il n'y avait que Fernand pour contourner les situations délicates de cette façon, que lui pour balayer ainsi tout sentiment de gêne.

— T'as de la chance, j'ai reçu ce matin deux boîtes en direct de Vendée. Deux belles boîtes, une pour toi et une pour moi. Tiens, elles sont là.

Ils s'assirent sur le lit de Louis, ouvrirent chacun leur boîte et, se consultant juste du regard, saisirent une pastille qu'ils placèrent exactement au même moment dans leur bouche. Louis regarda sa montre pour entamer le décompte.

— Dis donc, demanda Fernand, à propos de Vendée, comment va ta sœur ?

— Bien, mais elle est encore trop petite pour son âge et trop maigre, me dit ma mère. En plus, avec les restrictions, elle peine à la nourrir convenablement, alors...

— Ça lui fait quel âge, à la p'tite ?

Chapitre 7

— Eh bien, elle est née en avril dernier donc, elle a... dit Louis en comptant sur ses doigts... avril, mai, juin, juillet, août, septembre, octobre, novembre, décembre, eh bien, elle a neuf mois maintenant.

Louis hocha la tête, songeur. Neuf mois et il ne l'avait pas revue depuis sa naissance. La petite Jeanne était née une semaine avant sa dernière permission et il ne gardait d'elle que l'image d'un nourrisson à la peau rouge et marbrée, ne ressemblant à ce moment-là pas plus à une fille qu'à un garçon. Après plusieurs fausses couches et la perte d'un petit garçon né sans vie à six mois de grossesse, ses parents connaissaient l'immense bonheur d'avoir enfin cet enfant qu'ils attendaient depuis des années. Mais le bébé était faible, tétait avec difficulté et, rapidement, ils n'avaient eu de cesse de s'inquiéter à son sujet. Louis pensa qu'il ne la reconnaîtrait pas et qu'il n'avait même pas idée du visage qu'elle avait à ce jour. Un long silence s'installa dans la chambre. On n'entendait plus que les bruits de succion des deux hommes faisant traîner en longueur la fonte de leur pastille. Tout le temps de sa permission, Louis l'avait souvent prise dans ses bras pour la bercer, mais un bébé gardait-il le souvenir de ses premiers moments de vie ? Jeanne reconnaîtrait-elle quelque chose de lui, son odeur ou sa voix ou bien le contact de sa peau ? Il n'en avait aucune idée.

Fernand l'interrompit dans ses pensées.

— Combien de temps ?

Louis jeta un coup d'œil à sa montre.

— Sept minutes. On est loin du compte encore.

— C'était combien déjà ?

Louis sourit d'un air entendu. Fernand connaissait parfaitement le record de longueur puisqu'il l'avait lui-même établi.

— Dix-sept ou dix-huit minutes..., dit-il, feignant d'avoir oublié.

— Dix-huit minutes, précisa son ami sans chercher à camoufler sa fierté. Y a de la marge, comme on dit.

Il fit claquer sa langue contre la pastille, désormais plate, collée à son palais.

— Tu vas retourner bientôt chez toi ?

Louis remua, il se sentait ankylosé[1] à rester assis sur le lit mou. Il se recula, plaça ses jambes en tailleur et s'adossa contre le mur... Bientôt ?

– Oui, peut-être. Ça dépend des permes[2] et je ne sais pas trop où on en est, encore moins depuis que le gouvernement a changé[3].

– Tu m'étonnes ! rétorqua Fernand d'un ton où perçait de l'agressivité.

Louis le regarda avec surprise.

– On est foutus maintenant, ajouta son ami avec la même aigreur dans le ton. Cette guerre ne finira jamais.

– Pourquoi tu dis ça ? s'inquiéta Louis.

– Pour rien. Allez, viens, on sort d'ici, on va se balader.

– Non, attends, tu n'as pas entendu Clemenceau ? Il a déclaré la guerre intégrale aux Boches, on va les écraser et ce sera pour cette année.

Fernand baissa la tête et grommela :

– Oui, c'est cela, « la guerre, rien que la guerre ».

– On va la gagner, c'est sûr.

– Ben, il n'a qu'à y aller, lui, à la guerre. « La guerre intégrale », comme il dit, intégralement meurtrière, ouais !

Louis tenta d'une voix timide :

– Tu sais, il se rend sur le front et on dit que c'est un homme à poigne[4], on ne l'appelle pas « le Vieux Tigre » pour rien...

Fernand releva la tête et haussa le ton.

– Des clous, y en a plein qui le gobent pas[5], tu veux dire ! Il lui faut du sang : voilà pourquoi on l'appelle « le Tigre ». Après trois ans et demi de guerre, il déclare la guerre à outrance[6]. Tu parles d'un

---

notes

1. ankylosé : engourdi.
2. permes : permissions (familier).
3. Le 16 novembre 1917, Georges Clemenceau remplace Paul Painlevé comme président du Conseil. Après la révolution bolchevique du 6 novembre

qui conduira à une paix séparée entre la Russie et l'Allemagne (5 décembre 1917) et la vague de désertions, Clemenceau affirme fortement sa détermination à poursuivre la guerre.
4. à poigne : autoritaire.

5. le gobent pas : ne le supportent pas.
6. à outrance : de façon exagérée.

Chapitre 7

sale coup. Et dire que c'est un Vendéen, comme nous, ça me fout l' cafard, tiens. Caillaux[1] avait raison, c'est la paix qu'il nous faut.

Louis se pencha vers Fernand. Personne ne pouvait les entendre puisque la maison était vide, mais il baissa le ton.

— Tais-toi, ne dis pas ça. Tu sais ce qu'il en coûte à ceux qui soutiennent les traîtres.

— Les traîtres ? Et s'il avait eu raison, Caillaux, de réclamer la paix ? Regarde un peu autour de toi, mon vieux, ouvre les yeux : les Italiens ? Écrabouillés à Caporetto. Les Russes ? Ils nous ont lâchés et, tu veux que je te dise, eh ben ils ont p't'être pas eu tort. Moi, j' te dis : on n'a pas voulu d'une paix boiteuse, eh bien, on aura une paix honteuse.

— Arrête... et les Anglais à Cambrai[2] ? C'était bien une avancée, non ?

— Un beau bec, ouais ! Les quelques mètres de gagnés, on les a aussitôt reperdus.

Fernand s'était levé du lit et maintenant il marchait de long en large, en boitant, énervé par le fait que Louis ne semblait pas comprendre ce qu'il disait. Il marchait en martelant ces deux mots, comme pour les faire rentrer dans le cerveau de son ami : « La paix, la paix. Rien d'autre que la paix. » Deux mots, comme pour se convaincre de leur réalité possible.

— On va gagner, tenta de le rassurer Louis, en proie au doute à son tour. Les Américains sont là, ils sont nombreux, ils ont des tanks et ils v...

— Ben ceux-là, il serait temps qu'ils montent au front !

C'était la première fois que Louis voyait son ami dans cet état, lui qui ne s'était jamais départi[3] de son calme durant toutes ces années et

---

notes

1. Joseph Caillaux (1863-1944), républicain modéré qui rejoint le Parti radical (parti de gauche), chef de file des partisans de la paix depuis 1914.

2. Cambrai : ville du Nord où les Anglais lancèrent, le 20 novembre 1917, une offensive victorieuse grâce à l'utilisation massive de tanks. La contre-attaque allemande,

du 23 au 29 novembre, renversa la situation.
3. départi : séparé.

qui avait fait preuve jusqu'ici, et dans toutes les circonstances, d'une énergie pleine d'optimisme. Il allait et venait dans la pièce, plein d'une agitation inédite qui donnait l'impression qu'il ne se calmerait jamais, jusqu'au moment où il croisa le regard inquiet de Louis. Il s'arrêta subitement de marcher, eut un sourire gêné et se rapprocha de son ami. Son agitation tomba aussi brutalement qu'elle était montée.

– Excuse-moi, mais... c'est que...

Il semblait hésiter maintenant, cherchant les mots les plus appropriés, sans les trouver. Louis sentit comme un poignard s'enfoncer dans son estomac et il ne put réprimer un rictus de douleur. Son pressentiment était si violent qu'il en avait envie de vomir.

Fernand dit alors d'une voix douce :

– Je rejoins le Six-Six[1], le 26 décembre.

Louis sentit un poids immense s'abattre sur ses épaules.

– Mais co... com..., bafouilla-t-il. Comment est-ce possible ? Pas avec tes jambes, il doit y avoir une erreur !

– Hé, hé ! le Tigre a besoin de chair fraîche, alors tout est bon à prendre, les embusqués, les convalescents en état de marche, on se sert un peu partout.

Louis se redressa.

– Ce n'est pas juste, ce n'est pas possible ! Tu dois passer devant la commission de réforme et te faire déclarer inapte. Tu es inapte.

Fernand gardait la même douceur résignée dans le ton.

– Non, j' peux pas. Je marche en boitant mais je marche, pas d' raison que je ne rejoigne pas mon régiment.

– Non, ce n'est pas possible, continua Louis, incapable de se résigner à cette idée. Il doit y avoir une solution. Ce n'est pas possible.

Il laissa tomber sa tête entre ses mains. Il voulait pleurer, il n'y arrivait pas, il voulait crier, aucun son ne sortait, il n'osait pas relever la tête et affronter le regard de son ami. Une colère montait en lui,

note

1. *le Six-Six :* le 66e régiment.

Chapitre 7

une colère terrible qui sourdait[1] et tapait contre les parois internes de son cerveau. Un instant, il eut conscience de la violence qui sortirait d'elle s'il la laissait aller et il eut peur, et cette peur contint un peu sa colère.

Fernand posa une main sur son épaule, ce qui le fit sursauter.

– T'en fais pas, dit-il, j' leur servirai pas de chair à canon.

« Le Six-Six, le 26 décembre », se répétait intérieurement Louis en essayant de visualiser les copains de la section. « Six-Six, 26 décembre. » Combien d'entre eux étaient morts depuis le mois de juillet ? Un jour, le 66ᵉ régiment d'infanterie avait perdu 1 400 hommes sur 3 500. En une seule journée. Au bout de plusieurs mois, combien Fernand en retrouverait-il ? Il leva les yeux vers lui.

– J' te jure qu'ils m'auront pas, l'assura-t-il, j'y resterai pas, t'en fais pas.

Entendre cela semblait à Louis pire que tout. Gaston avait eu les mêmes mots, Émile aussi, Léopold, Narcisse, Julien et Ferdinand, et tant et tant d'autres, aujourd'hui morts. On n'avait même pas pu aller chercher certains d'entre eux, ils avaient disparu un soir et on n'avait plus jamais entendu parler d'eux. Partis dans la nuit, évaporés, volatilisés. Des fantômes, ils étaient devenus des fantômes qui peuplaient ensuite les nuits des survivants.

– J' te l' jure, répéta Fernand.

Louis avait envie de lui demander de se taire. Maintenant, il avait sous les yeux le corps disloqué d'Émile, fauché par les balles à l'aube alors qu'il atteignait les barbelés, et qui était resté coincé des heures dans l'entrelacs des fils de fer, à perdre son sang et à agoniser en hurlant. Il entendait de nouveau ses supplications et il se souvenait de l'impossibilité pour l'un d'entre eux d'épauler son fusil afin d'abréger ses souffrances, il se souvenait de la sueur glacée qui lui coulait le long des tempes, et de Théophile, le petit bleu[2], qui

---

notes

1. sourdait : montait, naissait.

2. bleu : nouveau (pour le distinguer du poilu plus aguerri).

vomissait tripes et boyaux. Il se souvenait de ce qu'il se répétait intérieurement : « Vas-y, tire, fais-le pour lui, tire. » Et son doigt sur la détente qui n'appuyait pas, son doigt qu'il n'arrivait pas à actionner. Finalement, vers midi, un coup de feu était parti sans prévenir. Il venait d'en face.

– Merde ! lâcha Fernand, et son cri chassa les pensées de Louis. Merde !

– Quoi ? Qu'est-ce qui se passe ?

Fernand le regarda d'un air amusé et lui tira la langue.

– J'ai avalé ma Valda, se plaignit-il en adoptant un ton geignard[1]. Louis eut un pauvre sourire.

– Ah, non ! dit Fernand en se relevant du lit. Non et non ! Pas question que tu me gâches ma perme.

Il avait retrouvé son énergie et il marchait dans la pièce, non plus d'énervement mais d'excitation cette fois, à la perspective des journées de loisir qui l'attendaient. Il avait sorti une cigarette de son paquet et l'avait plantée sans l'allumer entre ses lèvres.

– On n'est pas le 26, que je sache, il nous reste cinq jours. Une vie, ou presque ! Et puis entre-temps, il y a Noël. Moi, je suis venu pour faire la fête. Je ne te laisserai pas foutre en l'air mon séjour, donc – il s'interrompit le temps d'allumer sa cigarette – donc tu te lèves et on va la visiter, cette ville sinistre ou alors...

– Ou alors... quoi ?

– Ou alors je prends le premier train et je rejoins l'hôpital.

[Louis emmène Fernand au café chez Madame Édith. Il parle à son ami de Blanche en des termes flatteurs révélant son attachement à la jeune fille.]

Fernand avait le regard plongé dans son quatrième café, tandis que Louis songeait à ce qu'il venait de découvrir. Blanche lui plaisait. À y réfléchir, il ne pouvait pas dire exactement ce qui l'attirait en elle, c'était un tout qui venait à la fois de ses cheveux roulés sur sa nuque et de la frange qui bouclait légèrement sur son front, comme de

note

1. geignard : plaintif.

Chapitre 7

sa bouche entrouverte sur une moue boudeuse, ou encore de son nez qui finissait en trompette et lui donnait un air enfantin. En tout cas, pour ces raisons-là, ou d'autres peut-être qu'il ignorait encore, Blanche lui plaisait.

2130 – « Adieu la vie ! Adieu l'amour ! »

Louis sursauta. L'homme attablé à sa droite avait chanté à voix haute. Il regarda Fernand qui ne bronchait pas, comme s'il n'avait rien entendu. À la table, deux soldats se levèrent et partirent. Parmi les trois qui restaient, l'un des plus âgés fit remarquer au poilu en 2135 colère :

Extrait du film *Les Croix de bois* (1932) d'après le roman de R. Dorgelès.

LA VIE TRANCHÉE

— T'as trop bu, Lucien, et c'est pas l' moment d' se faire remarquer. Moi, maintenant que je l'ai, j'y tiens à ma perme, alors fais pas chier. Attends le train bien gentiment comme nous autres et tais-toi.

Mais le Lucien en question l'entendait d'une autre oreille.

2140 — Me taire ? hurla-t-il d'une voix avinée[1]. Me taire ? Mais ça fait trois ans et demi que je me tais, quarante et un mois de silence... Je m' tairai quand j' serai mort, maintenant !

Il se leva de table à moitié et tendit la main en avant, le poing serré. Sans se soucier de ses camarades qui le retenaient par les pans de

2145 sa capote et tentaient de le faire rasseoir, il se remit à chanter, à tue-tête cette fois, d'une voix de fausset[2] :

— « Adieu la vie, adieu l'amour, adieu toutes les femmes, c'est bien fini, c'est po... »[3]

— Arrête, Lucien, arrête, intervint l'un des soldats en lui posant

2150 une main ferme sur l'épaule.

Craignant d'être pris à partie, les civils des tables les plus proches posèrent de l'argent sur la table et filèrent comme des lapins. Louis jeta un regard inquiet sur Fernand. Celui-ci se curait l'intérieur des ongles avec une allumette coupée en deux, indifférent à la scène

2155 qui se déroulait devant lui. Pourtant, cette chanson, son ami la connaissait bien pour l'avoir chantée au printemps dernier lorsque le général Nivelle[4], atteint d'un fol entêtement, avait jeté des hommes par milliers au milieu d'un chemin entre boue et neige, le chemin des Dames[5], que surplombaient les Allemands. C'était

notes

1. avinée : troublée par l'alcool.
2. voix de fausset : voix anormalement aiguë.
3. Adieu [...] po... : chanson de Craonne, chantée par les soldats qui se révoltèrent après l'offensive manquée du chemin des Dames (Est de la France).

4. Robert Georges Nivelle (1856-1924), général nommé chef des armées françaises en remplacement de Joffre en décembre 1916.
5. chemin des Dames : escarpement de 40 km entre Reims et Soissons, en Picardie. À l'initiative du général Nivelle, une offensive fut lancée le 16 avril 1917.

Nivelle s'obstina à poursuivre une bataille mal engagée. 30 000 hommes périrent et 100 000 furent blessés entre le 16 et le 25 avril. Cet échec affecta profondément les poilus et des mutineries éclatèrent. Le général Nivelle fut démis de ses fonctions le 29 avril et remplacé par le général Pétain.

Chapitre 7

même en raison de cette chanson et de leur refus de monter en ligne qu'une centaine d'hommes, dont Fernand, avaient été placés sous la garde de la cavalerie dans un endroit où il n'y avait rien. Ils avaient tenu huit jours, de moins en moins nombreux, à se nourrir d'herbe et à chanter cette chanson. Et puis, ils avaient cédé, à cause de la faim et de la soif.

– « ... sur le plateau, qu'on doit laisser sa peau... »

Louis était en permission à ce moment-là, Jeanne venait de naître, et il ne se doutait pas alors de ce qui se passait à des centaines de kilomètres de là. Fernand le lui avait raconté ensuite et, durant les semaines qui suivirent, un vent de révolte souffla sur de nombreux régiments dont certains se refusaient à revivre ce qu'ils avaient vécu : partir à trois mille hommes sur un coup de main et ne revenir qu'à cinq cents. Le ras-le-bol avait envahi les rangs.

– « ... huit jours de tranchée, huit jours de souffran... »

– Arrête, tu te fais du mal. Arrête maintenant !

Cette fois, le soldat appuya du plus fort qu'il put sur l'épaule de Lucien. Ce dernier tomba assis d'un seul coup et se tut aussi sec. Il resta quelques instants étonnamment droit, sans rien dire, les yeux écarquillés et le regard fixe.

– Là, c'est fini, dit le soldat en l'entourant doucement d'un bras protecteur. Le train va arriver, tu vas partir, tu vas retrouver la Madeleine. Bon sang, tu nous as assez parlé d'elle ! Dans quelques heures, tu l'as dans tes bras, vieux. Pense à ça.

Le corps de Lucien s'affaissa alors lentement. Il commença par poser sa tête entre ses mains, puis ses bras glissèrent le long de la table et il se retrouva la tête cachée au creux des bras. Dans cette position, il faisait penser à un écolier qui profiterait de l'absence momentanée du maître pour faire une petite sieste ou une pause de quelques instants, en couchant son visage contre son bureau. Il aurait pu être cet écolier fatigué s'il n'y avait eu son dos, soudain, qui se mit à tressauter, secoué par les sanglots.

Louis n'arrivait pas à détacher son regard de l'homme. Il ne parvenait pas à quitter des yeux ce dos sur lequel se lisait tout le désarroi accumulé durant des années, désarroi qui s'exprimait soudain, au moment où la tension se relâchait. Ce fut Fernand qui l'extirpa[1] de ses pensées en le tirant par la manche.

– Tu ne vois pas qu'ils te regardent tous ?

Louis s'aperçut alors que les trois soldats entourant leur camarade le fixaient d'un air de défi. Il toussa, gêné, puis se tourna vers Fernand, qui leva une main en signe d'apaisement dans leur direction. Les trois hommes firent un mouvement à la signification imprécise avant de se reprendre et de décider de s'occuper plutôt de leur camarade qui sanglotait maintenant de façon ostensible[2].

Madame Édith, que personne n'avait entendue approcher, s'arrêta alors devant la table des soldats.

– Écoutez, mes garçons, dit-elle d'un ton doux mais ferme, va falloir partir. C'est pas bon pour la clientèle ça, des poilus qui pleurent comme des mômes. Va falloir partir, comprenez-moi.

[...]

notes

1. *l'extirpa* : le tira.

2. *ostensible* : particulièrement visible.

8

[Louis demande à Joseph Grillaud d'intervenir pour éviter que Fernand reparte au front, mais le président ne peut rien faire pour son ami.]

Dans le couloir, dont le parquet grinçait sous le va-et-vient des militaires, Louis parcourut tout l'étage à la recherche de Fernand. Il alla jusqu'à passer la tête dans l'encadrement de la porte donnant sur la salle de lecture, prêt à maudire la curiosité de son ami si jamais celui-ci se trouvait à l'intérieur, malgré son interdiction. Pas de Fernand. Louis descendait à l'étage inférieur lorsque des rires lui parvinrent. Il s'arrêta. Un peu plus bas, à l'endroit où les marches opéraient un tournant, il vit Fernand et Blanche monter l'escalier côte à côte en riant. Aucun des deux ne l'avait encore aperçu et à les regarder ainsi, si à l'aise alors qu'ils étaient des inconnus l'un pour l'autre une demi-heure plus tôt, Louis se sentit blessé. Quoi ! Il avait connu la jeune fille en premier, et voilà que Fernand jouait les beaux en lui parlant de cette manière si... familière ! Que pouvait-il bien lui raconter d'ailleurs pour la faire rire de cette façon ? Il toussa, afin d'interrompre cet échange qui lui déplaisait. Blanche leva les yeux la première et posa sur lui un regard souriant, tandis que ses joues rosissaient légèrement.

– Louis ! s'écria Fernand en l'apercevant à son tour.

Il saisit la jeune fille par le coude et la fit accélérer. En quelques marches vite franchies, ils furent devant lui.

2230 — Comme tu vois, dit-il en lâchant le bras de Blanche, Mlle Castillard et moi avons fait connaissance.

— Hum ! je vois, marmonna Louis. Vous permettez ? demanda-t-il à la jeune fille qui acquiesça d'un signe de tête.

Il prit son ami par le bras et l'entraîna un peu plus loin, à l'écart
2235 des oreilles féminines.

— J'ai vu Grillaud. Eh bien...

Louis s'aperçut, avec horreur, qu'il éprouvait un certain plaisir à annoncer que la réponse était négative.

— Eh bien..., continua-t-il.

2240 — Eh bien, je te l'avais dit, l'interrompit Fernand. Pourquoi veux-tu qu'un type comme moi les intéresse ?

Il avait l'air de l'avoir toujours su et de s'en moquer.

— Te bile pas[1], fais-moi confiance, conclut-il.

La discussion était close. Il s'apprêtait à rejoindre Blanche lorsque
2245 Louis le retint.

— Ça veut dire quoi ? T'as une idée en tête ?

Fernand se retourna, approcha son visage de celui de son ami et lui murmura :

— Ça veut dire, Louis, que je ne veux plus en parler. Je t'ai laissé
2250 aller au bout de ton idée. Maintenant que c'est fait, je ne veux plus jamais que tu m'en parles. Jamais.

Louis était troublé. Pour la deuxième fois depuis ce matin, Fernand coupait court à cette question de retour au front. Était-ce la peur qui retenait ses mots ? Il n'était pas un trouillard pourtant,
2255 mais les mois passés à l'hôpital changeaient un homme, Louis le savait pour l'avoir lui-même éprouvé. Hors du champ de bataille, quand la peur revenait, elle ne vous quittait plus ; elle se changeait même en terreur à certaines heures de la nuit et peu à peu elle attaquait l'esprit.

note

1. *Te bile pas :* ne t'inquiète pas (familier).

Chapitre 8

Fernand était de retour auprès de Blanche.

– Dis donc, Louis, on se demandait ce qui était prévu ici pour Noël. Tu sais ?

– Non.

Peut-être son ami s'était-il fait une raison[1], même si son accès de colère de ce matin laissait présager qu'il détestait la guerre plus encore ? Louis ne savait que croire, alors il décida de se soumettre et de ne plus y penser. Il tourna son regard vers la jeune fille.

– Mais, dites-moi, vous ne travaillez pas cet après-midi ?

– J'y allais, répondit-elle en baissant les yeux, je dois taper le rapport de la semaine avec le président Grillaud.

Contrairement à ce qu'il aurait pensé, Louis ne se sentit pas soulagé d'apprendre que l'on se passait de lui désormais pour les rapports. « C'est bien », dit-il cependant, déclenchant chez la jeune fille un bref sourire.

– À plus tard, mademoiselle Blanche, dit Fernand qui se courba devant elle avec exagération en balayant le sol d'une main. Merci pour votre compagnie.

Elle rit en montant les marches qui menaient à l'étage.

– Charmante, cette petite, déclara-t-il. Pas mon genre, mais charmante.

– Mouais, murmura Louis en regardant, songeur, apparaître le dos des bottines à chaque mouvement de la jupe.

Blanche grimpait rapidement les dernières marches et, bientôt, elle disparut.

– Renseigne-toi sur ce qui est prévu pour Noël, insista Fernand, car j'ai bien l'intention de le fêter cette année. Notre premier Noël de « paix » depuis quatre ans ! Tu réalises ? Je voudrais savoir ce qu'il y aura au menu, s'il y a des filles, suffisamment de pinard... Tu crois qu'il y aura du champagne ? et des cigares ?

Pour le premier Noël passé au front, certains avaient touché un cigare, du vin et une bouteille de champagne pour quatre.

---

note

1. s'était-il fait une raison : s'était-il résigné.

Fernand et lui étaient en première ligne ce soir-là. Ce qu'ils avaient bu était allemand, les Boches avaient fumé des cigarettes françaises, mais ils n'avaient pas vu la couleur du champagne. N'empêche, c'était le plus beau Noël de toute leur guerre.

— Mais, dis-moi, chuchota soudain Fernand, il n'y a pas de maison de tolérance[1] dans le coin ?

Bien qu'il n'y ait jamais mis les pieds, Louis se sentit rougir. Oui, il y en avait eu une, en effet, mais pour cause de syphilis[2] galopante, elle avait été fermée voilà un mois. Il l'expliqua à son ami qui fronça les sourcils de contrariété puis finit par soupirer.

— Enfin, des filles de la ville viendront, j'espère. Leurs hommes sont au front, il n'y a plus que les soldats en cantonnement et vous. Quelques-unes viendront ce soir-là, tu ne crois pas ?

Louis pensa à Blanche. Elle serait là, elle.

— Si, je crois, dit-il pour satisfaire son ami.

Puis, agacé de rester sans rien faire dans cet escalier qui lui rappelait ses journées de travail, il décida subitement :

— Allez, viens, on se bouge. Je t'emmène voir le canal.

---

notes

1. maison de tolérance : maison close, lieu de prostitution.

2. syphilis : maladie sexuellement transmissible.

9

Ils avaient flâné tout l'après-midi sur les quais. Profitant d'une accalmie inattendue de la pluie, ils avaient longé d'un côté, puis de l'autre, les bords du canal en se disant que, à y songer auprès de l'eau étale[1], la guerre semblait lointaine. Les maisons n'étaient pas bombardées à cet endroit-là et ils s'étaient promenés presque comme en temps de paix.

Le soir, Louis avait emmené Fernand chez Mme Édith. Ils avaient mangé vite un rata[2] de bœuf avec un peu de chou et de patates, pas très bon, avant de regagner leur chambre et, fatigués de leur journée, les deux hommes s'étaient vite endormis.

À trois heures du matin, Louis s'éveilla brusquement. Assis sur son lit, il chercha à identifier ce qui l'avait sorti de son sommeil et qui s'apparentait au gémissement d'un animal, mais il eut beau tendre l'oreille, aucun son ressemblant ne lui parvint. Seul le ronflement régulier de Fernand ponctuait le silence. Il se sentait assoiffé, la tête lourde et douloureuse ; sans allumer, pour ne pas réveiller son voisin, il tâtonna jusqu'à trouver sa gourde. L'eau lui fit du bien.

notes

1. étale : immobile.

2. rata : dans l'argot du poilu, désigne un ragoût quelconque.

LA VIE TRANCHÉE

Il se rallongea, inquiet à l'idée de se rendormir et de replonger aussitôt dans un cauchemar. Il se força alors à penser à sa maison, convoquant avec énergie les souvenirs des bons jours, cherchant à
2330 entendre à nouveau le clapotis de l'eau et le bruit du vent dans les arbres, comme au dernier été de paix, lorsqu'il s'était assoupi au bord de la rivière. Il chercha à évoquer le visage de ses parents, celui de sa mère d'abord, long et anguleux, toujours triste, puis celui de son père, renfermé au-dessus d'une barbe hirsute[1], plus taiseux que
2335 jamais depuis la mort d'Armand, son frère, tombé le 8 septembre 1914 dans la Marne, du côté de Fère-Champenoise. Louis secoua la tête, refusant de se laisser aller à penser aux morts. En rassemblant toutes ses forces, il parvint à faire venir le visage de l'enfant. Elle lui apparut, avec ses paupières lourdes et gonflées, son teint rouge et
2340 ses fins cheveux noirs qui donnaient l'impression d'être collés entre eux. « Petite Jeanne, murmura-t-il pour lui-même, petite Jeanne chérie. » Il réalisa soudain à quel point elle lui manquait. Comme il lui tardait de la retrouver, cette enfant aimée, si attendue ! Comme il serait ému de découvrir son visage, elle avait dû tellement changer
2345 durant son absence ! Louis espérait que la présence de l'enfant réconfortait ses parents mais il ne se faisait pas d'illusions... *La vie est bien cruelle*, lui avait écrit sa mère, *qui nous a donné une fille et, dans le même temps, nous a repris notre fils.*

Pour eux, pour le bébé vagissant[2] dont il gardait le souvenir, il
2350 s'était juré de revenir en vie et, depuis quelques mois, il avait cru pouvoir tenir sa promesse jusqu'à cette histoire de commission de réforme. Il secoua la tête pour ne plus y penser. « Ma petite Jeanne », dit-il de nouveau en luttant contre les picotements du sommeil.

[Fernand s'éveille à son tour d'un cauchemar et les deux amis finissent la nuit en s'enivrant.]

---

notes

1. hirsute : désordonnée, ébouriffée.
2. vagissant : participe présent du verbe *vagir*, « pleurant » (pour un nouveau-né).

10

Louis reprit son travail dès le lendemain matin. Il partit à huit heures,
les yeux cernés par sa nuit trop courte, abandonnant Fernand dans
la cuisine où il se resservait du café pour la troisième fois.

– À tout à l'heure, lui dit son ami en levant sa tasse dans sa direction. Pour le déjeuner, c'est cela ?

Lorsqu'il opina de la tête, Louis s'aperçut qu'elle lui faisait mal. Il
éprouvait de nouveau cette sensation qu'il connaissait trop bien,
laissant présager un futur mal de tête très violent : comme une boule
de douleur fulgurante[1], palpitant dans un coin du cerveau. Espérant
amenuiser la souffrance et la repousser au tréfonds de lui-même, il
massa l'endroit de sa main durant tout le trajet mais, au moment de
pousser la porte de la pièce, il n'avait obtenu aucune amélioration.

– Ah ! monsieur Saint-Gervais, dit alors une voix qui lui sembla
trop forte.

Il se retourna. Juste derrière lui, il reconnut l'homme qui accompagnait le commandant venu contrôler la commission voilà quelques semaines. À ses côtés, le président Grillaud se tenait droit,
le menton légèrement levé, son regard porté au-delà de Louis.

---

note

1. fulgurante : violente comme un éclair.

La Vie tranchée

– Monsieur Louis Saint-Gervais, répéta le gradé en posant une main autoritaire sur son épaule. Vous vous souvenez de moi, peut-être...

2375 Comme il ne semblait pas attendre de réponse, Louis ne dit rien. Il fixait Grillaud, cherchant à croiser son regard.

– Capitaine Andrieux, Basile Andrieux pour être plus précis. Mandaté par le commandant de Banvilliers au contrôle du personnel de cette commission.

2380 Enfin, le président tourna les yeux et les cligna à l'intention de Louis, en un signe qui se voulait apaisant mais qui l'inquiéta encore davantage. Si Grillaud cherchait à le rassurer, c'est qu'il y avait des raisons de s'en faire, pensa-t-il immédiatement. Sa douleur à la tête augmenta d'un cran.

2385 – Je suis venu hier, mais vous étiez de congé, m'a dit votre supérieur, précisa l'homme en se retournant vers Grillaud.

– C'est exact, confirma aussitôt celui-ci d'une voix calme.

– Aussi, je reviens vous voir dès ce matin : vous êtes convoqué dans trois jours devant la commission de réforme médicale.

2390 Il s'interrompit pour observer Louis qui recommençait à se masser la tête, la douleur explosant soudain.

– Qu'avez-vous ? demanda-t-il, vous semblez souffrir.

– Oui, mon capitaine, répondit Louis en constatant avec effroi que chaque mot lui faisait mal. Je suis sujet depuis l'adolescence à de 2395 terribles migraines.

Tout le temps qu'il avait passé au front, il n'avait pas souffert d'une seule migraine mais, par prudence, il s'abstint de donner cette précision, d'autant que, ces derniers mois, les maux de tête avaient réapparu.

2400 – Prenez de la quinine[1] ou de l'aspirine, déclara Andrieux d'un ton sec.

– Oui, mon capitaine.

Le président Grillaud se pencha alors vers le gradé.

note

1. quinine : médicament destiné à lutter contre les fortes fièvres, notamment le paludisme.

Chapitre 10

– Dites-moi, j'y pense soudain... vous avez bien parlé d'une convocation dans trois jours ?

L'homme se raidit et son ton devint légèrement agressif.

– Tout à fait. Pourquoi ?

– Eh bien, fit remarquer Grillaud avec un sourire, dans trois jours nous serons le 24 décembre, c'est-à-dire le jour du réveillon, un jou...

– La veille de Noël, l'interrompit aussitôt Andrieux. Seul le jour de Noël peut être considéré comme férié, et encore, ajouta-t-il en lançant un regard tranchant vers le président de la commission. Dois-je vous rappeler, capitaine, que nous sommes en guerre ?

Justement, enragea Louis intérieurement. Apprendre que l'on est apte à retourner au front la veille de Noël, tu parles d'un cadeau ! Mais comment expliquer ça à un homme qui finirait la guerre sans avoir jamais vu le moindre morceau de terre d'une tranchée... Son mal de tête empirait, au point de transformer ses orbites en deux trous noirs et creux.

– Tenez, prenez ça, lui ordonna Grillaud en le voyant porter de nouveau la main à sa tempe.

Il avait sorti de sa poche une plaquette de cachets qu'il déposa dans la paume de Louis.

– Et allez chercher un peu d'eau pour avaler... Si vous le permettez, bien sûr, ajouta-t-il en s'inclinant devant le capitaine Andrieux.

Flatté qu'on reconnaisse ainsi la supériorité de son grade, ce dernier acquiesça d'un bref signe de tête en s'attachant à conserver un air sévère.

Louis ne se le fit pas dire deux fois et s'esquiva[1] en marchant avec précaution, car le moindre mouvement faisait éclater comme des feux dans son cerveau.

Lorsqu'il revint, le gradé discutait avec Pageot, qui lui donnait apparemment toute satisfaction à en juger par son sourire et

---

note

1. s'esquiva : s'en alla discrètement.

LA VIE TRANCHÉE

ses hochements de tête répétés. Louis rejoignit sa table et s'assit sans tenir compte d'eux. Conscient qu'il lui faudrait rattraper son retard malgré la douleur, il s'empara du paquet de lettres posé devant lui et ouvrit la première d'un geste bref.

Ma Lilie chérie

Il porta immédiatement son regard au bas de la lettre. Oui. C'était bien lui, Jo, le petit homme Pour La Vie, celui dont il fallait saisir les courriers. Instinctivement, sans réfléchir à son geste et à sa signification, Louis cacha le courrier de son coude. Pageot et Andrieux discutaient à mi-voix, sans sembler se préoccuper de lui. Il reporta son regard sur la lettre.

Au moment même où je t'écris, un bruit pesant... c'est le roulement du canon. Ce son est connu comme celui du tonnerre l'est de toute oreille qui l'a une fois entendu. Bruit sinistre, semant la mort dans les tranchées où la semaine prochaine je serai.

Une explosion de lumière jaillit dans le cerveau de Louis. Il revit brutalement sa première vision du front, une vision irréelle d'un paysage incompréhensible, assourdissant, poussiéreux, plein de crépitements lumineux et à l'atmosphère survoltée.

Il porta une main à sa tempe, la pressa fortement pour sentir le contour de son visage et, se protégeant à nouveau de son coude, il reprit sa lecture. Il l'entendait : quelque part dans sa tête, le front continuait toujours.

Je ne suis pas malade, ce qui est inexplicable vu les conditions dans lesquelles nous vivons depuis des mois. Je n'ai pas pris de douche depuis août dernier et il ne ferait pas bon que tu me voies dans cet état, tout boueux et puant, couvert de poux. Tu me manques, ma Lilie, et je désespère de recevoir davantage de nouvelles. Voilà deux semaines et rien, pas une lettre, pas une carte. Ici, le courrier est aussi important que la soupe et plus encore qu'elle pour le moral. Aussi, écris-moi, même peu mais souvent.

Chapitre 10

Il se tourna vers Pageot. Sûr qu'il avait dû arrêter les lettres de Lilie, celui-là, sans même les lire, sans même se demander si Jo, ce jour-là, n'en avait pas eu besoin pour survivre. Au fond de lui, Louis pensait que, lorsqu'on ne trouvait rien de dérangeant dans un courrier, il valait mieux l'acheminer, il savait trop combien les lettres étaient indispensables pour tenir au front. En l'absence de courrier, certains étaient capables de se laisser mourir. Il ne connaissait que Fernand pour survivre à ce genre de silence... Mais il ne pouvait parler de cela à personne, pas même à Grillaud, car les ordres étaient formels et l'argument, toujours le même : c'était la guerre, et cela seul justifiait tout. Même Louis se pliait à la règle.

Il termina sa lecture.

> *En attendant de tes nouvelles, je t'embrasse de tout mon amour. Ne m'oublie pas, ma Lilie, ma Chérie. N'oublie pas Jo, ton petit homme P.L.V.*

— Ton petit homme P.L.V. ?

De surprise, Louis crispa les doigts sur le courrier. Il n'eut pas besoin de se retourner pour savoir que le capitaine Andrieux se tenait dans son dos. L'homme se pencha plus en avant, s'appuyant contre son épaule d'une façon familière et déplaisante.

— P.L.V. ? répéta-t-il en tournant son visage vers Louis. Vous savez ce que ça signifie ?

À quel moment le gradé avait-il cessé de discuter avec Pageot pour s'approcher de lui ? Louis ignorait depuis quand, exactement, il se trouvait derrière lui, à lire son courrier, et s'il avait pris connaissance, ou non, de la lettre dans son entier.

— Vous savez ou pas ?

Son haleine chatouilla désagréablement les narines de Louis et lui donna subitement envie d'éternuer. Il secoua la tête de gauche à droite.

— Non.

Ce que P.L.V. voulait dire ne regardait personne, pensa-t-il. P.L.V. ne s'adressait qu'à Lilie, et à lui qui avait deviné, bien sûr. Andrieux se redressa et, interpellant l'ensemble des lecteurs autour de la table, il demanda d'une voix agacée :

La Vie tranchée

– Eh bien, quelqu'un saura-t-il me dire ce que signifie un petit homme P.L.V. ?

Devant le silence éberlué[1] des hommes qui, pour la plupart, ne comprenaient pas de quoi il s'agissait, le capitaine devint rouge de colère contenue.

– Votre travail est de tout contrôler et vous ne savez pas ce que vous lisez ? persifla-t-il[2] d'un ton lourd de menaces. C'est inquiétant, messieurs, particulièrement inquiétant.

Une voix s'éleva soudain :

– Ce que je sais, mon capitaine, c'est que le petit homme P.L.V. est un suspect.

Andrieux se tourna vers Pageot.

– Continuez, l'exhorta-t-il.

– Eh bien, se flatta le délateur[3], c'est un homme de l'infanterie qui signe de cette façon, un certain Jo je-ne-sais-plus-trop-comment... attendez un instant, je vais vous trouver son nom.

Il sortit son carnet et le feuilleta avec rapidité.

– Jo Soubire, c'est ça, clama-t-il fièrement. Jo Soubire, dit petit homme P.L.V. Mon Mata Hari n'oublie personne.

– Votre... quoi ? s'exclama le gradé.

Pageot pâlit.

– C'est mon carnet. En fait... (il hésita, de peur de paraître ridicule aux yeux de son supérieur)... en fait, je l'ai appelé comme l'espionne exécutée il y a deux mois. Dans mon Mata Hari, je note les noms de tous les traîtres à la nation.

– Des suspects, pas des traîtres, corrigea Louis, lui-même surpris par cette réponse qui lui échappait.

– Suspects ou traîtres, rétorqua Pageot avec suffisance[4], ce n'est guère qu'une affaire de sémantique[5]. Moi, ma devise c'est : « Suspect un jour, suspect toujours ! » Et c'est valable pour les traîtres aussi,

notes

1. éberlué : fortement étonné, déconcerté.
2. persifla-t-il : railla-t-il, ironisa-t-il.
3. délateur : dénonciateur.
4. suffisance : assurance excessive.
5. sémantique : sens des mots.

Chapitre 10

ajouta-t-il en guettant dans le regard du capitaine l'assentiment[1] hiérarchique.

– C'est bien, c'est bien, murmura Andrieux sans quitter Louis des yeux et attendant de voir quel parti il allait adopter.

Louis retira sa main de la lettre et, sur le courrier lui-même, il écrivit d'une main qui ne tremblait pas : « Lettre saisie, auteur fiché à la liste des suspects. » Il mit ensuite la lettre de côté, à sa droite, démarrant ainsi la pile des courriers qui seraient saisis tout au long de la journée, puis il prit la lettre suivante, la retira délicatement de son enveloppe, la déplia et s'apprêta à en commencer la lecture.

– Donc, conclut le capitaine Andrieux en enfilant ses gants, vous passez devant la commission de réforme après-demain, lundi 24 décembre, à quatorze heures.

Dans sa voix perçait une pointe de contentement pervers. Louis leva les yeux vers lui.

– J'y serai, mon capitaine, dit-il d'une voix calme, puis il se replongea dans son travail.

Cette fois, la lettre tenait en deux phrases.

> *Les avions boches ont lancé sur nos lignes des proclamations ainsi conçues : « Heureux les Français qui verront le 1ᵉʳ janvier 1918. » Ça donne à réfléchir, gare à la casse. Ton frère, Jean.*

★

À l'heure du déjeuner, Louis retrouva, comme prévu, Fernand qui battait des pieds pour conjurer le froid devant la porte du réfectoire.

– T'aurais pu t' bouger les fesses, merde, râla celui-ci en lâchant à chaque mot des bouffées de buée.

Cela paraissait inouï, mais le froid était encore plus vif que la veille, et d'autant plus désagréable à supporter qu'il était empreint d'humidité.

---

note

1. assentiment : approbation.

LA VIE TRANCHÉE

— Fallait rentrer, ballot !

— Pas vraiment envie, répliqua son ami d'un ton amer. T'as senti ?

Louis entrouvrit la porte et passa la tête. Une odeur rance[1] le saisit à la gorge. Il referma aussitôt.

— Allons chez la mère Édith, proposa-t-il.

— De toute façon, ça ne peut pas être pire, déclara Fernand, fataliste, en lui emboîtant le pas.

Ils marchèrent aussi rapidement que possible, et Louis s'aperçut alors que sa migraine avait considérablement diminué jusqu'à n'être plus qu'une onde vaguement gênante. Par chance, les cachets de Grillaud avaient agi.

Ils avaient déjà parcouru plus de trois cents mètres, soit à peu près la moitié du chemin, lorsqu'ils virent de loin trois hommes venir vers eux. Dans le brouillard qui montait du canal, il était difficile de distinguer la véritable composition de ce trio qui marchait droit, avec une sévérité sensible à plusieurs mètres, mais, au fur et à mesure de leurs avancées respectives (les deux groupes se croiseraient bientôt), les visages sortirent de la brume, prirent une forme, puis un sens. Fernand et Louis échangèrent alors un regard attristé. Entre les deux gendarmes qui l'encadraient fermement, ils reconnurent le soldat ivre de la veille, à la verve pacifiste. L'homme avait dessoûlé. Il ne sanglotait plus, il marchait mécaniquement, et dans son regard absent se lisait une résignation muette. Maintenant, ils n'étaient plus qu'à quelques mètres les uns des autres. Le malheureux avait payé son audace de sa permission, supprimée sans doute par un officier stupide et sans cœur, pensa Louis. Et qui savait quelle sanction supplémentaire serait encore retenue contre lui ? Avec un peu de malchance, mais la malchance était toujours du côté des soldats ces temps-ci, il passerait en conseil de guerre. Ils étaient si proches de l'homme maintenant qu'ils pouvaient voir son menton trembler et, l'espace d'un instant, Louis pensa qu'il allait se remettre à pleurer, comme chez Madame Édith.

---

note

1. odeur rance : odeur d'un corps gras qui n'est plus frais.

Chapitre 10

– Lucien ? chuchota alors Fernand au moment où les deux groupes se croisaient.

L'homme tourna son visage vers lui et son regard s'alluma un bref instant. Louis se demanda comment son ami pouvait bien se souvenir de son nom.

– Ce s'ra leur tour bientôt, aux gros, ajouta-t-il, déclenchant chez le prisonnier un pauvre sourire.

[Au café, Fernand fait la connaissance de Mathilde, la fille de la tenancière, Madame Édith.]

Il se leva et s'inclina devant la jeune fille, comme il l'avait fait pour Blanche, la veille.

– Bonjour. Soldat Fernand Jodet pour vous servir, douce beauté.

Elle eut un petit rire. Au moment où elle se pencha pour nettoyer la table avec son chiffon, une lueur d'admiration brilla dans les yeux de Fernand à la découverte du décolleté généreux. Louis en fut gêné mais Mathilde, elle, souriait sans retenue au soldat Jodet. Il semblait exister entre eux un lien secret et immédiat auquel Louis n'avait pas accès et sur lequel il n'avait aucune prise. Elle se releva lentement et, sans quitter Fernand des yeux, elle passa une main dans son épaisse chevelure blonde et lui demanda d'une voix suave :

– Vous désirez ?

– Un après-midi avec vous, chuchota-t-il avec son éternel culot.

Louis ne savait plus où regarder ni quoi faire. Il était en trop, de façon criante, aussi il se mit en demeure de se curer les ongles avec un bout d'allumette trouvée dans sa poche. Dans tous les domaines, Fernand avait toujours fait preuve d'un aplomb sidérant mais, avec les femmes, il devait le reconnaître, son ami s'y prenait comme un chef. Louis l'écoutait dire :

– Je vous emmènerai faire une promenade au bord du canal et vous prendrez mon bras, ma beauté.

Elle riait, d'un petit rire coquin, et, dans ses mains, les assiettes empilées s'entrechoquaient légèrement.

– Je vous raconterai des histoires terribles, merveilleuses, et si vous avez peur ou froid, je vous serrerai tout contre moi.

– Oh !... arrêtez, minauda-t-elle[1] d'un ton qui signifiait tout le contraire.

– À quelle heure finissez-vous ? attaqua soudain Fernand.

Surpris, Louis se retourna et jeta un coup d'œil derrière lui. Depuis le bar, Madame Édith les regardait, l'air intrigué et sévère, et, lorsque Mathilde pivota dans sa direction, elle leva la main pour rappeler sa fille auprès d'elle. Fernand sentit aussitôt le danger.

– Deux ragoûts et deux cafés, trancha-t-il, et dans un murmure à peine audible, il ajouta : Alors ?

– Deux ragoûts ! répéta la jeune fille à haute voix, puis elle chuchota : Trois heures au hangar du canal... Et deux cafés ! cria-t-elle en s'éloignant vivement, les assiettes brinquebalant à chacun de ses pas, dans un bruit de porcelaine.

Fernand bascula de nouveau sa chaise et s'adossa au mur avec un air profondément satisfait.

– Eh bien, voilà, dit-il joyeusement, me voilà avec un rendez-vous galant. Tu vois, mon vieux, avec les femmes ça n'est pas compliqué. Au fait, il se trouve où exactement, ce hangar ?

Louis jeta l'allumette par terre.

– J' te montrerai, répondit-il de mauvaise grâce, mais, je te le répète, tu ne devrais pas t'approcher de cette fille. La mère Édith n'est pas commode dans son genre.

– Et le père Édith, il est où ?

– Mort, le premier mois de guerre. Il s'était engagé dans les premiers, un vrai patriote paraît-il. Je ne l'ai pas connu, c'est Grillaud qui m'en a parlé et il disait que c'était un enragé de la patrie, le père Édith.

– Ouais... ben, pourvu qu'il n'ait pas transmis son venin à sa fille, soupira Fernand, se redressant en voyant arriver les plats. Enfin, c'est pas de politique que je vais lui parler de toute façon.

---

note

1. minauda-t-elle : dit-elle en faisant des manières.

Chapitre 10

[Louis évoque alors son futur passage devant la commission de réforme. Fernand s'énerve et l'exhorte à tout faire pour ne pas repartir au front.]

★

D'après un document pris aux Allemands, ceux-ci organisent sur le front des groupes de propagande et de fraternisation. Un incident qui s'est produit devant une de nos divisions semble être un essai de cette nature. À un moment donné, de nombreux casques et calots[1] sont apparus au-dessus des parapets[2] et un officier, accompagné d'un homme porteur d'un fanion blanc, s'est avancé vers la ligne française. Cette tentative a été reçue comme il convenait : coups de fusil sur l'officier, tir de V.B.[3] et d'artillerie sur les tranchées dans lesquelles casques et calots venaient de se montrer.

C'est la seule attitude qui convienne. On devra la prescrire formellement aux troupes, en leur expliquant le danger de toute autre manière d'agir vis-à-vis d'un adversaire toujours prêt à user de ruses et de fourberies.

Pour les unités françaises ayant été destinataires de tracts ennemis, les armées feront organiser par les commissions de contrôle postal une surveillance plus étroite de la correspondance desdites unités. Pétain.

Le président Grillaud replia la feuille, la fourra dans sa poche, et il en sortit une autre qu'il se mit à lire d'une voix monocorde. Il s'agissait de la liste des unités ayant été « approchées » par les Allemands, « liste non exhaustive[4] dont chacun aura copie et qu'il contribuera à compléter à la lueur de ses lectures ».

---

notes

1. calots : coiffures militaires de forme allongée.
2. parapets : barrières.

3. V.B. : grenade à fusil Viven-Bessières d'origine française, réputée pour son efficacité.

4. exhaustive : complète.

— Je compte sur votre vigilance, messieurs, termina-t-il d'une formule sèche et habituelle.

Dès les premières fraternisations, les sanctions étaient tombées. Et lorsque, par bonheur, le commandant de la compagnie se montrait modéré, la punition était ensuite soumise à l'avis successif de nombreux gradés et elle grossissait invariablement. Louis se souvenait de Julien, un petit gars du Centre de la France qui avait toujours un sourire enfantin aux lèvres. C'était un bon soldat mais, un après-midi, alors qu'il était au petit poste, Julien avait vu un Allemand lui faire signe d'abord, puis lui lancer des cigares. Démonté par l'audace du Boche, stupéfait, le jeune garçon avait attrapé les cigares et en échange, sans même réfléchir, il lui avait jeté le morceau de pain qu'il tenait à la main. Même le lieutenant à la tête de la compagnie l'avait compris : sous l'effet de la surprise, Julien n'avait pas pensé à tirer un coup de fusil et, de la même façon, il ne s'était pas rendu compte de la gravité de son geste. Il avait agi par réflexe, uniquement. Le lieutenant avait proposé huit jours de prison, au titre de punition exemplaire, mais à l'arrivée, après un trajet de trois semaines dans les différents bureaux, la signature du chef de bataillon, celle du colonel commandant l'infanterie divisionnaire, celle encore du général commandant la division et, pour finir, celle du général commandant le corps d'armée... la punition avait été portée à soixante jours de prison dont quinze de cellule. Et le pauvre Julien avait définitivement perdu son sourire d'enfant.

Pas de fraternisation avec l'ennemi, même lorsqu'il se trouve à trente mètres de soi.

Un matin, Louis avait passé la tête par-dessus le parapet au même moment que le soldat d'en face, et leurs regards s'étaient plantés l'un dans l'autre, noirs de peur et d'hésitation. Trois secondes à scruter l'âme de l'autre, pas davantage, avant de se laisser retomber chacun dans sa tranchée, le cœur battant à rompre... trois secondes dont Louis se souviendrait éternellement.

Pas de fraternisation avec l'ennemi, même mort.

Chapitre 10

Le premier visage mangé par les rats qu'il avait vu était celui d'un Boche, au tout début de la guerre, et il avait éprouvé une envie furieuse de le cacher sous une couverture.

Pas de fraternisation.

Louis saisit une lettre sur le paquet destiné à être lu cet après-midi. Il la décacheta lentement en se forçant à penser à autre chose. Fernand, par exemple, Fernand qui devait être en pleine conversation amoureuse. Que pouvait-il bien lui raconter, à la Mathilde ? Il la ferait rire, certainement. Voilà ce que Louis devait apprendre... à faire rire les filles. Blanche aimait cela, il s'en était aperçu lorsqu'elle montait l'escalier avec Fernand. Il déplia la lettre à l'écriture microscopique couvrant l'intégralité d'une petite page.

Cher Émile, couchés dans un grenier sous les tuiles par 22° de froid, avec deux mauvaises couvertures, c'est un sport qui n'a rien d'intéressant, je t'assure. Heureusement que les journaux disent que les soldats au repos ne manquent de rien ! Si les journalistes venaient en ce moment...

Louis avait fini par accepter de prêter la clé de sa chambre à Fernand, tout en l'assommant de recommandations. Pas question de se faire voir par un voisin quelconque en train d'entrer dans la maison en compagnie. Louis ne voulait perdre cette chambre sous aucun prétexte.

Avec ça, ils ne veulent pas la faire finir, cette maudite guerre. Ils mettent sur les journaux que les morts ne veulent pas de leur paix, mais ils oublient de dire que tous les vivants la réclament.

Après une lecture en diagonale de la fin de la lettre, Louis plia la feuille, la remit dans son enveloppe et donna le coup de cachet réglementaire avant de passer à la suivante. Il n'avait plus qu'une idée en tête : en finir au plus vite et que l'après-midi s'achève. Depuis tout à l'heure, il luttait contre la panique qui montait en lui chaque fois qu'il pensait au rendez-vous de lundi... une déclaration

La Vie tranchée

d'aptitude revenait à une déclaration de mort. Il connaissait peut-être en ce moment même ses derniers jours d'homme vivant.

Pour conjurer son angoisse, il prit la lettre qu'il gardait ouverte devant lui et sur laquelle il avait apposé cette annotation au crayon : « Sentiments d'une grande justesse. » Son auteur commençait ainsi : *Nous autres, nous tenons*, et, pour la troisième fois depuis ce matin, Louis la relut.

Nous autres, nous tenons, je ne sais pas pour quelle raison. Parce que quelques-uns tiennent, les autres en font autant. C'est très curieux, c'est une chose presque inexplicable. On dit : « On monte, c'est la relève » ; nous montons. Personne ne bronche, tout le monde en a pourtant envie. Seul le cœur, qui est bon et qui commande le bonhomme, dit : « Il faut relever ceux qui depuis quelques jours protègent de leurs poitrines les leurs et puis les tiens ; ils doivent être las, toi, tu es reposé, il faut y aller à ton tour. » Que je vous dise toutefois, et je ne suis pas le seul à le dire, que tout le monde en a « marre », du plus grand au plus petit. Mais, si la guerre finissait mal, tout le monde en subirait les conséquences, depuis les plus vieux jusqu'aux plus jeunes enfants. Aussi nous nous consolons à la pensée que nos peines profiteront à ceux qui viendront après nous.

Louis attrapa une cigarette dans sa poche et la passa entre sa moustache et son nez. Au front, malgré la peur et l'envie furieuse de s'enfuir, ils tenaient tous, c'est vrai, Lucien, Fernand, lui-même, tout le monde. Ils se tenaient les uns aux autres en pensant que cette guerre serait la dernière et qu'elle mettrait un terme définitif à la barbarie.

Il repoussa la lettre vers un coin de la table, la gardant toujours ouverte devant lui, puis, se sentant un peu plus calme, il reprit la lecture de sa pile.

Cette semaine s'est passée en première ligne et je me souviendrai ma vie entière de ce que j'y ai enduré… Il me reste 7 hommes sur une quinzaine, le reste est parti dans les hôpitaux réchauffer des pieds gelés. C'est avec le temps qu'il fait qu'il me fallait rester

Chapitre 10

7 heures ½ par nuit, planté dans un boyau où la neige m'arrivait au ventre, et 5 heures le jour avec le même emploi à dormir dans la boue glacée d'un trou dont l'eau suintait du plafond... Quel terrible cauchemar que cette terrible guerre... J'ai un cafard monstre. Du train où tout marche[1], je voudrais être mort, car il y a de quoi désespérer d'en finir. Dans deux ans nous serons encore là.

Louis replia la lettre lentement.

— Nos peines profiteront à ceux qui viendront après nous, *amen*, murmura-t-il en glissant le courrier dans son enveloppe.

[Fernand revient enthousiaste de son après-midi avec Mathilde.]

---

note

1. Du train où tout marche : à la vitesse où vont les choses, c'est-à-dire ici très lentement.

Au fil du texte

Questions sur l'extrait des pages 103 à 111, lignes 2354 à 2600

QUE S'EST-IL PASSÉ ENTRE-TEMPS ?

1. Pourquoi Louis est-il mal à l'aise avec Blanche ?

2. Qu'apprend-on au sujet du frère de Blanche ?

3. Quelle expression prononcée par Fernand fait que Louis commence à se douter du renvoi de son ami au front ?

4. Quand Fernand doit-il rejoindre son régiment ? Comment les deux amis réagissent-ils ?

5. Quel rôle jouent les pastilles Valda dont il est question à plusieurs reprises ?

6. Dans quelles circonstances Louis et Fernand font-ils la connaissance de Lucien ?

AVEZ-VOUS BIEN LU ?

7. De quoi Louis souffre-t-il dans ce passage ?

8. Qu'apprend le jeune homme le concernant ?

9. Que fait Louis de la lettre de Jo Soubire ? Pourquoi ?

10. Qu'advient-il de Lucien ?

Extrait pp. 103 à 111

ÉTUDIER LE VOCABULAIRE ET LA GRAMMAIRE : LA MIGRAINE DE LOUIS

11. Relevez les passages qui font allusion à la migraine de Louis et repérez les indicateurs de temps en précisant leur classe grammaticale*. Que peut-on dire de l'évolution de cette douleur ?

12. Quelle expression est synonyme de « migraine » dans le texte ? Comment est-elle construite grammaticalement ? De manière plus générale, relevez les groupes nominaux* désignant la migraine et précisez leur composition grammaticale.

13. Par quels procédés lexicaux, grammaticaux et stylistiques l'auteur exprime-t-il l'intensité de la souffrance ?

ÉTUDIER LES PERSONNAGES

14. Quels sont, dans ce passage, les personnages favorables à Louis ? Quels sont ceux qui, au contraire, lui sont défavorables ? Justifiez votre réponse.

15. Quels sont les sentiments successifs de Louis au cours du passage ?

16. Si l'on excepte les personnages présents, quel autre personnage joue un rôle important dans le récit ?

classe grammaticale : nature d'un mot ou d'une expression.

groupe nominal : groupe de mots centré sur un nom.

― Au fil du texte ―

La représentation de la guerre dans la lettre de Jo Soubire

17. À quel procédé déjà utilisé pour la première lettre de Jo l'auteur a-t-il recours ici ? Quel est l'effet produit sur le lecteur ?

18. Quels sont les sentiments exprimés par Jo dans sa lettre ? Justifiez votre réponse.

19. Dans quelles conditions vivent les soldats au front ?

20. Pourquoi, selon vous, Jo Soubire n'évoque-t-il pas l'ennemi ?

Lire l'image

21. Quels sentiments l'image du film *À l'ouest rien de nouveau* (p. 80) cherche-t-elle à communiquer aux spectateurs ?

À vos plumes !

22. En vous inspirant des lignes 2440 à 2482, imaginez Louis lisant une lettre de Lilie dans laquelle la jeune fille évoque sa vie paisible et interroge son fiancé sur ce qu'il éprouve.

11

[Blanche, Fernand et Louis passent la soirée chez Madame Édith à discuter et à boire.]

– Quelle heure est-il ? demanda Blanche en se tournant vers Louis.

Ils étaient si proches l'un de l'autre qu'il sentit son haleine lui chatouiller la joue.

– La commission travaille demain matin, n'est-ce pas ? Je ne dois pas rentrer tard, ajouta-t-elle.

– Vous êtes fatiguée ? demanda Louis en consultant sa montre.

Il était vingt et une heures.

– Eh bien, intervint Fernand en fixant son ami du regard, si Mlle Blanche te dit qu'elle est fatiguée, raccompagne-la.

– Mais... on ne finit pas ? demanda Louis en montrant du doigt la bouteille aux trois quarts pleine qui venait d'arriver sur la table.

Fernand leva les yeux au ciel d'agacement.

– Va, je m'en sortirai bien tout seul. Rentrez donc tous les deux, je vous rejoindrai plus tard.

« Tous les deux. » La formulation fit réagir Louis, il se tourna vers Blanche et lui proposa de la ramener maintenant, si elle le désirait.

Au moment où ils se levaient, l'abbé, qui s'était penché pour ramasser son écharpe tombée à terre, les aperçut et son visage s'éclaira subitement d'un large sourire, qui se rétrécit lorsqu'il

LA VIE TRANCHÉE

constata, dans la seconde suivante, la présence de Fernand. Malgré une courte hésitation, il se leva puis, sous le regard réprobateur de Pageot, il s'approcha de leur table.

2810 — Bonjour, mon père, sourit Blanche timidement en se rasseyant.

— Bonjour, mon enfant, répondit l'abbé en rougissant jusqu'aux oreilles. Bonjour, dit-il simplement à Louis, mais il ignora Fernand.

À son tour, Louis se rassit. Il n'était pas bien vieux, l'abbé Jourdin, pour donner du « mon enfant » à une jeune fille de ce ton compassé[1]

2815 et ridicule, pensait-il en le regardant fouiller les poches de sa soutane.

— Ainsi vous fréquentez ces... lieux ? demanda-t-il à Blanche d'un air de reproche.

— Jusqu'ici, elle y était bien accompagnée, grommela Fernand avant d'avaler une nouvelle gorgée.

2820 Le tressaillement de la jeune fille n'échappa pas à Louis, qui en ressentit la décharge dans sa cuisse, mais fort heureusement, Jourdin choisit de faire comme s'il n'avait rien entendu. Il continua de fouiller sa poche jusqu'à ce qu'il en sorte une enveloppe.

— Regarde, dit-il en tendant fièrement la lettre à Louis. Lis

2825 toi-même.

Son visage rayonnait d'un bonheur infini, comme s'il avait été victime d'une vision divine, pensa Louis en ouvrant l'enveloppe. Il en sortit une courte lettre dactylographiée dont l'en-tête le fit aussitôt frémir : *Commission de réforme médicale des armées.*

2830 Il lut en silence, soudain oppressé par ces mots qui le renvoyaient brutalement à son échéance du surlendemain, ces mots qui disaient :

Visite ce jour, samedi 22 décembre 1917, du médecin inspecteur chargé de la visite des soldats inaptes. En application de la loi Mourier[2] du 10 août 1917, l'abbé Clément, Louis, Jean,
2835 *Jourdin, vingt-trois ans, lecteur au contrôle postal, inapte tempo-rairement, vient d'être classé apte au service.*

notes

1. compassé : guindé, dépourvu de naturel.
2. loi Mourier : loi du 20 février 1917 qui revient

sur les exemptions attribuées en 1914 et envoie davantage d'hommes au combat.

Chapitre 11

L'abbé portait en deuxième prénom le même que le sien et ils avaient le même âge furent les seules pensées qui traversèrent Louis.

Jourdin s'approcha et écrasa son index sous les derniers mots qu'il prononça, en les détachant soigneusement les uns des autres.

– *Apte-au-service*. C'est écrit, lis ! APTE.

L'imbécile ! pensa Louis. Le pauvre type ! Il regarda Fernand et lut dans ses yeux une lueur de haine subite.

– Je pars le 24, la veille de Noël. Je sais ce que tu en penses mais, pour moi, c'est le plus beau cadeau que le ciel pouvait me faire.

Pauvre émissaire[1] mortel d'un Dieu inexistant...

– Je vais enfin pouvoir être là où je serai le plus utile. J'aiderai les hommes à quitter cette terre et je dirai ma première messe au front, cette fois ça y est, c'est sûr.

– Tais-toi, l'abbé, dit soudain une voix grave.

Ils se retournèrent. Un peu plus loin, accoudé seul devant une bouteille à moitié vide, le bas de son visage caché par un bandeau noir qu'il tenait de sa main, l'officier galonné répéta :

– Tais-toi, l'abbé. Tu ne sais pas de quoi tu parles.

De surprise, Jourdin se tut, incapable de répondre. Instinctivement, il reprit sa lettre et la serra avec force, jetant à Louis un regard inquiet. Fernand émit un bref murmure d'approbation, puis tout le monde demeura silencieux à la table. L'homme attrapa d'une main lente la bouteille posée devant lui et se resservit.

– Tu ne sais pas, oh non ! grommela-t-il en portant le verre à son visage.

Comment cet homme, dont le bas du visage était enserré dans un corset et dont on ne voyait ni les lèvres ni la bouche, allait-il boire ? Blanche avait le regard fixé sur ses mains tandis que Jourdin, mal à l'aise, fit mine de se lever. Fernand abattit alors sa main sur son coude et le maintint assis.

– Regarde, curé, siffla-t-il entre ses dents.

---

note

1. *émissaire* : messager.

Lorsque le verre fut suffisamment près de son visage, l'homme souleva son bandeau et découvrit sa bouche, ou plutôt ce qu'il en restait : un trou noir faisant office d'orifice buccal, entouré par deux morceaux de chair lourde et difforme rappelant vaguement ce qui avait dû être, autrefois, des lèvres. Avant d'y verser un peu de vin, l'homme se tourna vers Jourdin et émit un rictus.

– Voilà, l'abbé, ce que ton Dieu fait aux hommes, dit-il, et ses deux lèvres de chair tremblèrent comme de la gélatine sous ses paroles. Voilà.

À cette vue, Jourdin pâlit brusquement. Se dégageant d'un geste de l'étreinte de Fernand, il se leva et jeta sur l'ensemble de la table un regard plein de rage et d'impuissance. Puis, sans rien pouvoir dire, il les quitta et regagna la table où Pageot, son célèbre carnet ouvert devant lui, notait on ne savait encore quelle saloperie.

– Adieu l' corbac, murmura Fernand.

Durant quelques secondes, il régna à la table un silence lourd, puis, d'un geste vif de la main, Fernand fit un signe en direction de Blanche et de Louis comme pour les chasser.

– Allez, filez ! Filez avant qu'il ne revienne. On ne sait jamais. Ces bêtes-là sont plus tenaces que les poux !

Sur le chemin du retour, tandis qu'ils se hâtaient pour tromper le froid, Blanche eut un frisson.

– C'est affreux, vous ne trouvez pas ?

– Affreux, oui, répondit Louis en pensant qu'il devrait passer son bras sur l'épaule de la jeune fille pour la réchauffer.

Elle demanda soudain d'une voix basse :

– Vous ne croyez pas en Dieu, n'est-ce pas ?

Louis ne répondit pas immédiatement. S'il croyait en Dieu ? Après avoir vu tout ce qu'il avait vu ces dernières années, la question lui paraissait saugrenue[1], presque risible. Finalement, il se contenta de répondre par la négative ; il ne lui semblait pas nécessaire de

---

note

1. saugrenue : déplacée.

Chapitre 11

s'attarder sur le fait qu'il avait cru autrefois en un Dieu et qu'il n'y croyait plus maintenant.

– Et Fernand encore moins, ajouta-t-elle d'une petite voix.

Elle paraissait déçue.

– Au fait, il reste longtemps, votre ami ?

Un pincement douloureux serra le thorax de Louis.

– Il repart mardi. Il doit rejoindre son régiment le 26.

Ils continuèrent leur marche vive avec la sensation, désagréable, que l'humidité s'infiltrait sous leurs vêtements et gagnait peu à peu leurs corps, les faisant frissonner de l'intérieur. De nouveau, Louis se dit qu'il pourrait glisser son bras sous celui de Blanche, mais il n'osa pas faire le premier geste et, finalement, beaucoup plus rapidement qu'il ne le souhaitait, ils se trouvèrent devant la porte de la logeuse.

– Bon, eh bien..., dit-il en cherchant ses mots.

Il ne savait quoi dire et pourtant, c'était le moment ou jamais. « Lance-toi, Louis, s'exhortait-il intérieurement, lance-toi. »

– Eh bien, au revoir, dit alors Blanche en lui tendant une main gantée. À demain.

Il serra la main tendue, sans songer à la garder pour lui quelques secondes de plus, mais, lorsqu'elle lui tourna le dos pour introduire la clé dans la serrure, Louis eut un mouvement vers elle. Il allait poser sa main sur son épaule ou peut-être sur sa hanche, en l'effleurant doucement, lorsque la porte s'ouvrit brusquement. Perdue dans sa robe de chambre trop grande pour elle, les cheveux défaits et les yeux bordés de cernes, la logeuse esquissa une grimace.

Blanche entra dans la maison et la porte se ferma derrière elle, laissant Louis seul sur le trottoir, comme un gosse perdu, en proie à un chagrin inouï dont la profondeur le surprit lui-même. Sans réfléchir, il reprit le chemin du café.

Soldats sur la ligne de front en plein hiver.

Nuit de samedi à dimanche

Accroupi dans la tranchée, le dos appuyé au mur mou de la terre, Louis sentait la boue pénétrer sa peau. Il devait partir, se lever et marcher, sinon il allait mourir ici, englué. Son esprit le lui réclamait de toutes ses forces, il s'entendait hurler à l'intérieur de lui : « Vas-y », d'une voix qui ne sortait pas, qui l'emplissait totalement et faisait battre son cœur jusqu'au bout de ses doigts. Mais il ne pouvait pas. Il n'y arrivait pas.

Planté devant lui, un officier lui tournait le dos. Il faisait de grands gestes avec son fusil, comme s'il lançait en avant un régiment entier. Il parlait fort et donnait des ordres. « En avant, en avant ! » criait-il sans bouger. Il s'excitait tout seul car il n'y avait que lui dans la tranchée, et Louis qui s'enfonçait lentement dans la boue.

Soudain, les soldats revinrent. Ils avaient rebroussé chemin et ils arrivaient, véritable armée de bonshommes sales comme des poux, en direction de la tranchée. « C'est impossible, pensa Louis en s'appuyant sur ses avant-bras pour se lever, c'est impossible », répéta-t-il. Les hommes revenaient en courant comme s'ils fuyaient devant l'ennemi, comme s'ils refusaient de combattre. « Des déserteurs ! » souffla-t-il en retombant mollement dans la boue.

L'officier les attendait, baïonnette tendue devant lui, mais les bonshommes ne voyaient rien, ils continuaient d'arriver à vive allure en agitant des papiers au-dessus de leurs têtes. On aurait dit qu'ils étaient joyeux. Était-ce la paix, enfin ?

Ils n'étaient plus qu'à quelques centaines de mètres maintenant. Louis s'aperçut alors que l'officier devant lui n'était plus seul. Le temps qu'il cligne des yeux, le gradé s'était reproduit une fois, deux fois, trois, quatre, dix... ils étaient désormais une rangée entière à lui tourner le dos et à attendre, baïonnette au canon, derrière le parapet de la tranchée. Ils étaient tous officiers, affichant les mêmes galons à l'épaule et le même déhanchement vers la gauche signant la visée de l'œil au fusil.

Un hoquet de nausée saisit Louis. Il s'appuya sur ses avant-bras en poussant de toutes ses forces. Parmi les hommes qui couraient au-devant de leur mort, il reconnaissait maintenant Fernand, Gaston, Lucien et même l'abbé Jourdin qui tenait sa soutane à deux mains pour ne pas trébucher. Il devait les arrêter, les prévenir avant qu'il ne soit trop tard ! Dans un effort surhumain, il parvint à décoller ses fesses de la boue et à lever une jambe après l'autre, jusqu'à se tenir debout. « Attentio... », hurla-t-il, mais la fin de son mot se perdit dans les claquements des fusils dont les sons le projetèrent soudain à terre.

Des milliers de bouts de papier se mirent alors à voler en tous sens, jetant sur la tranchée une pluie de courriers déchirés par les balles des fusils, dépecés au contact des baïonnettes. Malgré les tirs en cascade, les hommes continuaient d'avancer sans plier, appliqués à conserver entières les lettres qu'ils tenaient au-dessus d'eux et que les officiers dupliqués visaient sans pitié. Soudain, une longue plainte s'éleva de la terre, emplie de voix de toutes sortes et de tous âges, les voix chevrotantes des vieux et celles, claires, des enfants, puis les voix des pères et des épouses, des mères et des maris, toutes mêlées en une même et unique clameur.

Réduit à l'impuissance, assis sans plus pouvoir se relever, Louis s'enfonçait dans la terre. Petit à petit, les bruits diminuèrent autour de lui, de plus en plus sourds, jusqu'à n'être plus qu'un vague écho des cris du monde, et lorsque la boue envahit son visage, il était sûr d'être déjà mort.

Chapitre 11

Louis émergea brutalement, la bouche pâteuse, avec une envie de boire terrible. Il avala goulûment plusieurs gorgées de la bouteille d'eau placée au pied de son lit puis, alourdi de sommeil, il laissa retomber sa tête sur l'oreiller trempé de sueur. Il n'était ni tout à fait réveillé ni complètement endormi et il ne parvenait pas à rassembler ces bribes de cauchemar qui volaient dans son cerveau. Se rendormir, sombrer à nouveau pour faire disparaître la gueule de bois... Soudain, la nausée le fit se dresser et, secoué de hoquets convulsifs, il vomit en jets brusques un liquide violacé sentant le mauvais vin.

2995 *Dimanche 23 décembre au matin*
11 h 45

La tête encore douloureuse, Louis n'était pas à ce qu'il faisait. Il ne pensait qu'à demain, quand il serait fixé sur son sort. Mais demain semblait si loin qu'il ne parvenait pas à se concentrer sur les lettres *3000* qu'il lisait, les unes après les autres, sans rien en retenir.

> *Ce matin, une patrouille, que j'avais envoyée la nuit chercher des pancartes que les Boches avaient mises la nuit précédente au bout d'un bâton, m'a ramené deux papiers, l'un imprimé qui n'est pas autre chose que la proposition d'armistice russe que nous* *3005* *connaissons par nos journaux, et l'autre, une demande de nous entre-laisser tranquilles le jour de Noël pour fêter convenablement le saint jour de famille.*

Nous entre-laisser tranquilles, voilà ce que Louis souhaitait profondément. Que l'état-major et les soldats s'entre-laissent un moment *3010* et qu'on les oublie, là où ils se trouvent. Que demain n'arrive jamais.

> *Les Boches nous ont envoyé une pancarte disant que la guerre finirait le 28 décembre 1917. Si c'était vrai !*

Chapitre 11

Louis redressa la tête. Le 28 décembre, deux jours après le retour de Fernand au Six-Six. Si c'était vrai, mon Dieu ! Si seulement c'était vrai ! Mais il plissa le front, accablé par l'évidence. Voilà plus de trois ans que l'on parlait de la fin de cette guerre et, de dernière offensive en dernière offensive, on en annonçait encore une nouvelle, une offensive boche dont de nombreuses lettres parlaient en des termes effrayants.

Ce sera terrible, car les gaz vont jouer un grand rôle et on va recevoir une pâtée comme on n'en a pas encore reçu.

« Les soldats se plaignent du froid excessif et du mauvais état des cantonnements, la longueur de la guerre crée une immense lassitude », annota Louis d'une main machinale.

Nous allons passer le jour de l'An en première ligne, il ferait si bon passer ce beau jour avec toi. Mais il faut être là, regarder si les Boches ne vont point nous tomber dessus, la tête au vent, les pieds gelés et peut-être rien dans le ventre. Et combien de malheureux y a-t-il dans ce genre, pendant que ces gens là-bas, à Paris, seront à une bonne table. Ceux-là ne demandent qu'à continuer la guerre, c'est leur fortune qu'ils amassent. À quand donc sera notre vengeance ? Eh oui, j'en ai marre et je ne suis pas seul. Je termine car plus j'en parle, plus la colère monte.

La colère et son revers, le défaitisme...

J'ai le moral en dessous des talons comme les copains. Je t'assure que je n'en reviendrai pas...

Défaitisme encore et toujours. Louis repliait les lettres les unes après les autres, les plaçant toutes sur la même pile du courrier retenu, les empilant les unes sur les autres, futurs cadavres sans sépulture.

Deux jours avant de remonter, alerte aux gaz. Mon ancienne compagnie a eu en deux minutes 53 morts. Dans la même nuit, 400 au moins dans le régiment ; c'est du joli !

De côté, cette lettre aussi, tout comme la suivante.

La censure nous interdit de causer à notre aise et, pour cause, simplement par peur de s'entendre dire trop de vérités pas bonnes à dire pour ceux qui ont un intérêt à voir continuer une guerre qui ruine notre pays, qui détruit les foyers. Est-ce bien être patriote que de vouloir continuer jusqu'au bout ?

Jusqu'au bout. On les aura.

Comme le temps passe, tout de même, c'est terrible, dire que j'étais si impatient d'être soldat et maintenant je crie de tout mon cœur, c'est fini, assez, n'en jetez plus ! surtout dans ces conditions, ce n'est plus du jeu, oh ! non ! zut, je rends mes billes, comme du temps où j'allais à l'école.

On les aura.

Nos pièces d'artillerie lourde ont tiré pendant une heure dans nos lignes[1], jusqu'à 200 mètres trop court. Et cela malgré nos coups de téléphone, les fusées, les signaux. Il n'y a plus ni courage ni rien, c'est fini.

Jusqu'au bout. Pour lui, comme pour les autres.

Lorsque, à midi, la sonnerie retentit, Louis se leva, saisit la pile des lettres retenues et l'ajouta au paquet déposé sur le bureau de l'officier Mercier. Il retourna à sa place, attrapa sa capote qu'il enfila d'un geste rapide, puis il se dirigea vers la sortie. Soudain, alors qu'il refermait la porte derrière lui, les mots s'imposèrent à lui, inattendus, d'une clarté surprenante. Ils résonnèrent en lui comme s'il s'entendait les prononcer... *plus ni courage ni rien, c'est fini,* songea-t-il en tournant le loquet de la porte.

note

1. Les canons ne sont pas en premières lignes mais en retrait, derrière les troupes.

12

Lundi 24 décembre,
veille de Noël

– Eh ben, ils ne doutent de rien, les Sammies[1].

Assis sur son lit, Fernand tenait ouvert devant lui le dernier numéro de *L'Illustration*[2].

– Mate un peu, dit-il en tournant le journal vers Louis.

Une photographie montrait un poilu au pied d'un arbre, tenant le tronc frêle entre ses deux mains, tandis qu'un homme courbé devant lui bêchait au niveau des racines. Le poilu, un genou à terre, levait les yeux vers le sommet du petit arbre avec une ferveur presque mystique, songea Louis. Fernand tourna le journal vers lui.

– Tiens-toi bien, dit-il en commençant sa lecture d'une voix appliquée : « Plantation de jeunes arbres fruitiers offerts par le Comité américain pour remplacer les arbres mutilés ou sciés par

notes

1. Sammies : nom donné aux soldats américains en référence à l'Oncle Sam (Uncle Sam, homme à pantalon rayé et chapeau étoilé représentant les USA, United States of AMerica).

2. L'Illustration : hebdomadaire publié de 1843 à 1944.

les Allemands dans les régions de la Somme, de l'Oise ou de l'Aisne qu'ils ont évacuées. »

Il reposa le journal sur ses genoux en ricanant.

– Eh ben, ils ne doutent de rien ! Comme si, parce que les Américains entraient en guerre, la France était sauvée ! Mais qui leur dit qu'ils ne reviendront pas, les Allemands, au chemin des Dames, hein ? Qui leur dit ?

Louis remonta sa couverture jusqu'au-dessous de son menton.

– Moi, je crois que, s'ils replantent, c'est qu'ils sont sûrs d'eux, rétorqua-t-il. Le Kaiser[1] ne reviendra pas dans le coin, c'est moi qui te le dis...

– Mmmouais, lâcha Fernand d'un ton sans conviction, en fermant le journal et en le jetant par terre. De toute façon, la plupart du temps c'est des bobards[2] qu'ils nous racontent, alors...

– Je te dis qu'ils ne reviendront pas !

Louis avait haussé la voix sans le vouloir. Que Fernand puisse avoir une vision aussi négative le mettait hors de lui, maintenant qu'il risquait de remonter au front. Non, les Allemands ne reprendraient pas le chemin des Dames, ça ne pouvait pas être, ça ne *devait* pas être.

– En tout cas, c' que j' vois, répliqua Fernand, c'est que le seul qui poussait à la paix a été mis hors d'état de nuire. Caillaux s'est vu sucrer son immunité[3].

Il saisit *Le Matin* qui traînait par terre et lut à haute voix :

– « Affaire Caillaux. L'immunité parlementaire qui couvrait le député de la Sarthe est levée par 418 voix contre 2. Les poursuites[4] sont votées. »

– M'en fous ! râla Louis en rejetant sa couverture d'un geste rageur pour se lever. Je vais me laver, annonça-t-il en attrapant ses vêtements pliés sur le dossier de la chaise.

notes

1. Kaiser : empereur d'Allemagne.
2. bobards : mensonges (familier).

3. immunité : dispense accordée à certaines fonctions politiques qui permet à ceux qui les occupent d'échapper aux poursuites judiciaires.

4. En raison de ses positions pacifistes, Joseph Caillaux est arrêté et accusé d'« intelligence avec l'ennemi » le 14 janvier 1918.

Chapitre 12

– C'est ça ! lui cria Fernand. Va t'astiquer pour le major. Va t' faire tout beau, qu'il te renvoie là-bas sans même te regarder.

– Salaud, siffla Louis entre ses dents.

Et il claqua la porte furieusement derrière lui.

★

Depuis le matin, une effervescence inhabituelle régnait à l'étage. Les lecteurs, passés samedi devant la commission de réforme et déclarés aptes par celle-ci, venaient mettre de l'ordre dans leurs papiers et faire leurs adieux. Depuis le vote de la loi Mourier, la chasse aux embusqués avait repris, sous l'égide d'un Clemenceau plus sévère que jamais, qui entendait débusquer tous les planqués, y compris les officiers particulièrement visés par la nouvelle loi. Pageot avait été de nouveau déclaré « inapte », mais quatre hommes en tout dont deux officiers - Mercier était l'un d'eux – quittaient le contrôle postal, et, en dehors de l'abbé Jourdin qui ne se départait pas de[1] son sourire, tous affichaient une mine grave. Grillaud les accompagnait, tâchant de leur adoucir le moment par des propos encourageants.

– On parle de la paix pour cette année, insistait-il. 1918 sera l'année où la guerre finira, vous verrez.

Personne n'osait lui rappeler que chaque année, depuis quatre ans, on disait de l'année à venir qu'elle serait celle de la paix.

Le président insistait surtout auprès de l'officier Mercier, que la nouvelle avait pris de court. Lui, d'ordinaire si tranquille, ne méritait plus son surnom. Pasd'souci affichait désormais un désarroi visible à l'œil nu, le conduisant à déambuler entre les tables sans sembler savoir quoi faire ni quels papiers réunir. De sa voix grave et lente, Grillaud le guidait du mieux qu'il pouvait. Il rassembla pour lui les objets que l'homme lui indiquait d'un index tremblant, un coupe-papier qui lui venait de son père, un paquet de lettres personnelles, la photographie de sa femme et de sa petite fille, « ma

---

note

1. ne se départait pas de : ne quittait pas.

petite Marie », murmura-t-il en réprimant un sanglot. Parfois,
3145 Mercier paraissait prêt à s'écrouler et le président Grillaud le retenait
alors, lui serrant l'épaule de la main en un geste viril et compatissant.
Dans la pièce, la plupart des lecteurs guettaient les malheureux
du coin de l'œil et retenaient leur souffle ; beaucoup allaient passer à
leur tour devant la commission de réforme, l'après-midi même.

3150 — Adieu, mon ami.

Louis sursauta. Il n'avait pas entendu s'approcher le propriétaire de
la main qui se tendait devant lui.

— Adieu, répéta l'abbé Jourdin. Quelle poussière tout de même,
tous ces papiers !

3155 Il tenait sous son bras gauche un carton contenant quelques lettres,
un missel et une croix noire flanquée d'un christ grossièrement taillé
à même le bois.

— C'est tout ce que tu emportes ? s'étonna Louis en lui serrant
la main.

3160 — L'essentiel, mon fils, répliqua doctement[1] l'homme d'Église.
L'essentiel seulement.

« Mon fils »... Eh bien, s'il espérait qu'il allait lui donner du « mon
père », il se fourrait le doigt dans l'œil, l'abbé ! songea Louis avec
une pointe d'agacement. Son incessant sourire figé sur ses lèvres
3165 minces, Jourdin ajouta :

— De toute façon, là-bas, je n'aurai besoin de rien si ce n'est de
Dieu.

Louis se tut. Il ne croyait pas si bien dire mais il s'en rendrait
compte bien assez vite, va ! pensa-t-il en retirant sa main.

3170 — Bonne chance, dit-il.

Que pouvait-il lui souhaiter de mieux ? La chance était tout ce
dont il aurait besoin, l'aspirant Macchab[2]. De la chance pour que
les obus l'oublient et que les balles l'ignorent, c'était tout.

— Merci, répondit Jourdin en se tournant vers Pageot.

---

notes

1. doctement : savamment.
2. l'aspirant Macchab : association d'un grade militaire qui peut ici être lu au sens propre
(« qui aspire à, qui désire ») et du terme familier qui désigne un cadavre (macchabée).

Chapitre 12

Le curé fit son tour de piste, rassurant les uns, amusant les autres, serrant les pognes[1] de tout le monde, et son plaisir faisait peine à voir. « Finalement, rectifia Louis intérieurement, il avait raison : Dieu ne serait pas de trop pour cet innocent à qui la chance ne suffirait sans doute pas. »

Il jeta un coup d'œil à sa montre. Dix heures moins le quart. Depuis ce matin, tous avaient pris du retard sur leurs lectures. Il saisit une enveloppe, la retourna entre ses mains puis la reposa sans l'ouvrir, incapable de se mettre à l'œuvre.

Mercier avait fini de rassembler ses affaires. Planté au milieu de la pièce, il se tenait maintenant debout à côté de Grillaud, un carton rempli entre les mains d'où dépassait son képi posé sur le dessus. Immobile, le menton tendu sous sa moustache frémissante, les lèvres rentrées à l'intérieur de sa bouche, il regardait droit devant lui d'un air absent. Une sorte d'hébétude[2] le maintenait dans cette expression rigide, le figeait dans un silence qui grandissait autour de lui et, peu à peu, tous les regards se tournèrent vers lui, empreints d'une même interrogation muette. Avait-il quelque chose à dire ? Ou partirait-il ainsi, en se tournant d'un simple mouvement des hanches sans rien ajouter ? Palpable, l'attente des hommes emplissait l'espace sans décider l'officier à esquisser le moindre geste ou le plus petit mot. Pageot jeta un coup d'œil inquiet à Louis. Et Jourdin, qui s'apprêtait à franchir le seuil de la porte et que l'inhabituel silence avait retenu, sembla décontenancé[3], son sourire se fit plus faible, menaçant même de s'effacer.

– Messieurs, intervint alors Grillaud de sa voix grave. Notre officier, Ange Mercier, nous quitte. Il retourne défendre la patrie et, s'il agit là-bas comme il l'a fait ici, il sera l'un de nos meilleurs soldats. Au nom de tous, ici, je salue son mérite et lui dis : au revoir.

Le président se tourna vers l'homme et posa une main lourde sur son épaule. Par réflexe, Mercier abandonna sa posture. Ses membres

notes

1. pognes : mains (familier).
2. hébétude : stupeur, état qui met dans l'incapacité d'agir.

3. décontenancé : surpris, ne sachant comment réagir.

LA VIE TRANCHÉE

se détendirent brutalement et il répondit par un « au revoir » difficilement audible mais que tous entendirent. Une série de saluts militaires claqua dans la salle, tandis que Grillaud l'entraînait rapidement vers la sortie.

3210   Ils étaient tous partis maintenant, l'abbé Jourdin, les officiers Mercier et Jarveau, ainsi qu'un lecteur, un garçon que Louis ne connaissait que de vue, mais dont la jeunesse et le corps bien-portant expliquaient le renvoi au front. Aucun d'eux n'avait traîné, une permission de deux jours leur ayant été accordée pour Noël.

3215   Ces deux petites journées de liberté avant de regagner les lignes, ils partaient les passer auprès des leurs.

La porte se rouvrit sur le président Grillaud. La mine soucieuse, il traversa la salle, puis, après avoir pris quelques lettres dans l'un des sacs postaux, il s'approcha de la table de Louis. Il s'arrêta devant

3220   lui, ouvrit une des envelopppes qu'il tenait à la main et en sortit la lettre, qu'il posa sur la pile du courrier attendant d'être ouvert.

— Tenez, murmura-t-il en se penchant. Vous parlez *bien* anglais, n'est-ce pas ? dit-il doucement.

Grillaud avait insisté sur le « bien », engendrant chez Louis

3225   un moment de flottement. S'il parlait « bien » anglais ? Ma foi, il connaissait l'essentiel, oui, il pouvait sans doute tenir une conversation pour peu qu'elle reste simple, mais de là à *bien* parler anglais...

— Parce que c'est important pour nous, voyez-vous, continua Grillaud en le fixant obstinément du regard. Il est très important que

3230   la commission garde les lecteurs qui parlent *bien* anglais, vous me comprenez ?

Il pointa la lettre de son index. Louis la prit et commença à la parcourir. C'était une lettre rédigée en anglais, au style - heureusement pour lui ! – assez dépouillé, dans laquelle l'auteur disait, *grosso*

3235   *modo*, qu'il faisait très froid et que sa famille lui manquait.

— N'oubliez pas, cet après-midi, d'indiquer que vous parlez anglais, ajouta Grillaud. Les Américains nous ont rejoints dans cette guerre et nous avons terriblement besoin de lecteurs bilingues. C'est entendu ?

3240   Louis hocha la tête de haut en bas. Il avait compris le message.

Chapitre 12

Grillaud se redressa, récupéra la lettre et tourna vivement la tête vers Pageot qui, du fait de sa proximité, n'avait rien perdu de l'échange. Il soutint le regard du président avec fronde[1], ponctué de brefs coups d'œil à Louis, indiquant par là qu'il avait saisi leur combine. Grillaud s'approcha de lui.

– Hum, commença-t-il en s'éclaircissant la voix. Monsieur Pageot, Henri Pageot. Hum ! Eh bien... nous venons de perdre quatre hommes, alors, j'avais pensé que, peut-être, au regard de votre zèle et de la rigueur de vos lectures, si toutefois j'obtenais l'accord du lieutenant-colonel...

Au fur et à mesure, Pageot quittait son air frondeur et levait des sourcils intéressés, sans perdre une miette des mots prononcés.

– Évidemment, je ne suis pas certain que... enfin, il faut que..., faisait traîner Grillaud, guettant l'attention angoissée dans le regard de son lecteur.

– Que... quoi, mon capitaine ?

– Eh bien, déclara soudain le président, il faut que cette mission vous tienne à cœur.

– Mais..., rétorqua Pageot, désorienté. Mais de quoi... vous ne m'avez pas dit...

– Suis-je bête ! s'esclaffa Grillaud en se tapant le front avec la paume de la main. Je pensais vous proposer d'occuper une nouvelle fonction comme, peut-être, la responsabilité d'un groupe de lecteurs, si toutefois la tâche vous semble...

– Parfaite ! le coupa Pageot dans un élan enthousiaste. C'est parfait, enfin, je veux dire que ça me va parfaitement, mon capitaine. Merci, mon capitaine.

Il avait brusquement retrouvé toute sa politesse, le Pageot, toute son obséquiosité[2] naturelle à l'égard des supérieurs.

– Mais...

notes

1. fronde : insolence.

2. obséquiosité : politesse exagérée proche de la servilité.

Il fronça soudain les sourcils, une pensée désagréable venant de lui traverser l'esprit.

– Mais... quoi ?

– Eh bien, mon capitaine, il y a que... que je ne suis pas officier.

Le président acquiesça d'un signe de tête.

– En effet. J'en parlerai au lieutenant-colonel et nous verrons ce que nous pouvons faire. Vous me faites confiance, Pageot ?

– Oui, mon capitaine.

– Bien. Dans ce cas, nous en reparlerons sérieusement, mais maintenant, vous me l'accorderez, tout le monde est bien là où il doit être, n'est-ce pas ? *Tout le monde*, n'est-ce pas ?

Et il coula un regard explicite[1] en direction de Louis.

– Oui, mon capitaine, répondit Pageot en battant des paupières. Tout à fait. Je suis d'accord avec vous, mon capitaine.

– Alors, au travail maintenant, conclut Grillaud avant de s'éloigner à grandes enjambées.

La matinée s'écoula, d'une lenteur effrayante, et dans un silence de plomb que seuls ponctuaient les coups de cachets donnés par les lecteurs, se répondant les uns les autres. Bom ! Bom !

Les bruits résonnaient en Louis comme s'ils le heurtaient de l'intérieur, et la menace d'une nouvelle migraine créait des papillons noirs devant ses yeux.

Bom ! Bom ! faisaient les cachets en tombant sur les enveloppes.

Louis fouilla ses poches, trouva la fin de la plaquette que Grillaud lui avait donnée et en sortit le dernier comprimé qu'il avala aussi sec. Tout à l'heure, il aborderait auprès du major cette histoire de migraine, de plus en plus pénible.

★

Comme prévu, il retrouva Fernand au rez-de-chaussée. Seule pour le déjeuner, Blanche avait demandé à se joindre à eux, ce que

---

note

1. explicite : clair, qui exprime clairement ce qu'il a à dire.

Chapitre 12

Louis avait accepté bien qu'il se sentît peu enclin à la discussion. L'heure de son passage devant la commission approchait et une angoisse irrépressible l'envahissait. Tapie dans un coin reculé de son cerveau, la migraine le laissait tranquille, mais ses nerfs, mis à rude épreuve par l'attente, faisaient battre son cœur plus vite que de raison, lui coupant la respiration. Tandis que Blanche s'amusait des histoires racontées par Fernand, Louis consultait sa montre toutes les dix minutes sans parvenir à avaler une seule bouchée. Son ami eut le bon goût de ne lui faire aucune remarque, pas plus que la jeune fille qui, pour l'heure, ne s'intéressait qu'à Fernand et à ses aventures rocambolesques[1], dont certaines, constata Louis, semblaient plus qu'improbables.

À quatorze heures précises, il se trouvait devant le bureau du médecin-major.

★

Tout se déroula à une allure vertigineuse. Avant qu'il ait eu le temps de comprendre, le major lui demandait de se rhabiller et griffonnait d'une main nerveuse un « Inapte » qu'il recouvrait aussitôt d'un tampon. Louis remit ses chaussettes en bénissant secrètement les moignons qui lui servaient d'orteils, et Grillaud dont la présence l'avait apaisé. Dès son entrée, il avait senti retomber son angoisse au simple clin d'œil du président dans lequel il avait lu espoir et confiance. L'absence du capitaine Andrieux avait achevé de le réconforter et il s'était alors contenté de répondre aux questions du médecin-major sur les circonstances de son amputation, sur les douleurs occasionnées et les prothèses impossibles dans ce genre de cas. Il ne força sur rien ni n'inventa quoi que ce fût. Lorsque le médecin lui parla des douleurs liées à son amputation, Louis ne mentit pas. Il n'en éprouvait pas particulièrement, tout au plus son absence d'orteils occasionnait-elle une gêne récurrente[2] et,

---

notes

1. rocambolesques : extravagantes, pleines de péripéties

extraordinaires et peu crédibles.
2. récurrente : répétée.

certains jours, des démangeaisons. En revanche, il exprima
son inquiétude au sujet de ses migraines, disparues pendant la guerre
et qui réapparaissaient maintenant, plus imprévisibles et violentes,
lui semblait-il, que du temps de son adolescence. Le major lui donna
une tablette de quinine et l'incita à en prendre systématiquement
dans certaines circonstances, notamment climatiques, favorisant leur
apparition.

— Mais, vous savez, dit-il en se levant, le corps a ses heures. Il se tait
aux moments les plus durs pour se réveiller ensuite, lorsque vous
vous croyez en paix. J'ai vu un nombre incalculable de types
couchés au moindre microbe avant la mobilisation et qui se
portaient comme des charmes, enfin, si je puis dire, pendant
la guerre. C'est comme ça : le corps a ses heures.

Il avait fait le tour de son bureau et se tenait maintenant devant
Louis.

— Vous parlez très bien anglais, me dit votre supérieur. Parfait. Je
l'ai indiqué sur mon rapport au capitaine Andrieux. Le pauvre ne
peut pas être là aujourd'hui, une méchante grippe, semble-t-il...
Vous voyez ce que je vous dis ? L'heure du corps.

Il lui tendit une main large et recouverte de poils bruns. Une main
d'homme qui rappela à Louis celle de son oncle mort.

— Adieu, mon garçon !

Assis côte à côte dans le couloir, Fernand et Blanche l'attendaient
et ils levèrent ensemble vers lui un regard interrogateur dans lequel il
lut la même supplique[1]. Louis lâcha un sourire. Fernand se tourna
aussitôt vers Blanche et l'embrassa sur les deux joues : « C'est bon,
j' te l'avais dit, c'est bon. » Il se leva, laissant la jeune fille rougissante
et tout étourdie par cette soudaine affection et ce tutoiement
inattendu, et s'avança à grandes enjambées vers son ami dans les bras
duquel il se laissa tomber, le serrant de toutes ses forces, lui deman-

note

1. supplique : supplication,
prière.

Chapitre 12

dant à l'oreille : « C'est bien cela, n'est-ce pas ? » Louis répondit d'un simple hochement de tête.

Inapte, il était inapte : voilà ce que son cerveau lui répétait à l'envi[1]. Inapte au front, inapte à la guerre, inapte à la douleur. Il n'arrivait pas à y croire lui-même.

– Montre le papier, ordonna Fernand en lui prenant le document des mains. Veinard, va.

Inapte pour la deuxième fois, se répétait Louis. Inapte à la mort. Oh ! ça, c'était de la veine, on pouvait le dire !

Fernand lui rendit son papier, et passa son bras sous le sien.

– Le perds pas, c'ui-là. T'y coupe pas à payer ton coup ce soir, crois-moi. Noël plus l'inaptitude, mon vieux, ça s'arrose.

Louis se serait bien laissé aller à sa joie, mais la pensée de Fernand retournant au front le surlendemain lui en coupait l'envie. L'ombre dans ses yeux n'échappa pas à son ami.

– T'en fais pas, lui murmura-t-il, t'as pas d' raison.

Pour la soirée de Noël, un réveillon avait été organisé, ouvert à tous les lecteurs, bien sûr, mais aussi aux femmes et aux habitants avec lesquels la commission faisait commerce. Quelques soldats qui cantonnaient dans le coin et avaient eu vent de la réception s'étaient joints au groupe, préférant venir là plutôt qu'à la soirée organisée par la Croix-Rouge dans l'enceinte de la mairie. Pour l'occasion, Grillaud avait réquisitionné la salle de lecture et, une fois toutes les tables mises bout à bout, il avait obtenu un gigantesque buffet sur lequel disposer les vivres et la dotation[2] de Noël. À un bout de la pièce, le sapin penchait en avant sa tête déplumée, et les quelques guirlandes glanées de-ci de-là traînaient au sol leurs queues de comète. Pour la quatrième fois, Blanche ramassa une boule tombée.

– Dites, vous êtes obligé de partir dès après-demain ? demanda-t-elle à Fernand qui tentait, en vain, de redresser l'arbre.

---

notes

1. à l'envi : sans cesse.

2. dotation : ce qui est donné, ici par l'armée.

Il était monté sur un tabouret et s'acharnait à tirer en arrière
le tronc du sapin grâce à une ficelle préalablement arrimée[1] au mur.

– Hum... Ah, merde ! cria-t-il en sentant une nouvelle fois
la ficelle lui glisser entre les doigts. Merde !

– C'est dommage, ajouta la jeune fille d'une voix timide. Je me
plaisais bien en votre compagnie.

Fernand baissa son regard vers elle. Les joues légèrement rouges,
elle lui renvoya un regard humide et esquissa un petit sourire avant
d'ajouter, en haussant les épaules :

– Mais c'est Noël, n'est-ce pas ? On ne doit pas être triste ce
jour-là.

Fernand descendit de son tabouret. Après tout, il n'avait qu'à
continuer de pencher, ce sapin, si ça lui chantait tant !

– Non, on ne doit pas, en effet, confirma-t-il en approchant
une main pour caresser la joue de Blanche.

La peau, douce, devenait de plus en plus rouge, et Fernand réalisa
soudain qu'ils étaient seuls dans la pièce et à quel point son geste
pouvait prêter à confusion. Il retira aussitôt sa main, toussa et
s'excusa.

– Oh ! je vous en prie, répondit Blanche, ce n'est rien.

– Mais si. Je suis désolé, je ne voulais pas... ce n'était qu'un geste
comme ça, je n'ai pas réfléchi.

– S'il vous plaît, le supplia Blanche dont les yeux se remplirent de
larmes, s'il vous plaît, ne dites plus rien.

Fernand n'eut pas le temps d'ajouter quoi que ce soit, car il
aperçut soudain Mathilde. Elle arrivait en courant, sa chevelure
défaite tombant sur ses épaules, un large sourire aux lèvres et,
un moment, il crut qu'elle n'allait s'arrêter qu'une fois arrivée dans
ses bras. D'un revers de main, Blanche essuya ses larmes et s'écarta de
lui. Mathilde s'arrêta à hauteur du sapin, devant eux ; encore tout
essoufflée par sa course, elle parvint à articuler entre deux respira-
tions hachées un « C'est entendu pour ce soir ! » qui remplit Fernand

note

1. arrimée : attachée.

Chapitre 12

d'un brusque et violent désir. Elle jeta alors un coup d'œil coquin à Blanche qui s'éloignait à petit trot et demanda :

– Ben, qu'est-ce qu'elle a, la p'tite ?

Elle se pencha, cribla le torse masculin de petits coups de poing affectueux :

– Monstre ! Bourreau des cœurs ! Tu la fais pleurer, tu n'as pas honte ? Une si jolie petite...

Fernand prit Mathilde dans ses bras et la serra fort contre lui, faisant décupler son désir.

– C'est toi, ma jolie petite, va, et tu le sais bien.

Elle se dégagea en riant. « Dieu, que cette fille est belle ! » pensa-t-il avec une pointe de tristesse. Il n'arriverait pas à passer une nuit entière avec elle avant son départ, le filon de Mathilde ne marchait que pour quelques heures, en fin de soirée. Et il songeait avec mélancolie que le diable seul savait quand il la reverrait, si jamais il la revoyait un jour.

– Je dois y aller, ma mère a besoin de moi. À tout à l'heure, cria-t-elle en atteignant la porte.

Il lui envoya un baiser de la main et reprit son activité précédente : fixer définitivement ce bon dieu de sapin qui n'en faisait qu'à sa tête. Et cette fois, il y parvint.

★

La soirée fut triste et ennuyeuse. Installé entre Louis et Fernand, Grillaud semblait perdu dans ses pensées qui tournaient peut-être autour de sa propre vie. Songeait-il aux Noëls d'avant, d'avant la guerre et d'avant la mort de sa femme ? C'était du moins ce qu'imaginait Louis en le regardant. Assis en face de lui, Pageot assommait l'assemblée avec ses remarques sur le fonctionnement de la commission, sur l'importance de la rigueur chez les lecteurs, et, plus d'une fois, Louis assena un coup de coude à Fernand, qu'il sentait bouillir à ses côtés, pour l'empêcher de se mêler à la conversation. Fourré dans une poche intérieure, le Mata Hari, jamais loin, n'attendait que des noms.

– Fais attention, glissa-t-il à l'oreille de Fernand. Méfie-toi de lui et de son petit carnet.

La Vie tranchée

Placée à sa gauche, Blanche n'échangea que quelques paroles avec Louis et, le reste du temps, elle demeura silencieuse.

Faute de combattants motivés et une fois les bouteilles vidées, la soirée s'acheva rapidement. Depuis quatre ans, Noël faisait figure de fête sinistre pour qui songeait aux camarades planqués dans des tranchées glaciales, ouvertes aux vents. Et comme Fernand, comme tous ceux qui avaient connu le désarroi de ces fins d'année n'annonçant rien de nouveau et ne portant aucun espoir sur lequel s'appuyer, Louis ne pouvait s'empêcher de les rejoindre en pensée.

À onze heures, tout le monde plia bagage. Après s'être assuré auprès de son ami qu'il laisserait la porte d'en bas entrouverte avant de se coucher, Fernand fila rejoindre Mathilde, mais lorsque Louis chercha Blanche des yeux pour lui proposer de rester encore un peu, il ne la trouva pas. Sa logeuse lui avait sans doute fait la morale et elle était partie, pensa-t-il en prenant le chemin du retour.

Ce soir-là, Louis dormit d'un sommeil de brute, à peine troublé au milieu de la nuit par le retour de Fernand. Pour la première fois depuis longtemps, il dormit profondément, et sans rêve.

13

Le départ de Fernand

— Tiens, ça me dégoûte ! lâcha Fernand avant de monter dans le train.

Debout sur le marchepied, il fourra l'édition du journal entre les mains de Louis, comme un chiffon malpropre dont il chercherait à se débarrasser.

— Tu liras en première page, et tu verras le prix qu'on nous accorde.

Tout en parlant, il surveillait du coin de l'œil le bout du quai, dans l'espoir de voir apparaître la lourde chevelure de Mathilde. Il avait passé toute la journée précédente avec elle, et il n'avait retrouvé son ami qu'en fin d'après-midi, pour une dernière soirée commune. En dehors du fait que la commission était fermée le matin, ce jour de Noël avait ressemblé à tous les autres, pensait Louis en fouillant sa poche. Lorsque Fernand était rentré la veille au soir, ils avaient discuté et bu une bonne partie de la nuit, avant de somnoler quelques heures d'un sommeil entrecoupé. Puis le réveil avait sonné, très tôt, trop tôt, et maintenant, c'était déjà l'heure des adieux.

— C'est pour toi, fit Louis en glissant dans la main de son ami deux boîtes de pastilles Valda. Je les ai reçues ce matin.

La Vie tranchée

— Gardes-en une, répondit Fernand en lui rendant une boîte. Chacun la sienne et les deux font la paire, ajouta-t-il mystérieusement.

Louis renonça à comprendre.

— D'accord, accepta-t-il en reprenant la boîte et en la rangeant dans sa poche. Par contre, n'oublie pas de m'écrire. Adresse ta lettre directement au contrôle postal, ça me parviendra plus vite.

— Tu parles ! ricana Fernand. Pour que tu me caviardes ou que tu me censures, ou, pire, que t'envoies ma babillarde[1] chez les gros[2], là-bas, au grand quartier général ?

Louis fronça les sourcils et jeta un regard inquiet autour de lui. Pourvu que personne ne l'ait entendu !

— Imbécile, rétorqua-t-il avec une moue de vexation.

Toujours pas de Mathilde en vue et, bien qu'elle l'ait prévenu de sa probable impossibilité de s'échapper pour venir l'embrasser, Fernand en conçut une irritation soudaine.

— Bon, j'y vais, dit-il brutalement en tendant la main. Adieu et prends soin de toi, mon vieux. Tu salueras Blanche pour moi et souviens-toi de ce que je t'ai dit à son sujet...

Louis lui attrapa la main et la tira, obligeant son ami à descendre.

— Dis donc, vieux, tu ne vas pas me quitter comme ça !

Il l'attira contre lui et le serra du plus fort qu'il put dans ses bras. Alors qu'il écrasait son nez contre la capote, Louis s'adjura[3] de ne pas penser qu'il s'agissait peut-être de la dernière fois. Il se força à n'imaginer rien de mauvais et, pour cela, il se concentra sur une idée, une seule capable d'occuper son esprit tout entier... il se rappela l'arrivée de Fernand et il s'accrocha désespérément à cette image, repoussant loin de lui la peur de perdre son ami. Cinq jours plus tôt, tout juste, ils se tenaient ainsi l'un contre l'autre, collés dans une étreinte qui ne serait jamais assez vigoureuse pour exprimer la force du sentiment qui les liait. Cinq jours qui lui avaient paru

notes

1. babillarde : dans l'argot du poilu, désigne une lettre, un courrier.

2. gros : officiers haut gradés.

3. s'adjura : se promit.

Chapitre 13

une éternité et qui étaient passés, pourtant, comme un fusant[1] dans le ciel. « Tiens-toi loin de Fritz[2] et de ses pastilles », chuchota-t-il à son oreille avant de mettre fin à leur accolade.

Fernand jeta un dernier coup d'œil vers le fond du quai, toujours désert, puis il tourna le dos. Louis fut alors submergé par une vague d'émotion à la vue du barda[3] accroché à ses épaules. Il avait eu beau s'imaginer autre chose, c'était bien à la guerre que son ami partait et, brusquement, il eut envie de sangloter comme un gosse.

– Adieu, mon ami ! cria Fernand en s'engouffrant dans le compartiment.

Quelques secondes plus tard, il baissait la fenêtre et passait la tête à l'extérieur. Fernand guettait Mathilde, il l'attendait pour un dernier sourire, un ultime baiser, une caresse... n'importe quoi de doux à emporter avec l'ébranlement du train. Et ce fut Blanche qui apparut, les joues rougies par la fraîcheur du matin, essoufflée d'avoir couru. Elle s'arrêta devant la fenêtre, fouilla sa poche et, piquant un fard, elle en sortit deux personnages faits de brins de laine, un jaune et un rouge.

– Prenez, dit-elle, c'est un porte-bonheur.

Fernand tendit la main et attrapa les deux petites poupées.

– Mais c'est Nénette et Rintintin[4] ! s'exclama-t-il en riant. « Le charmant fétiche avec lequel on se fiche des bombes et du bombardement », récita-t-il... C'est bien cela ?

Blanche baissa la tête.

– Vous vous moquez, je le vois.

– Mais non, répondit-il en posant sa main sur la joue de la jeune fille, ce qui la fit rougir davantage encore. Merci, c'est très gentil. J' suis sûr que ça va m' porter bonheur.

---

notes

1. fusant : obus qui explose en l'air au-dessus des troupes adverses ; les billes de plomb qu'il projette sont des shrapnels.

2. Fritz : nom donné à l'ennemi allemand ; les pastilles désignent les balles.

3. barda : terme familier et négatif pour désigner l'équipement du soldat qui pesait 35 kg.

4. À la suite d'une chanson racontant comment Nénette et Rintintin échappaient aux bombardements, on fabriqua, en guise de porte-bonheur, des petites poupées de laine représentant les deux personnages . Cette coutume se développa en 1917 et 1918 et dura jusque dans les années 50.

Il se retourna, posa son cadeau sur la banquette, puis il reprit son attente, se penchant par la fenêtre pour voir le plus loin possible. Mais il eut beau guetter jusqu'au dernier instant, Mathilde ne vint pas.

Suffoquant sous l'effort, le train se mit alors en marche et Fernand agita sa main en guise d'adieu avant de disparaître définitivement dans un nuage de fumée.

Les bras ballants, le journal dans une main, Louis resta à regarder le dernier wagon s'engager dans le tournant puis disparaître. Quelques instants seulement sans Fernand et, déjà, il se sentait terriblement seul. Un poids s'était abattu sur ses épaules et le faisait ployer à la façon d'un homme vieux et fatigué. Il quitta la gare à pas lents, suivi par Blanche, silencieuse elle aussi.

Dans quelques jours, l'année changeait, 1918 succéderait à 1917. Il s'aperçut avec effarement qu'il n'en espérait rien. Quand reverrait-il Fernand ? À quel moment aurait-il droit à une permission pour retrouver ses parents et la petite Jeanne ? Il aimait l'hiver malgré le froid et le silence des oiseaux. Aurait-il seulement la possibilité de retourner à la ferme avant le printemps ?

★

Blanche quitta Louis en cours de route pour repasser chez elle, et le jeune homme continua comme chaque matin, par le même chemin. À force de marcher, même lentement, il arriva à la commission avant l'heure habituelle. Il hésita, mais comme il n'avait envie de rien en particulier ni ne savait où aller, il monta à l'étage et pénétra dans la salle de lecture. Entouré des officiers responsables, Grillaud, sa bouffarde à la main, leur communiquait les dernières notes du grand quartier général, et Louis remarqua, parmi eux, la présence nouvelle de Pageot. Sans répondre au regard que ce dernier posa longuement sur lui et sur un signe de tête approbateur du président, il alla s'asseoir à sa table.

– Contrôle insuffisant, lâcha Grillaud entre deux bouffées. Voilà ce qui nous est reproché, je cite : *Les contrôles des correspondances qui parviennent à l'armée sont depuis quelque temps notoirement insuffisants. La commission se contente de formuler sur la plupart des unités une appré-*

Chapitre 13

ciation rapide, souvent même dénuée d'intérêt, et que ne vient étayer[1] aucune documentation. Il est absolument inadmissible que, de toute cette correspondance, il ne se dégage aucune remarque intéressante, ni d'ordre moral, ni d'ordre matériel.

Louis sursauta. « Aucune remarque intéressante », disaient-ils ? À la pensée de ce qu'il lisait chaque jour, il eut un haut-le-cœur. Que les huiles[2] de l'état-major se plaignent d'un manque de remarque intéressante lui semblait absurde, incompréhensible.

– *La commission,* continua Grillaud en accélérant son débit de parole, *ne doit sous aucun prétexte se substituer au commandement. Son rôle consiste uniquement à lui fournir une documentation ordonnée, judicieusement proportionnée et suffisante pour lui permettre de tirer lui-même ses conclusions, et cætera, et cætera.* Voilà, c'est arrivé ce matin.

Il replia la feuille d'un geste agacé.

– Mon capitaine, il est vrai que parfois...

– Taisez-vous, Pageot, l'interrompit aussitôt le président.

Il tira sur sa pipe et recracha devant lui une écharpe de fumée qui vint danser au nez des officiers.

– Taisez-vous, car cette note n'est pas juste et voilà la réponse que je compte faire, dit-il d'un ton sec en dépliant une autre feuille de papier.

Il lut : *La commission prend son rôle très à cœur et, s'il existe le doute d'un contrôle insuffisant, il doit être attribué à la période durant laquelle la correspondance est contrôlée. Au moment de Noël et du Nouvel An, un grand nombre de militaires envoient leurs vœux axés essentiellement, on le comprendra, sur des désirs de paix, les autres thèmes étant momentanément délaissés par leurs auteurs.* Point final.

Il replia le papier et le glissa dans sa poche de veste.

– Toutefois, ajouta-t-il en regardant le groupe d'hommes, je vous demanderai de veiller plus précisément aux extraits fournis. Dites-le à vos lecteurs.

Puis il claqua des talons et s'inclina brièvement.

---

notes

1. étayer : soutenir.

2. huiles : personnages importants.

— Merci, messieurs.

Une dizaine de claquements lui répondirent, puis un brouhaha de conversations fit suite au silence et grandit tandis que les officiers s'approchaient des sacs de lettres destinées au contrôle.

Grillaud déambula[1] dans la pièce, allant de table en table, toutes vides encore, bougeant quelques menus objets de-ci de-là. Pour finir, il s'arrêta devant Louis. Il tenait sa pipe en bouche au creux de sa main gauche et, de l'autre, il approcha une allumette dont il fit courir la flamme à la surface du tabac, tandis qu'il aspirait l'embout par brefs à-coups. Au bout de quelques secondes, lorsque sa pipe fut rallumée, il se pencha vers son lecteur.

— Ils ont peur, lui confia-t-il. Peur que la poussée actuelle de découragement n'entraîne les hommes au pacifisme. L'état-major craint que la Russie fasse des petits, voilà tout. Gardez ça pour vous, voulez-vous ? dit-il en se penchant un peu plus.

Louis hocha la tête. Le président se redressa et son ton monta d'un cran.

— Votre ami est reparti ?

— Il a pris le train ce matin.

— Il passe par Paris ?

— Oui. D'ailleurs, il ne devrait plus en être loin maintenant, dit Louis en consultant sa montre.

— J'espère qu'il n'aura pas d'ennuis là-bas.

Louis lui jeta un regard interrogateur.

— Eh bien, à cause des bombardements. Vous n'avez pas lu ? Il pleut des Gothas[2] sur Paname[3], en ce moment.

— Hum !

Paris semblait si loin à Louis qui n'en avait rien vu ! Le déplaisant dans cette histoire, c'était que les Allemands s'en prenaient aux femmes et aux enfants.

notes

1. *déambula :* marcha sans but précis.

2. *Gothas :* bombardiers biplans allemands en service à partir de 1916.

3. *Paname :* surnom de Paris.

Chapitre 13

– Il ne doit pas coucher à Paris, précisa-t-il. Il reste juste deux ou trois heures, le temps de changer de train.

– Ah... c'est bien. Tant mieux.

Le président toussota, puis il ajouta d'une voix plus basse :

– Pageot va remplacer Mercier, j'ai obtenu pour lui le grade d'officier. Je sais... il est méticuleux[1] à l'excès, pointilleux, patriote d'une façon... bornée, on peut le dire ainsi entre nous, mais je n'ai pas pu faire autrement. C'est le genre d'homme qu'il est préférable d'avoir dans son camp, croyez-moi. N'ayez crainte, je tâcherai de veiller à ce qu'il ne vous importune pas outre mesure.

– Merci, mon capitaine.

– J'espère que votre ami a apprécié son séjour parmi nous. Au fait, si vous voulez bien me rendre le matelas que je vous ai prêté, descendez-le-moi ce soir.

– Bien sûr, mon capitaine. Ce sera fait.

Le président se tourna vers la porte qui venait de s'ouvrir dans un grincement.

– Ah ! mademoiselle Blanche ! Vous tombez à pic, j'ai une note à vous faire taper.

Il se rapprocha à grands pas de la jeune fille et passa son bras sous le sien dans un geste paternel, la forçant à rebrousser chemin[2].

– Venez, nous allons nous débarrasser de cela immédiatement.

Blanche avait attaché ses cheveux très serré et, lorsqu'elle tourna la tête vers Louis, il vit que ses yeux noisette ressortaient davantage de son visage exagérément pâle. Par-dessus son épaule, elle lui lança un regard las[3] avant de se retourner et de suivre Grillaud.

À présent, Louis avait en face de lui, debout de l'autre côté de la table, Henri Pageot.

– T'arrives en avance maintenant ? lui lança ce dernier d'un ton acerbe[4].

Il tenait dans ses bras un monceau de lettres qu'il sépara en paquets pour les placer devant chacun des lecteurs de la table dont il était

notes

1. méticuleux : minutieux.   **2. rebrousser chemin :** faire demi-tour.   **3. las :** fatigué.   **4. acerbe :** agressif.

désormais responsable. Lorsqu'il déposa son tas devant Louis, il précisa d'une voix nerveuse :

– Le président a dû t'avertir. À partir d'aujourd'hui, je suis officier et je remplace Mercier.

3685 – Je sais, oui, répondit Louis en dépliant le journal que Fernand lui avait laissé. Excuse-moi mais, comme tu l'as si bien constaté, je suis en avance, alors j'aimerais en profiter pour lire un peu... si tu permets, bien sûr, ajouta-t-il d'un ton légèrement ironique.

Pageot s'assit sans répondre mais le regard noir qu'il jeta au
3690 frondeur[1] était sans ambiguïté.

L'article dont Fernand lui avait parlé se trouvait en effet en première page du journal, et il était signé d'un député. Ce dernier proposait à la Chambre d'adopter une loi sur le versement d'une prime d'assurance aux soldats à leur retour de guerre, et il évaluait
3695 cette prime à mille francs pour chaque combattant et à cinq cents francs pour chaque mobilisé non combattant. « Eh bien ? » se demanda Louis, sans comprendre ce qui avait bien pu justifier la colère de son ami, jusqu'à ce qu'il parvienne au milieu de l'article où le député écrivait ceci :

3700 « Qu'on ne s'effraye pas du chiffre auquel pourra monter la dépense ainsi mise au compte de l'État, c'est-à-dire des contribua- bles[2]. Nous dépensons par mois, en ce moment, environ quatre milliards de francs de frais de guerre. Ce n'est pas même le prix d'un seul mois de guerre que nous aurons à remettre aux vaillants ouvriers
3705 de la guerre quand ils seront redevenus les profitables artisans de la France ayant reconquis la paix. »

Louis leva les yeux de sa lecture. « Pas même le prix d'un seul mois de guerre... » Il entendait encore la rage contenue dans la voix de Fernand : « Tu verras le prix qu'on nous accorde. »

3710 De l'autre bout de la pièce, il vit Jean s'approcher, sifflotant comme à son habitude. Depuis deux semaines, celui-ci remplaçait

notes

1. au frondeur : à l'insolent.   **2. contribuables :** ceux qui paient des impôts.

Chapitre 13

le lieutenant Gaurgeret, hospitalisé pour pleurésie purulente[1], et il distribuait à sa place le courrier personnel des lecteurs. On ne pouvait occuper le soldat Jean qu'à ce genre de tâche, parmi
3715 quelques autres aussi subalternes[2] et sans gravité comme de vérifier les numéros des unités contrôlées sur les sacs postaux, pour la bonne et simple raison que son état ne lui permettait pas d'exercer la fonction intellectuelle de lecteur. Le major l'avait bien indiqué à l'intention de la commission de réforme, le soldat Jean Poussain était sorti
3720 de la guerre « très fatigué cérébralement » et il souffrait d'une « difficulté de coordination des idées à caractère d'aggravation évidente ». Ce n'était pas une maladie en soi, mais, en quelque sorte, une antichambre[3] de la folie.

— Tiens, c'est pour toi, dit Jean en s'arrêtant pile au bord de
3725 la table.

Il tendit une enveloppe sur laquelle Louis reconnut immédiatement l'écriture de sa mère, puis il se mit à chantonner en se balançant d'un pied sur l'autre comme s'il avait froid et qu'il tâchait de se réchauffer en tapant la semelle.

3730 — Merci, répondit Louis en glissant la pointe de son couteau dans un coin de l'enveloppe.

Par l'ouverture créée, il sortit une lettre qui laissa échapper une minuscule photographie aux bords dentelés.

Avec une vivacité étonnante, Jean s'était penché, avait attrapé
3735 l'image qu'il contempla quelques instants, toute petite entre ses mains, avec une curieuse inclinaison de la tête. Puis il eut un large et bref sourire et, d'un seul coup, comme si cela ne l'intéressait plus du tout, il la tendit à Louis en se remettant à chanter.

L'image était grande comme le quart d'une enveloppe, c'était
3740 une photographie montrant une petite fille, assise sur un coussin, qui regardait l'objectif d'un air grave. Jeanne, sa petite Jeanne. Une envie de pleurer saisit Louis, une envie de pleurer et de rire tout

---

notes

1. pleurésie purulente : infection de la plèvre (membrane enveloppant les poumons).

2. subalternes : secondaires.
3. antichambre : dans une maison, entrée, vestibule ;

au sens figuré ici d'« état qui précède (la folie) ».

à la fois : elle était si sérieuse du haut de ses neuf mois ! Il regarda attentivement le petit portrait. Comme elle avait changé ! L'enfant le fixait de ses grands yeux écarquillés, pleins de confiance, et à ses lèvres entrouvertes perlait une goutte de ce qui devait être du lait ou de l'eau. Ses joues n'étaient pas assez rebondies pour son âge, il sentait qu'elle mangeait tout juste à sa faim, mais la petite fille paraissait en relative bonne santé.

Jean était reparti vers le fond de la pièce et il marchait le long d'une table dans un sens puis dans l'autre, revenant sans cesse sur ses pas en accélérant.

Louis lut sa lettre. Sa mère donnait de bonnes nouvelles, de sa petite sœur tout d'abord, qui se tenait debout en s'accrochant à la grande chaise, *tu sais, celle qui est dans la cuisine et dont les barreaux sont usés*, puis d'elle-même et du père. Ils se portaient bien même si, comme le fidèle Hercule[1], ils vieillissaient et les restrictions n'arrangeaient pas leurs affaires. Elle restait toutefois optimiste car on parlait d'autoriser bientôt la vente de la viande de cheval pour faire baisser les prix des autres viandes, devenues inabordables.

— Il ne va pas s'arrêter, c'ui-là ! râla soudain Pageot en désignant Jean qui allait et venait maintenant comme un fauve en cage. J' comprends pas qu'on l' garde ici. À part perturber le fonctionnement du service, il ne sait rien faire.

La mère s'inquiétait de la permission qui ne venait pas et la privait de son fils. Pour finir, elle l'embrassait et lui demandait s'il avait bien reçu son colis avec les pastilles, qu'elle avait pris soin de faire partir avant le 26 décembre afin de profiter de la gratuité d'envoi de Noël.

Lorsqu'il leva les yeux de sa lettre, Louis vit Pageot attraper Jean par une épaule et l'obliger à lui faire face. Interrompu dans ses mouvements, le pauvre bougre se tenait sans rien dire, la bouche entrouverte, les bras pendant de chaque côté de son corps comme deux membres inutiles. Pageot prononça quelques paroles que

---

note

1. Hercule : nom donné au cheval de la famille Saint-Gervais.

Chapitre 13

personne n'entendit mais qui allumèrent dans l'œil de Jean une brève et mauvaise lueur, visible de loin. Puis l'homme retomba dans son hébétude[1] physique avant de reculer et sortir, sur un geste agacé de Pageot.

Louis prit une feuille de papier vierge, trempa sa plume dans l'encrier et répondit à sa mère. Oui, disait-il, il avait bien reçu les pastilles dont il avait fait cadeau d'une boîte à Fernand parti ce matin et, non, il n'avait pas encore de nouvelles au sujet de sa permission, il fallait attendre chacun son tour, mais il ne pouvait pas lui dire quand et comment celui-ci était calculé. Il se réjouissait à l'idée que le cheval vienne bientôt concurrencer le singe et autres viandes, hors de prix ici comme ailleurs, et il espérait que Jeanne pourrait bientôt commencer à y goûter. Il embrassait tout le monde et demandait que le père ne s'en fasse pas pour lui : il était en sécurité maintenant, et pour quelque temps encore.

Louis signa au bas de sa lettre, la glissa dans une enveloppe et entama avec elle la pile du courrier destiné à partir.

Sous le regard sévère de Pageot, il commença son travail à l'heure dite.

> *Le Noël a été maigre ; nous avons pu avoir tout de même deux quarts de pinard que nous avons bu en guise de réveillon et voici toute notre fête, nous n'avons pas touché de supplément, je crois que les fonds sont en baisse.*

Généralement, ceux qui recevaient des colis en partageaient le contenu avec leurs camarades, et ainsi on embellissait un peu l'ordinaire des jours de fête. Mais, à le lire, le pauvre homme n'avait pas bénéficié du meilleur entourage... Louis plia la lettre et la mit sur le tas des « À acheminer ».

> *Comment as-tu passé Noël ? Moi, un peu plus, je l'aurais mal passé car une pièce de ma section a éclaté, elle a défoncé le gourbi[2]*

---

notes

1. hébétude : stupeur, engourdissement.

2. gourbi : lieu d'habitation, abri (familier).

LA VIE TRANCHÉE

dans lequel nous mangions. Heureusement, nous venions d'en sortir. Tu parles quel travail que ça fait, heureusement, nous tirions au long cordon[1], personne n'a été touché, pourtant elle a bien éclaté en je ne sais combien de mille morceaux ; c'est par miracle que personne n'a rien eu.

Des miracles, il y en avait eu par dizaines. Une fois, c'était un groupe d'hommes qui jouaient aux cartes tranquillement, puis qui se levaient à l'appel du cuistot car l'heure de la popote[2] était avancée d'un quart d'heure ce jour-là, et c'était précisément ce jour-là que l'obus tombait à l'endroit exact où les hommes, d'habitude, tapaient les cartes. Une autre fois, c'était le soldat envoyé dans une direction et que le piston[3] rappelait subitement parce qu'il avait oublié quelque chose, le faisant rebrousser chemin et lui évitant du coup une mort certaine. La fois d'après, c'était encore une histoire de minute, de lieu, de circonstance, de hasard, le tout mêlé à la fois. Des miracles, peut-être, qui laissaient croire à chacun que, s'il en avait réchappé cette fois-là, c'était parce que cet obus ne lui était pas destiné. Ce n'était pas cet obus-là ni ce jour-là mais, quelque part, au fond de lui, chacun pensait, *savait* qu'un obus, à un moment donné, serait pour lui et lui seul. Et plus on passait de temps en première ligne, et plus on avait de chances de le rencontrer... Les miracles existaient bien sûr, mais en un sens chaque obus les rapprochait de la confrontation ultime dont ils redoutaient tous la venue.

Le jeune André a été tué, cela résout le problème de son mariage avec une femme de six ans son aînée.

Louis frissonna. Il faisait de plus en plus froid dans la pièce, le charbon était rationné et on chauffait du mieux qu'on pouvait, c'est-à-dire pas beaucoup.

notes

1. L'auteur de la lettre pense vraisemblablement à l'expression *tirer au cordeau*, qui signifie « être aligné »,

le cordeau étant la corde tendue entre deux points pour obtenir une ligne droite.
2. popote : repas.

3. piston : diminutif de *capiston*, terme familier pour désigner le capitaine.

Chapitre 13

Plus de problème de mariage pour le jeune André... Hélas, combien avaient vu ainsi pulvérisés leurs problèmes !

Il enfila sa capote et en releva le col.

> *Aujourd'hui, j'ai touché mon indemnité de 2 Frs pour ma permission, je puis te dire que ce n'est qu'une bande de voleurs. Le gouvernement nous alloue 2 Frs par jour, pour 14 jours ils ne veulent nous en payer que 12, ils nous retiennent 4 Frs pour nos deux jours de voyage, ils nous donnent en partant 1 litre de vin, ½ boule de pain et une malheureuse boîte de pâté... tu n'as qu'à voir si cela vaut 4 Frs. Seulement, ma Loulou, ils veulent nous gruger[1] sur tout, c'est honteux de voir cela.*

« Mauvais esprit, critiques à l'égard du gouvernement », pensa mécaniquement Louis en se saisissant de son pinceau. Il le trempa dans l'encre noire et caviarda les phrases concernées. Une fois son travail fini, il relut le résultat obtenu :

> *Aujourd'hui, j'ai touché mon indemnité de 2 Frs pour ma permission,* ▮▮▮▮▮▮▮▮▮▮▮▮▮▮▮▮▮▮▮▮▮▮▮▮▮▮▮▮▮▮
> *Le gouvernement nous alloue 2 Frs par jour,* ▮▮▮▮▮▮▮
> ▮▮▮▮▮▮▮▮▮▮▮▮▮▮▮▮▮▮▮▮▮▮▮▮▮ *pour nos deux jours de voyage, ils nous donnent en partant 1 litre de vin, ½ boule de pain et une* ▮▮▮▮▮▮▮▮ *boîte de pâté...* ▮▮▮▮▮
> ▮▮▮▮▮▮▮▮▮▮▮▮▮▮▮▮▮▮▮▮▮▮▮▮▮▮▮▮▮▮
> ▮▮▮▮▮▮▮▮▮▮▮▮▮▮▮▮▮▮

Il attendit brièvement le séchage des passages supprimés avant de replier la lettre.

Trop tôt, il s'y était pris trop tôt ; l'encre s'était déposée sur ses deux pouces et elle laissa au dos de l'enveloppe deux marques noires semblables à des empreintes digitales. Louis eut l'impression de signer un forfait[2] et que ces deux ronds marbrés le désignaient

---

notes

1. gruger : tromper (familier).

2. forfait : crime.

comme coupable, en toutes lettres. Il ferma l'enveloppe, y apposa son cachet, puis il tira de sa poche son paquet de cigarettes. Fumer, juste fumer et ne penser à rien d'autre.

★

3865 Dans le couloir, tandis qu'il passait sa cigarette sous son nez, Louis sentit un tapotement sur son épaule. Il se retourna. Blanche lui sourit et demanda d'une voix légère :

— Fernand reviendra bientôt ?

Il distingua dans son ton un peu de gêne tandis que, dans
3870 son regard, il lut une espérance, celle d'imaginer peut-être que son ami reviendrait très prochainement. Louis sentit la jalousie poindre[1] en lui.

— Je ne crois pas, dit-il en allumant sa cigarette. Et pourtant, il serait bien heureux de retrouver sa Mathilde, le pauvre..., ajouta-
3875 t-il, sans réfléchir à la méchanceté de sa remarque.

Blanche tourna la tête de côté pour cacher les larmes qui perlaient à ses yeux, mais il les vit tout de même et sa jalousie ne fit que redoubler. Dès le début, il l'avait senti : à partir du moment où elle avait vu Fernand, elle avait cessé de s'intéresser à lui. Fernand
3880 la faisait rire, tandis que lui, triste comme un bonnet[2] et lâche, il n'avait jamais osé la moindre plaisanterie ni le plus petit geste. Quel idiot il faisait !

Blanche tourna alors son regard vers lui et eut un pauvre sourire.

— Je comprends, dit-elle simplement.

3885 Elle sourit de nouveau puis, se penchant vers son oreille jusqu'à la frôler, elle fit cette demande qui déclencha chez Louis un rire bref et sonore et lui fit oublier aussitôt son mouvement d'humeur.

— Dites ? Vous me laisseriez tirer une bouffée ?

Il rit encore, et lui tendit la cigarette qu'elle ficha avec avidité
3890 entre ses lèvres et dont elle prit une longue, très longue aspiration

notes

1. poindre : apparaître, naître.

2. triste comme un bonnet : « triste comme un bonnet de nuit » ; particulièrement triste (familier).

Chapitre 13

jusque dans ses poumons, avant de recracher la fumée par petites et courtes expirations. Elle lui rendit son mégot, et lorsqu'il le plaça dans sa bouche, il eut l'impression d'avoir à ses lèvres un peu du goût des siennes. Drôle de baiser, pensa-t-il en évitant d'imaginer ce que Fernand aurait trouvé à dire.

– Merci, dit-elle en faisant volte-face[1] pour rentrer dans la salle.

Louis s'apprêtait à lui emboîter le pas lorsque la porte s'ouvrit devant eux. Pageot se tenait dans l'encadrement, le visage dans l'ombre par l'effet du contre-jour.

– Eh bien, que fais-tu ici ? Ce n'est pas l'heure d'une pause ou alors...

Grillaud avait commis une erreur grossière en nommant un type pareil à un poste à responsabilités. Qu'avait-il dit déjà ? Qu'il était préférable de l'avoir dans son camp plutôt que comme adversaire. Eh bien, Louis n'était pas d'accord avec ce raisonnement. À peine placé à son poste, gonflé de son tout nouveau grade acquis sans gloire, Pageot commençait à l'emmerder et il n'aurait de cesse désormais de lui chercher des embrouilles.

– Ou alors... quoi ? rétorqua Louis en s'avançant d'un pas.

Il n'avait pas l'intention de se laisser marcher sur les pieds par un péquin[2] pareil devant Blanche. Il continua d'avancer, surpris de voir Pageot reculer et quitter l'encadrement de la porte pour s'effacer devant eux. Après tout, pensa-t-il alors en entrant dans la pièce, ce couard[3]-là n'a que de la gueule... Il n'avait pas remarqué Grillaud qui venait juste derrière lui et devant lequel Pageot s'inclina quelques instants plus tard avec déférence[4].

Louis regagna sa table et reprit son travail.

★

L'après-midi touchait à sa fin lorsque Louis tomba sur une lettre du petit homme. Dès qu'il eut l'enveloppe entre les mains, il

notes

1. **volte-face :** demi-tour.
2. **péquin :** civil, pour un militaire (familier).
3. **couard :** lâche.
4. **déférence :** respect.

reconnut son écriture et, à la vue de la signature en bas de la page, ces trois lettres, P.L.V., il se sentit envahi d'un sentiment de tendresse envers cet homme dont il savait tant et si peu de choses à la fois.

> *Ma Lilie chérie,*
> *Nous remontons demain aux tranchées et beaucoup d'entre nous n'en reviendront pas, mais je te jure de faire mon possible pour n'être pas de ceux-là. Des hommes viennent d'arriver au cantonnement que nous allons quitter. Ils sont partis à trois cents, ils reviennent à cent quatre-vingts ! Le curé a dit une messe pour ceux qui étaient restés là-bas.*

Le pauvre petit homme ne cachait plus son inquiétude. Louis connaissait bien ce sentiment que tous avaient éprouvé, ce sentiment de peur intense laissant penser que l'on vivait ses derniers moments.

> *Ma Lilie, rien ne m'arrête dans ma tendresse pour ces bien-aimés, mes frères, qui sont tombés au champ d'honneur (de déshonneur, devrait-on dire). Dans ces moments, je pense tout particulièrement à ton frère, Jean, et à la peine que tu dois avoir à évoquer son souvenir. Un jour, pourtant, j'ai l'espoir que nous le vengerons, lui et toutes les autres victimes innocentes... ma haine est si grande contre ces « messieurs nos assassins », que je ne trouve pas d'expressions assez grossières pour les dénommer.*

J'ai l'espoir que nous le vengerons... Louis leva la tête et jeta un coup d'œil autour de lui. Pageot discutait avec Grillaud à l'entrée de la salle, trop loin pour voir quoi que ce soit, et les autres lecteurs étaient si absorbés par leur tâche qu'il ne croisa aucun regard. *Messieurs nos assassins...*

> *Allons, je termine là mes divagations[1] et, pour finir, Lilie chérie, je te prierais de m'écrire très souvent, très souvent. Je t'en supplie,*

note

1. **divagations :** propos incohérents.

Chapitre 13

je suis trop inquiet, rassure-moi, écris-moi vite une longue lettre pour me dire comment se passe ta vie là-bas. Dans l'attente de te lire bien longuement, reçois, ma petite Lilie adorée, mes plus doux baisers et l'assurance de mon amour le plus sincère.
Ton petit homme P.L.V.

Louis ferma les yeux et secoua la tête, comme s'il cherchait à remettre ses idées en place. Il se répéta mentalement la consigne : saisir la lettre, comme prévu, comme le disait la note du grand quartier général qui avait décrété la suspension de la correspondance du petit homme. Il n'avait pas à réfléchir, juste à obéir. Uniquement faire ce qu'on exigeait de lui, lui en qui la nation avait placé sa confiance.

Il rouvrit les yeux et, se faisant violence, il posa d'un geste brusque la lettre sur le tas du courrier saisi.

★

Lorsque le soir tomba et que les ampoules s'allumèrent au plafond, Louis éprouva une profonde tristesse en pensant à Fernand. À cette heure, il devait avoir rejoint le Six-Six et peut-être était-il en ce moment même en train de marcher au creux d'un boyau glacé, en direction des premières lignes. Il regrettait de n'avoir pu faire quelque chose pour son ami, n'importe quoi, qui lui aurait évité d'y retourner et aurait permis, peut-être, de lui garder la vie sauve ! Mais, au lieu de cela, Fernand était parti et, lui, il était resté là, planqué dans cette commission de censure, embusqué de la pire espèce, tranquille sous la lampe et les pieds au chaud tandis que son camarade, son unique ami, risquait sa vie à chaque instant.

Fernand était seul là-bas et lui était seul ici.

Je suis bien sacrifié là où je suis, écrivait le fils à ses parents.

Sa dernière lettre de la journée, Louis la lut lentement et la relut une fois puis une fois encore. À elle seule, elle portait tout le désespoir des hommes abandonnés à une mort certaine.

Je suis bien sacrifié là où je suis, à 40 mètres des Boches, seul avec un camarade. Sûr que je suis là dans la tranchée en attendant la mort. J'ai beaucoup à vous dire et à vous raconter, mais je ne peux pas vous écrire sans pleurer car personne ne sait ce que je sais.

« Moi, je sais, murmura Louis en replaçant la lettre dans son enveloppe. Moi, je sais. »

14

– Tire ! Mais tire donc !

Devant Louis, l'homme passait en dansant. Il était à moitié nu, les bretelles tombées de chaque côté de ses cuisses, et il exposait son torse glabre[1] au ciel en poussant des cris étranges qui ressemblaient à des incantations[2].

– Tire, Saint-Gervais ! Tire, Bon Dieu !

Louis épaula son fusil et regarda l'homme au bout de sa lunette, très jeune, si jeune qu'on aurait dit un gosse. Il arpentait à grands pas le *no man's land*, jetant ses bras de part et d'autre de son corps en une série de mouvements désordonnés. Son menton pointé vers le ciel tirait sur les veines de son cou, grosses, prêtes à éclater.

– T'attends quoi ? Tire !

Le piston le pressait, il se tenait à côté de lui dans la tranchée, lui hurlant l'ordre à l'oreille : « Tire, mais tire ! », et son visage se déformait sous ses cris.

Louis ne tirait pas. Il ne pouvait pas. Il tenait toujours l'homme au bout de son fusil mais il était incapable d'appuyer sur la détente. Il

notes

1. glabre : sans poil.

2. incantations : formules magiques chantées ou récitées.

LA VIE TRANCHÉE

le regardait, ce soldat aux joues d'enfant qui quittait son pantalon, qui jetait ses frusques au vent et riait comme un dément[1]. Il était entièrement nu maintenant et son sexe ballottait entre ses cuisses tandis qu'il exécutait une drôle de danse, inconnue.

— Bon Dieu, Saint-Gervais ! Tu te décides ?

Louis baissa son fusil. Le capiston[2] lui saisit le bras et le leva de force en direction de l'homme.

— Tu vas tirer, oui !

Louis replaça son œil, puis il se ravisa[3], recula son visage, se tourna vers son supérieur et le regarda droit dans les yeux. Pageot eut alors un sourire mauvais. Il répéta encore une fois, à voix basse :

— Tu vas tirer, Saint-Gervais, ou alors...

Il prit dans sa capote son petit carnet et humecta son crayon à ses lèvres molles. Dans ses yeux, la lueur cruelle ne faiblissait pas.

Louis reporta son regard vers le *no man's land*. Debout, devant le chemin des barbelés, le garçon lui tournait le dos et ses fesses tendues indiquaient ce qu'il était en train de faire. La tête baissée vers la terre, il pissait tranquillement, comme s'il était de retour chez lui au bout de son champ. À cette vue, le cœur de Louis se serra. Un acte aussi naturel, aussi simple que celui de se soulager quand et où on le souhaitait avait totalement disparu avec la guerre, et voilà que ce jeune soldat accomplissait devant lui un geste fou et inhabituel : au mépris de tous les dangers, il pissait là où il en avait envie.

— Tire, Saint-Gervais, hurla de nouveau Pageot. Tu vas tirer, oui ?

Louis ne quitta pas le jeune garçon des yeux tandis que la réponse lui sortait de la bouche.

— Non, dit-il simplement, sans bouger ni ajouter rien de plus.

Devant lui, le soldat se retourna comme s'il avait pu l'entendre, ce qui était impossible étant donné la distance entre eux, et plongea son regard dans celui de Louis. Bien qu'ils fussent éloignés l'un de l'autre de plusieurs mètres, Louis eut la sensation de sa présence physique.

notes

1. dément : fou.

2. capiston : capitaine (familier).

3. se ravisa : changea d'avis.

Chapitre 14

– Non, répéta-t-il sans quitter le garçon des yeux.

À ses côtés (il captait les mouvements dans son angle de vue), Pageot griffonnait nerveusement dans son cahier, et son crayon crissait sur le papier, allant jusqu'à le déchirer par endroits. Il s'était laissé glisser le long de la tranchée et, assis par terre, il respirait fort, en proie à une rage muette, impuissante.

Le soldat avait fini et il reprenait progressivement sa danse incompréhensible devant Louis, qui avait posé son fusil debout, le long de la tranchée. Il dansait et il chantait maintenant, plein d'une énergie libre, saccadée[1], impétueuse[2]. Il tournait sur lui-même, jetant au ciel des paroles inintelligibles, hurlant à tue-tête des mots indistincts et riant de sa propre folie. Louis s'accouda contre le parapet, tendant son visage vers l'homme. Il était beau à regarder, son inconscience le préservait des atteintes.

La balle claqua soudain à son oreille, si proche qu'il porta aussitôt la main à sa tempe, sentant un bourdonnement grossir. Couvert de boue, Pageot tenait son fusil entre les mains, et il l'épaula de nouveau, prêt à tirer une seconde fois, lorsque Louis sentit un mot monter dans sa gorge, enfler et devenir si lourd et si gros qu'il jaillit à la façon d'un obus : NOOOOOOON...

Il se releva d'un coup, le souffle court et haché, la respiration sifflante, cherchant l'air de sa bouche grande ouverte. Il porta la main à son oreille, la pressa à plusieurs reprises pour en faire cesser le bourdonnement. La nuit, c'était la nuit. Louis tâtonna dans le noir jusqu'à ce que ses doigts rencontrent l'interrupteur de la lampe, qu'il alluma, repoussant brutalement son cauchemar vers les brumes nocturnes, et il passa la main dans ses cheveux collés par la sueur.

Qu'était-il advenu du jeune soldat ?

---

notes

1. saccadée : hachée.   **2. impétueuse :** énergique.

La relève en 1914-1918 (peinture).

15

Janvier 1918

Lorsque la note parvint à la commission de contrôle postal, un mardi matin, presque trois semaines s'étaient écoulées depuis le départ de Fernand. Louis avait déjà envoyé une lettre à son ami ainsi qu'une carte postale représentant la façade du bistro de la mère Édith, sur laquelle il avait simplement inscrit : « Souvenirs des jours heureux. » Il n'avait toujours rien reçu en retour, mais cela ne lui semblait pas encore anormal, c'était, pensait-il, le temps de reprendre le rythme du soldat.

Le soir du Nouvel An, il avait invité Blanche à dîner avec lui chez Madame Édith et, malgré des restrictions de plus en plus marquées, la cuistance[1] s'était montrée correcte. Profitant d'un moment de calme, Mathilde était venue s'enquérir des « derniers événements du front », comme elle disait. Elle non plus n'avait pas de nouvelles mais elle s'en émouvait peu.

La nouvelle année avait commencé avec, d'un côté, ceux qui prédisaient l'écrasement de la prochaine offensive allemande et

---

note

1. *cuistance :* cuisine (familier).

LA VIE TRANCHÉE

l'avènement de la dernière année de guerre et, de l'autre, ceux qui n'en voyaient pas le bout et pensaient cette guerre éternelle. Quelques-uns, dont Louis, n'avaient plus d'opinion sur le sujet. Que 1918 soit ou non l'année de la paix lui semblait de toute façon une perspective bien trop lointaine pour concerner Fernand.

Ce mardi matin-là, Pageot finissait de donner lecture à la tablée d'une lettre de l'abbé Jourdin, dans laquelle celui-ci lui racontait son premier contact avec le front. Dès son arrivée, on l'avait muni d'un autel[1] portatif et, pour son plus grand bonheur, il avait rejoint un régiment. *C'est formidable, cette valise-là*, s'émerveillait le curé, *il y a tout pour officier : une croix, des textes latins collés en triptyque à l'intérieur, notamment la messe aux défunts, et des burettes[2]* contenant Olio Sancti *et* Sancti Crema[3]*, les huiles saintes nécessaires à l'administration de l'extrême-onction…* Pour l'instant, il avait dit une première messe pour les troupes en cantonnement et il se sentait *profondément ému par le cœur de ces hommes, présenté nu au jugement de Dieu.*

Lorsqu'il eut fini de lire, Pageot avait, la chose était assez rare pour en devenir remarquable, un sourire de plaisir aux lèvres. Il replia la lettre et la rangea dans sa poche. Puis il prit le paquet de notes reçues du grand quartier général et que Grillaud, interpellé par un lecteur, venait de poser sur la table. Il les feuilleta, faisant visiblement un effort pour ne pas les ouvrir. Chaque matin, la façon de procéder était la même. Le président de la commission prenait connaissance des notes transmises par le quartier général et, en dehors de celles confidentielles, il les répercutait ensuite auprès des lecteurs.

Dans ces notes, il y avait également la mise à jour régulière et secrète de la « liste générale des suspects ». Seul le président de la commission en avait connaissance, et obligation lui était faite de la détenir dans un meuble fermant à clef. Les suspects étaient tous classés par une lettre de l'alphabet, depuis A pour désigner les anar-

notes

1. autel : table destinée à célébrer la messe.

2. burettes : petits flacons contenant l'eau et le vin nécessaires à la célébration de la messe.

3. Olio Sancti et Sancti Crema : termes latins désignant « l'huile sainte » et le « saint chrême ».

Chapitre 15

chistes jusqu'à Z pour les employés en rapport avec le consulat ou la légation[1] d'un pays ennemi. Et, si le président communiquait bien sûr les noms et adresses mentionnés sur la liste en question à ses lecteurs, à des fins de recherche et d'examen de la correspondance, il ne devait en aucun cas les informer qu'il s'agissait de suspects. Mais personne n'était dupe et tous, ici, avaient compris depuis longtemps ce que signifiait un nom mis à l'index[2]. Louis s'était d'ailleurs souvent demandé à quelle lettre pouvait bien être classé le petit homme.

Ce matin-là, lorsque Grillaud ouvrit la note confidentielle contenant la nouvelle liste et qu'il lut, parmi d'autres noms, celui de Fernand, Étienne, Gaston, Jodet, il ne fit pas tout de suite le rapprochement. Toutefois, au moment de recopier les patronymes pour les transmettre à ses lecteurs, il eut un doute. Ce Jodet, pensa soudain le président, n'était-ce pas celui-là même qui avait logé plusieurs nuits sous son toit ? Il passa outre le nom, décidant de ne pas l'inscrire avant d'en avoir parlé à Louis. Se pourrait-il qu'il s'agisse de son ami ? Cela lui semblait invraisemblable. Il le nota toutefois sur un bout de papier qu'il fourra dans sa poche. Lorsque Louis, à qui il avait confié son rapport hebdomadaire, aurait fini, il lui parlerait. Il aurait alors le fin mot de l'histoire.

Pendant ce temps, Louis dictait à Blanche ce rapport que Grillaud avait soigneusement émaillé[3] de nombreux extraits fournis par les lecteurs.

– D'une façon générale, commença-t-il, la correspondance ne traite guère que d'affaires personnelles et se consacre encore en majorité à l'échange des vœux de Nouvel An. Citation, ouvrez les guillemets : « *Je vous souhaite donc d'abord une bonne santé à toutes les deux. Ça, c'est le principal, et alors, oh ! la paix, la paix à outrance pour*

notes

1. légation : diplomates d'un pays.
2. mis à l'index : écarté, condamné.

3. émaillé : littéralement « couvert d'émail » ; ici, Grillaud a inséré dans son rapport une multitude de citations pour étayer ses propos.

LA VIE TRANCHÉE

vous comme pour nous, qu'on en finisse... » Fermez les guillemets.
Les hommes, continua Louis, trouvent là l'occasion d'exprimer fréquemment le sentiment de lassitude que provoquent chez eux la longueur de la guerre et le désir qu'ils éprouvent de retrouver leurs foyers. Une phrase résume la pensée générale, ouvrez les guillemets : « *Quel terrible cauchemar... la guerre est si longue que ça fatigue le cerveau.* » Fermez les guillemets. En cette circonstance où les souvenirs ramènent le regard en arrière, les difficultés de la vie sont parfois douloureusement commentées. Ouvrez les guillemets : « *Depuis mon retour de permission, je n'ai pu me laver ni la figure ni les mains, les quelques mares qui sont autour de nos lignes sont toutes gelées, alors comment veux-tu que l'on lave notre linge. Je suis couvert de totos qui, malgré ce froid, continuent à me boulotter[1] avec un appétit toujours plus féroce... poitrine, bras, jambes sont tous emportés en me grattant.* » Fermez les guillemets.

Tout en continuant de dicter, Louis se mit à marcher de long en large devant le bureau où Blanche s'était installée.

– Les rigueurs de la température fournissent matière à de nombreuses plaintes. Mais il est à remarquer que, sur l'un ou l'autre thème, les récriminations[2] acerbes sont relativement rares : la résignation est plutôt la note générale. Ouvrez les guillemets : « *Il gèle très fort et il fait très froid dans les baraquements où l'on couche. La neige passe à travers les planches de notre misérable baraque et vient sur nos couvertures. Nous sommes couchés dans une étable où, chez nous, on ne mettrait même pas des bœufs. L'hiver est plus terrible que le Boche.* » Fermez les guillemets.

Louis s'arrêta quelques instants pour reprendre son souffle.

– Vous me suivez ? demanda-t-il à Blanche. Je ne vais pas trop vite ?

– Ça va, répondit la jeune dactylographe sans lever les yeux de son clavier.

Il reprit sa dictée.

---

notes

1. boulotter : manger (familier).

2. récriminations : revendications, critiques.

Chapitre 15

– Les menaces d'offensive allemande ne semblent pas causer une émotion considérable ; cependant, il perce une certaine appréhension[1] à propos de l'emploi par l'ennemi d'une variété de gaz considérée comme particulièrement redoutable. Deux citations. La première, ouvrez les guillemets : « *Je suis toujours en première ligne ; les Boches ne sont pas tranquilles, ils nous envoient très souvent des gaz toxiques, de 1 000 à 1 200 coups en cinq minutes... nous en avons tous une très grande peur ; l'éclatement de cet engin par le déplacement d'air nous arrache le masque de sur la figure ; c'est épouvantable.* » Fermez les guillemets. La seconde citation, ouvrez les guillemets : « *Il y a trois sortes de gaz, d'abord ils sont lancés par obus, les obus avec une croix bleue ou une croix rouge ne sont pas mortels quand nous avons le tampon, mais les obus avec une croix couleur de moutarde, il n'y a rien à faire parce que ces gaz peuvent rester 48 heures à l'endroit où les obus ont été lancés.* » Fermez les guillemets. En dehors des points énumérés ci-dessus, il n'y a guère de doléances[2] sur quelque sujet que ce soit, si ce n'est sur les retards postaux. On semble reconnaître l'effort fait par le commandement pour procurer au soldat le maximum de bien-être relatif. Le menu du 1er janvier recueille généralement des éloges. Ouvrez les guillemets : « *Nous avons eu pour le 1er janvier un menu épatant, en plus de l'ordinaire, 1 litre de vin, 100 grammes de jambon, 50 grammes de confiture, une orange, un cigare, une coupe de champagne, tu parles si c'est bath[3].* » Fermez les guillemets. On relève encore quelques indiscrétions, quoique en nombre restreint. En résumé, d'une façon générale, le moral n'est pas mauvais. Point final.

Blanche tapa les dernières lettres puis elle leva les yeux de sa machine.

– Mais..., esquissa-t-elle.

– Mais... quoi ? demanda Louis en tirant sur la feuille pour la dégager du rouleau.

Il la joignit aux précédentes et entreprit de les relire.

notes

1. appréhension : inquiétude concernant un événement futur.

2. doléances : demandes, plaintes.

3. bath : bien (familier).

LA VIE TRANCHÉE

— Eh bien, excusez-moi, mais... (Blanche baissa la voix) mais le moral n'a pas l'air si bon que ça, non ?

Louis s'interrompit et regarda la jeune fille dans les yeux.

— Grillaud n'a pas écrit qu'il était bon, il a écrit qu'il n'était pas mauvais (il se pencha vers elle avec douceur), vous saisissez la nuance, n'est-ce pas ?

Blanche acquiesça d'un clignement d'yeux.

— Voyez-vous, expliqua Louis en relevant la tête, le grand quartier général entend se faire sa propre opinion et nous ne sommes là que pour le lui permettre. Un rapport d'ensemble trop... hum... *orienté*, pourrait-on dire, serait mal perçu.

— Je comprends.

— Ils nous reprochaient un manque d'extraits ? Eh bien, je crois que Grillaud s'est mis en tête de leur en donner plus qu'il n'en faut et de les laisser faire leur propre cuistance !

Il se leva, tenant toujours les feuillets à la main.

— Donc, à défaut d'être bon, le moral des troupes n'est pas mauvais.

★

L'heure du déjeuner approchait et, exceptionnellement, Louis avait faim. Pour tromper son attente, il alluma une cigarette dont la fumée vint former un halo au-dessus de sa tête qu'il s'amusa à brouiller avec son doigt. Il espérait qu'il y aurait bientôt du cheval à manger, maintenant que le gouvernement avait envisagé de varier les viandes. Que le vieil Hercule de la ferme lui pardonne, mais il appréciait le cheval, plus fort en goût et plus fondant en bouche que le singe.

Profitant de sa pause, il ouvrit le journal du jour et s'arrêta sur un article intitulé : « On patine au bois de Boulogne[1] ». L'auteur commençait ainsi : « Les lacs du Bois ont repris leur aspect des beaux jours d'hiver du temps de paix. Sans doute nos poilus qui, là-bas dans

note

1. bois de Boulogne : lieu de promenade pour les Parisiens.

Chapitre 15

la boue des tranchées, supportent si vaillamment leur quatrième hivernage, qui, demain, sous la neige et sous la bise glaciale, sortiront, eux, de leurs pauvres abris pour affronter les mitrailleuses boches, n'apprendront-ils pas sans plaisir que ce froid et que ce gel qui s'ajoutent à leurs misères ne sont pas sans procurer à certains de l'arrière quelque agrément[1]. Sans doute un gai sourire apparaîtra-t-il sur leurs lèvres gercées lorsqu'ils sauront que des jeunes hommes, au moment même où le ministre de la Guerre renvoie au front les travailleurs agricoles, s'amusent patins aux semelles, à défaut de fusil sur l'épaule, à esquisser des figures de danses sur les eaux congelées ; que des équipes de balayeurs, dédaigneux des travaux de l'arrière, sans parler de la gadoue[2] de nos rues et de nos boulevards, s'évertuent à nettoyer les pistes et à déblayer les neiges d'alentour, cependant que des agents, placides[3] et bien vêtus, veillent à ce que quelques gamins indiscrets ne troublent pas de leurs glissades le bel ordre des ébats des amateurs... On patine au bois de Boulogne. »

L'article n'était pas signé.

Louis releva la tête avec, montant du creux de son ventre, une nausée qui n'était pas due uniquement à la faim. On chassait les embusqués de plus belle, car la France manquait d'hommes au front. Clemenceau avait été formel, la classe 1919 allait être appelée et les hommes qui avaient été renvoyés aux champs seraient de nouveau mobilisés. C'était la faute du peuple russe, affirmait le chef du gouvernement, qui « avait déserté son devoir envers l'alliance et l'obligeait à faire face aux conséquences de cette défection ».

C'est alors qu'il remarqua Grillaud. Celui-ci s'avançait en le regardant et, dans ses yeux, une lueur étrange brillait. À le voir se diriger ainsi directement sur lui, Louis fut envahi par un sentiment de gêne inexplicable. Le président s'arrêta en butant contre la table.

– Pouvez-vous m'accorder quelques instants ?

---

notes

1. agrément : plaisir.
2. gadoue : boue.

3. placides : calmes, tranquilles.

La Vie tranchée

La gêne ressentie se transforma aussitôt en peur et Louis sentit ses jambes flageoler[1]. Devant le sourire narquois[2] de Pageot, il se leva, mal assuré sur ses pinceaux[3], traversa à la suite de Grillaud la grande pièce, prit un bout du couloir et parvint devant le bureau où ils entrèrent tous les deux.

– Votre ami Fernand, commença le président sans prendre le temps de s'asseoir, quel est son nom de famille déjà ?

Louis leva les yeux, en proie à un terrible pressentiment tandis qu'un poids immense s'abattait sur lui.

– Que se passe-t-il ? demanda-t-il d'une voix haut perchée.

Le président prit alors un air désolé, qui lui glaça le sang. Louis n'osait imaginer ce que signifiait ce regard. Il se mit à bafouiller, en proie à une terreur grandissante :

– Ne me... ne me dites pas... qu'il...

– Non, non, le rassura Grillaud qui venait soudain de comprendre. Votre ami n'est pas mort, si c'est ce que vous pensiez.

Louis sentit l'effroyable poids quitter sa poitrine, d'un seul coup.

– Ni blessé d'ailleurs, ajouta-t-il avec une pointe d'ironie dans la voix. Allez-vous me donner son nom à la fin ?

Une multitude de questions se mirent à tourner dans le cerveau de Louis. Pourquoi lui demandait-il son nom ? Et que devait-il répondre ? Fallait-il qu'il mente ? Dans quelle histoire Fernand avait-il bien pu aller se fourrer ? Et quel rapport avec Grillaud ? Peut-être avait-il appris pour Mathilde et lui ? Oh, c'était sûrement ça ! Il n'aurait jamais dû prêter sa chambre, il s'en doutait, ça ne pouvait que se savoir, les gens étaient parfois si mal intentionnés à l'égard des soldats.

notes

1. flageoler : trembler, vaciller.
2. narquois : moqueur, ironique.
3. pinceaux : jambes (familier).

Chapitre 15

– Écoutez, c'est ma faute..., tenta-t-il maladroitement en se dandinant d'un pied sur l'autre.

Le président sortit un bout de papier de sa poche.

– Je doute que vous soyez responsable du patronyme porté par votre ami, dit-il.

Il tendit le papier à Louis et lui demanda :

– C'est bien lui ?

Les deux mots, écrits à la hâte comme une idée que l'on note de peur de la perdre, sautèrent au visage de Louis à la façon d'une mauvaise nouvelle. « Fernand Jodet, qu'as-tu fait ? » implora-t-il silencieusement en hochant la tête de haut en bas.

– C'est bien ce que je craignais, soupira Grillaud en froissant le papier et en jetant la boule ainsi formée dans la poubelle. C'est bien ce que je craignais, répéta-t-il tristement.

– Écoutez, commença Louis que l'angoisse regagnait peu à peu, je ne sais pas ce qui se passe au juste, mais je connais Fernand depuis trois ans et demi.

Il ressentait maintenant la nécessité de prendre le parti de son ami, de le défendre, peu importait contre quoi, car il le sentait en danger.

– Lui et moi avons combattu côte à côte, je l'ai vu agir durant toutes ces années de guerre, et trois ans et demi, ça en fait du temps passé ensemble ! Tiens, quand on a été blessés et évacués tous les deux, on s'était amusés à compter, eh bien, on avait fait trente-quatre mois de guerre. Vous imaginez : trente-quatre mois !

– J'imagine... j'imagine...

– Trente-quatre mois, ça en fait des jours et des jours ! Fernand, je l'ai vu faire dans tous les moments, les meilleurs mais aussi et surtout les pires, quand on ne savait même plus comment on s'appelait, et je vous prie de me croire, mon capitaine, ce n'est pas un homme mauvais. Il ne peut pas avoir fait quelque chose de mal, c'est impossible. Un soldat comme lui ne peut pas.

Grillaud eut un geste apaisant de la main.

– Calmez-vous et d'abord asseyons-nous, voulez-vous ?

Il se posa sur une chaise, imité par Louis.

– S'il vous plaît, insista celui-ci, expliquez-moi ce qui se passe avec Fernand.

LA VIE TRANCHÉE

— Eh bien, annonça brutalement le président en le regardant droit dans les yeux, eh bien, il y a que votre ami Jodet a pris la poudre d'escampette[1]. Tout simplement. L'oiseau a disparu.

Louis ne comprit pas tout de suite ce qu'il lui disait. Fernand disparu ? Mais... où ?

— Envolé, l'oiseau ! Pfft !

De nouveau, Grillaud appuya son propos du même geste ample de la main.

— Pfft ! Comme ça, d'un coup d'aile !

— Mais..., tenta Louis à qui son cerveau imposait un fatras[2] d'idées incapables de faire sens.

— Mais... quoi ? demanda le président en élevant la voix. C'est facile pourtant : votre ami Fernand Jodet n'a jamais rejoint son régiment. Il a dé-ser-té. Voilà. C'est aussi simple que ça.

Déserté ? Louis n'en revenait pas. L'animal avait déserté ? Et lui, son meilleur ami, il ne s'était douté de rien, il n'avait rien senti venir. Il eut un sursaut.

— Mais peut-être lui est-il arrivé malheur ? dit-il sans y croire lui-même. Il a peut-être été empêché ou je ne sais pas...

— Moi non plus, je ne sais pas, le coupa Grillaud. Quoi qu'il en soit, j'ai reçu ce matin la note du grand quartier général. Votre « Fernand Jodet », prononça-t-il avec une pointe de mépris dans la voix, appartient désormais à la liste des suspects.

Déserteur. Louis se rappelait soudain cette façon que son ami avait d'éluder chaque fois la question[3] de son retour au front. Fernand, déserteur.

— La Section des renseignements aux armées l'a classé « I » comme tous les insoumis et les déserteurs. Et, à ce titre, nous devons saisir sa correspondance, ajouta le président en se penchant par-dessus la table en direction de son lecteur. Si correspondance il y a, bien sûr.

notes

1. **a pris la poudre d'escampette :** s'est enfui.

2. **fatras :** assemblage désordonné.

3. **éluder [...] la question :** éviter de répondre à la question.

Chapitre 15

Louis se sentit rougir, sans raison, puisqu'il n'avait rien reçu de son ami depuis son départ.

– Il n'y a pas de lettre ; moi, je n'en ai pas en tout cas.

Grillaud recula son torse et plissa des yeux.

– Dites-moi... quand vous affirmiez tout à l'heure que c'était votre faute, à quoi faisiez-vous allusion, au juste ?

Un signal d'alarme s'alluma en Louis. L'instinct lui commandait de ne pas mentionner les relations entretenues par Fernand et Mathilde.

– Eh bien, inventa-t-il, je voulais dire que... que c'était mon ami et que... c'était à cause de moi s'il vous créait du souci.

– Hum ! murmura le président sans conviction. Puis, sans crier gare, il lança : Vous le saviez, n'est-ce pas ?

– Quoi ? Je savais quoi ?

– Que votre ami allait déserter, qu'il ne rejoindrait pas son régiment, qu'il allait je ne sais où, chez lui peut-être, dans sa famille...

– Fernand n'a pas de famille.

– Enfin, quelque part, il faut bien qu'il soit quelque part ! Vous étiez au courant, j'en suis sûr.

– Non. Vraiment pas, je vous l'assure.

– Pourtant, vous êtes venu me voir, vous avez intercédé[1] auprès de moi pour votre ami.

– Justement ! Si j'avais su qu'il comptait déserter...

En prononçant ces paroles, Louis comprit alors à quel point il se sentait trahi. Après avoir tant partagé durant des années, Fernand ne lui avait rien dit, ne l'avait pas mis dans la confidence. Il l'avait même laissé quémander[2] auprès de Grillaud une place pour lui. Peut-être avait-il parlé de son projet à quelqu'un d'autre ? Secrètement, il pensait que non, il *espérait* que non.

Cette fois, le président sembla le croire et n'insista pas.

notes

1. avez intercédé : êtes intervenu pour favoriser une démarche.

2. quémander : mendier, demander humblement et en insistant.

Louis sortit de sa poche son paquet de cigarettes et entreprit d'en attraper une, en vain : ses mains tremblaient trop, pleines d'une colère mal contenue. Évidemment, Fernand ne pouvait pas se confier à lui, le contrôleur, le censeur. C'était ce boulot d'embusqué qui l'en avait empêché. Il renonça et jeta rageusement le paquet sur la table. Ce sale boulot d'embusqué.

— Voyez-vous, dit alors le président en le tirant soudain de ses mauvaises pensées, tout ceci est très ennuyeux, car, en agissant de la sorte, votre ami vous place dans une situation, hum, pour le moins inconfortable. Je ne sais pas s'il y a songé.

Non, bien sûr que non, pensa immédiatement Louis avant de se reprendre. Après tout, Fernand l'avait peut-être imaginé et, s'il n'avait rien dit, ce n'était pas tant pour se protéger lui-même que pour le préserver, lui, également. Cette évidence lui apparaissait d'un seul coup et faisait tomber un peu de sa colère.

— Vous n'êtes pas sans savoir que chaque lecteur du contrôle postal doit offrir toutes les garanties de moralité. Or, être le meilleur ami d'un soldat déserteur n'est pas une garantie très honorable, vous en conviendrez avec moi.

Louis tourna alors vers Grillaud son visage contracté et, entre ses lèvres à demi fermées, il siffla d'une voix qu'il ne connaissait pas ces phrases dont il ne se savait pas capable :

— Et avoir hébergé sous son toit un déserteur, pensez-vous que cela soit pour un président de commission une « garantie de moralité » ?

Un long silence s'ensuivit, lourd comme un regret. Mais il était trop tard pour changer quoi que ce fût : ce qui avait été dit l'avait été. Grillaud ne répondit pas, ne releva pas l'insolence des propos ; silencieusement, il quitta son siège et contourna son bureau. Sommant, d'un geste, Louis de rester assis, il vint se placer devant lui, le dominant de toute sa taille, et se pencha à moitié vers son lecteur.

— Voyez-vous, mon garçon, je vous aime bien et c'est une chance car, sinon...

Il n'acheva pas sa phrase, chassa l'air d'une main rapide pour signifier qu'il valait mieux ne pas continuer dans cette direction. Il

Chapitre 15

releva alors le buste et son regard intimait maintenant à Louis de se lever et de se mettre au garde-à-vous. Une fois que celui-ci se fut exécuté, il reprit :

– Voilà ce que j'ai décidé : je vais attendre quelques jours avant d'indiquer le nom de votre ami à mes lecteurs, quelques jours qui lui suffiront peut-être pour vous écrire... ou vous, à lui (il leva l'index pour couper court à la protestation naissant aux lèvres de Louis). Taisez-vous, je ne sais pas et je ne veux pas le savoir. Quelques jours donc, et, bien sûr, dans cet intervalle, je compte sur vous pour m'avertir im-mé-dia-te-ment de la moindre nouvelle concernant le dénommé Fernand Jodet. Est-ce clair ?

– Oui, mon capitaine, répondit Louis en claquant des talons.

– Il s'agit d'une semaine tout au plus.

– Bien sûr.

– Vous pouvez disposer.

Grillaud tira sur sa moustache et se mit à grommeler, plein d'amertume contre lui-même, contre Louis, contre ce Jodet qui compliquait tout subitement. Il traversa la pièce, ouvrit la porte et, après avoir laissé passer son lecteur, il sortit à son tour en continuant de marmotter[1] dans sa moustache. Louis le regarda descendre l'escalier, les pans de sa veste lui fouettant sèchement les hanches, tandis qu'une seule question tournait dans sa tête : « Où se trouvait Fernand ? »

★

Lorsqu'il regagna sa chaise, l'heure du déjeuner avait sonné et, pour le plus grand soulagement de Louis, peu désireux de converser, la plupart des lecteurs étaient déjà partis au réfectoire. Il s'assit à sa table, songeur, toute faim l'ayant définitivement quitté.

Où pouvait bien être Fernand ?

Il n'avait plus de famille ; en tout cas, c'est ce qu'il avait toujours affirmé et Louis le croyait sur parole, car son ami n'avait jamais reçu

---

note

1. marmotter : marmonner, grommeler.

en trente-quatre mois une lettre de parents. Tout juste avait-il entretenu, durant les premiers mois de l'année 1915, une correspondance avec une marraine de guerre, une certaine Thérèse Labord-Line (Louis se souvenait encore de ce nom qui les faisait tous rire). Lorsqu'un copain n'avait pas de courrier et s'en trouvait triste, Fernand lui lisait deux ou trois passages de ses lettres pour lui changer les idées. Et puis, du jour au lendemain, sans aucune raison, elle avait cessé de lui écrire. C'était en juin 1915, c'était l'été, dehors il faisait beau. « Elle aura dégotté[1] un aviateur », en avait conclu son ami, fataliste. En dehors de cet épisode et des quelques journaux auxquels il s'était abonné pour recevoir quelque chose, aucune lettre ne parvenait à Fernand. Il tenait tant bien que mal sans courrier, en se rabattant sur celui des autres, plutôt bien que mal d'ailleurs, vu les circonstances.

Fernand n'avait pas de famille et, bien que bon camarade avec tous, presque pas d'amis.

Pour cette raison, Louis lui avait écrit dès son départ de l'hôpital en août dernier, et tous deux entretenaient depuis cette date une correspondance régulière. Cela faisait maintenant presque six mois qu'ils communiquaient ainsi. Mais jusqu'à aujourd'hui, et depuis déjà de nombreux jours, Louis guettait une lettre de son ami, en vain.

Avait-il seulement rejoint Paris ? S'était-il ensuite embarqué dans le train pour Soissons ? Et s'il ne l'avait pas fait, qui aurait pu l'aider, le cacher ? Car on ne désertait pas sans soutien ; un soldat jeune, comme lui, en bonne santé et sans blessure apparente, n'avait aucune chance de passer inaperçu sans aide. Avait-il eu vent sur Paris d'une filière quelconque ? Louis se souvenait de cette histoire qui avait fait grand bruit au début de la guerre : le scandale de la clinique du Dr Lombard[2]. Dès le début des hostilités, un toubib, un certain Lombard, avait fondé un hôpital provisoire à Neuilly où les hommes fortunés se faisaient réformer moyennant finances. Toute une organisation avait ainsi été démantelée, avec à sa tête des médecins et

notes

1. dégotté : trouvé (familier).   **2.** Il s'agit d'un fait réel.

Chapitre 15

des militaires corrompus, fournissant de faux certificats médicaux officiels, des rabatteurs et tout un tas de types pas clairs. Fernand avait-il trouvé un filon du même genre ? Et, dans ce cas, où s'était-il procuré l'argent pour se payer une pareille protection ?

Plus il réfléchissait, moins Louis trouvait. Il lui restait à souhaiter que son ami se manifestât, lui envoyât une lettre, une carte, quelque chose qui lui permît d'être rassuré à son sujet. Mais était-ce vraiment souhaitable ? Il redoutait tout autant d'avoir de ses nouvelles que d'en manquer, car que ferait-il dans ce cas ? En parlerait-il à Grillaud ? Ou bien se tairait-il ?

Une pique le saisit à l'arrière du crâne, douloureuse, persistante. Louis fouilla sa poche à la recherche d'un comprimé, en vain... Il avait oublié la plaquette de quinine du major dans sa chambre. Il ne lui restait plus qu'à espérer que sa migraine ne prenne pas le dessus, il devait garder toutes ses facultés pour résoudre l'énigme posée par Fernand.

Les premiers lecteurs rentraient déjà, les lèvres gercées et les yeux humides de froid, et secouaient leurs capotes pour en faire tomber des résidus poudreux. Louis jeta un œil par la fenêtre. Il neigeait, à gros flocons cotonneux, sur un fond de ciel bas et gris. Au loin, un hennissement retentit, inattendu car la neige avait fait taire les bruits des sabots sur la terre. Il neigeait abondamment et un silence ouaté[1] s'installait progressivement sur le monde. Fernand était-il au chaud ? s'interrogea Louis en regardant un des lecteurs jeter un morceau de bois dans le poêle. Ils avaient passé tant de nuits, lorsqu'ils redescendaient du front, à se demander s'ils trouveraient un endroit au sec où coucher dans le village à demi déserté. À ignorer s'ils allaient pouvoir profiter à nouveau de ce bout de paillasse partagé à deux, quelques semaines plus tôt dans une maison accueillante. C'était toujours Fernand qui dégottait la bonne planque.

---

note

1. ouaté : comme étouffé par du coton, de la ouate.

Louis laissa échapper un sourire. Oui, par un temps pareil, son ami était au chaud, on pouvait lui faire confiance.

– Tu t' mets la ceinture, ou quoi ?

Jean Poussain se tenait devant la table, à se tortiller d'un pied sur l'autre, son index planté dans sa bouche.

– Pas faim, c'est tout, répondit Louis en levant les yeux sur lui. C'était bon au moins ?

Le soldat Jean se balança plus fort encore et, enlevant son doigt d'entre ses lèvres, répondit :

– Il est mort.

Louis sursauta.

– Quoi ?

Le soldat s'arrêta brutalement de bouger, puis il répéta :

– Je te dis qu'il est mort.

Et il reprit aussitôt son balancement incessant.

– Mais de qui parles-tu ? Qui est mort ?

Le même balancement ininterrompu, la même absence de réponse. Louis eut soudain une envie irrépressible[1] de se lever, de l'attraper par les épaules et de le secouer jusqu'à ce qu'il réponde. Avec effroi, il s'aperçut qu'il comprenait la réaction de Pageot, la dernière fois, et qu'il était à deux doigts de commettre la même violence. Il prit une profonde inspiration et regarda fixement Jean Poussain.

– Écoute-moi bien, lui dit-il sans le quitter des yeux. Tu me parles de quelqu'un qui est mort. De qui s'agit-il ?

Dans le regard du soldat, il vit alors une tristesse infinie qui lui fit honte de s'être montré si dur, une tristesse lourde qui semblait venir de loin, de si loin qu'elle remontait à très longtemps, à l'enfance peut-être. L'homme réprima un sanglot et renifla pour tenter de retenir l'unique larme qui lui avait échappé et coulait maintenant depuis le coin de son œil jusqu'au bout de son nez légèrement

---

note

1. *irrépressible* : impossible à contenir.

Chapitre 15

arrondi. Il ne se balançait plus, il regardait Louis profondément, en silence.

– Gaurgeret, il s'agit de Gaurgeret, lâcha alors un lecteur en passant.

– Ainsi Gaurgeret est mort, murmura Louis sans étonnement.

Depuis son arrivée au contrôle postal, il n'avait connu le lieutenant que par bribes ; celui-ci faisait pleurésie sur pleurésie et passait plus de temps à l'hôpital qu'à la commission. Lorsque Jean était arrivé pour le remplacer, tout le monde avait compris que, cette fois, Gaurgeret mettrait plus de temps à revenir... si toutefois il revenait.

Poussain s'était remis à se balancer de droite à gauche, le doigt de nouveau fiché dans la bouche, l'air vague. Louis s'adressa au lecteur qui venait de l'informer du décès :

– Il est mort quand ?

Mais c'est Jean qui lui répondit aussitôt d'un débit rapide et haché :

– Cette nuit, quatre heures, il a pas souffert, je lui tenais la main, pas tout seul Gaurgeret, pas mourir tout seul.

Louis regardait l'homme qui parlait sans s'adresser particulièrement à lui. Il se parlait à lui-même plutôt, comme s'il cherchait à se rassurer.

– Pas mourir tout seul, pas possible ça, pas tout seul.

Mourir tout seul. C'était le pire et la hantise de tous au front : de claboter[1] comme ça, le nez dans la boue, les jambes brisées, dans l'incapacité de se lever pour rejoindre les autres. D'agoniser des heures durant sans personne à côté. De crever seul au monde. Louis avait vu un sacré paquet d'hommes mourir de cette façon et, certaines nuits, il entendait encore leurs appels emplis de terreur.

– Non, non, pas tout seul, j'ai donné la main, Gaurgeret pas tout seul, répétait l'homme en se dandinant.

– C'est bien, Jean, c'est bien, lui dit doucement Louis. Tu étais avec Gaurgeret, c'est bien.

note

1. claboter : mourir (familier).

Subitement, Poussain se figea, le regard fixé sur l'autre bout de la pièce. Pageot venait d'entrer, provoquant chez le soldat un rictus mauvais.

– Je m'en vais, décida-t-il en déposant un petit paquet devant Louis.

Et il partit aussitôt, en prenant soin de faire le grand tour de la pièce afin de ne pas passer à proximité de Pageot.

Dans le petit paquet posé devant lui, Louis trouva trois envois à son nom : une brève lettre de sa mère qu'il parcourut en quelques secondes et qui ne contenait guère plus d'informations que son précédent courrier, une carte postale publicitaire montrant le Dr Valda qui vantait les mérites de sa pastille avec, au verso, un petit mot signé du toubib lui-même, affirmant : « Avec Valda, tout va bien, aujourd'hui comme demain », ainsi qu'une carte de sa tante lui transmettant ses meilleurs vœux pour la nouvelle année. Louis glissa son maigre courrier dans sa poche en soupirant. Rien de la part de Fernand. Aucune nouvelle.

– T'as appris pour Gaurgeret ? demanda Pageot en lui soufflant au visage la fumée de sa pipe.

Depuis qu'il occupait le poste de Mercier, il avait opté pour la bouffarde, mais, attention, pas n'importe laquelle ! Une gigantesque taillée à l'effigie de Clemenceau, et qu'il tenait dans sa main avec ostentation, persuadé d'avoir ainsi une apparence plus convenable qu'avec la vulgaire sèche[1] des soldats.

– Oui, Poussain me l'a dit, répondit Louis en ouvrant une enveloppe.

– Évidemment, ricana Pageot. Depuis ce matin, ce demeuré raconte à tout le monde la façon dont le vieux Gaurgeret a rendu l'âme. Tu parles d'un récit !

– Il lui a tenu la main, je crois...

---

note

1. sèche : cigarette (familier).

Chapitre 15

— Et alors ! Ça ne l'autorise pas à nous tenir la jambe[1] avec ses histoires, rétorqua Pageot en riant fièrement de son mot d'esprit.

Instantanément, Louis sentit grandir à nouveau en lui l'énervement qui l'avait envahi tout à l'heure avec Poussain mais, cette fois, quand il croisa le regard de son supérieur, quand il y lut cet air de défi crâne[2] et stupide, son agacement ne tomba pas ; bien au contraire, il prit de nouvelles et inquiétantes proportions.

La lettre qu'il venait de sortir tremblait, toujours pliée, entre ses deux mains qu'il posa sur la table pour en faire cesser l'agitation. Si cet abruti de Pageot remettait ça, il ne répondait plus de rien, il lui semblait qu'un seul mot suffirait à faire voler en éclats le barrage intérieur qui contenait encore un peu sa colère. Mais ce mot ne fut pas prononcé. Pageot lui tourna soudain le dos et partit s'asseoir à sa place, à l'autre bout de la table. Depuis qu'il était officier, il avait changé de chaise pour occuper celle de Mercier et, par conséquent — c'était d'ailleurs le seul effet positif de sa nouvelle nomination —, il se trouvait plus éloigné de Louis qu'auparavant.

Le cœur encore battant, celui-ci se plongea dans la lecture de sa lettre tout juste dépliée.

Nous nous battons pour le triomphe du droit et de la civilisation !
Telle est la phrase que, depuis trois ans, les journaux nous
ressassent chaque jour. De bien grands mots pour une chose aussi
creuse que la guerre actuelle. C'est nous, gens civilisés, raffinés,
qui au début de la guerre nous flattions d'avoir des obus à
la Turpinite[3], obus aux effets foudroyants qui tuaient tout à leur
portée, par des gaz. C'est nous, gens civilisés, qui sommes allés
déposséder les Marocains, les Indochinois par le fer et le sang, c'est
nous qui disons aujourd'hui que les Boches sont des barbares.
Pour cette guerre, n'avons-nous pas contraint à se battre, pour

notes

1. tenir la jambe : ennuyer (expression familière).

2. crâne : prétentieux (familier).

3. Turpinite : explosif inventé par l'ingénieur français Eugène Turpin en 1885.

> *nous, tous les indigènes, coolies[1], Annamites[2] que nous fournis-*
> *sent nos colonies et à qui nous faisons épouser notre cause ? Ne*
> *seront-ils pas en droit, après la guerre, de nous demander*
> *des comptes ?*

Un militant, un syndicaliste sans doute, pensa Louis à la lecture de
cette lettre bien pesée. Quelques lignes plus loin, il eut confirma-
tion : *Nous, socialistes*, disait le soldat, *le gouvernement ne veut pas nous*
entendre.

Il jeta un regard rapide sur la fin du courrier puis, après avoir hésité
quelques secondes, il le plaça dans le tas « À saisir ».

Il ouvrit une deuxième lettre. Elle était signée d'un certain
Étienne, un jeune homme de la classe 18, tout juste arrivé au front et
qui s'adressait à son père avec fierté.

> *Hier, nous avons eu la visite du général Pétain qui nous donne*
> *toute confiance. La fin est proche. Armons-nous de courage et*
> *regardons l'avenir avec confiance. Plus ça va, plus les journaux*
> *parlent de paix. Je ne compte plus revenir en permission car*
> *la guerre sera finie avant.*

Une fin proche ? Trop tardive pour Gaurgeret, en tout cas, et
des milliers d'autres comme lui. La fin bientôt ? Si seulement ! et
pourtant, les hommes peinaient à y croire.

> *Si on n'avait pas arrêté Caillaux, la guerre était finie dans trois*
> *mois. Maintenant, c'est léché : toute année commencée...*

Quant à regarder l'avenir avec confiance... Louis ressentait physi-
quement la violence et le dégoût éprouvés dans cette lettre qu'il
venait d'ouvrir.

---

notes

1. **coolies :** travailleurs
employés par les colons en
Asie.

2. **Annamites :** Vietnamiens
(Annam est le nom donné
par les Chinois à cette
région).

Chapitre 15

Voilà à présent qu'ils parlent de nous donner beaucoup plus de galette, du pinard, ils vont nous boucher la gueule avec des billets de cent sous. Ils ne savent plus comment s'y prendre pour nous faire patienter. Ils peuvent bien faire ce qu'ils voudront, ils ne me rehausseront pas le moral. C'est la paix qu'il nous faut, plus de souffrance et vivement. Ce n'est pas une vie ici, c'est le bagne et pire encore.

Un bagne auquel Fernand avait décidé d'échapper, pensa alors Louis en regardant la lettre ouverte dans sa main. Soudain, pour la première fois depuis qu'il travaillait à la commission, il se posa cette question, surprenante : qu'allait-il faire de ce courrier « subversif[1] » ?

Nous avons touché 25 sous pour 7 jours de travail ; alors tu penses qu'avec cela, nous sommes propres, mais c'est bien bon pour nous car nous sommes bien trop bêtes. Je voudrais qu'ils nous foutent des coups de trique et qu'ils nous fassent manger de la merde, c'est tout ce que l'on mérite... pour se laisser mener comme cela, il faut être plus bête que les bêtes mais, à présent, quand ils nous feront travailler, je ne ferai plus rien... c'est la manière dont ils agissent, cette bande d'assassins... Le moral est bien bas, le courage aussi.

Peut-être était-ce le mois de janvier qui voulait cela, mais les lettres défaitistes n'en finissaient plus. Louis avait l'impression de ne lire qu'elles et que toutes se ressemblaient, criant la même colère impuissante, le même désespoir. Il ne savait qu'en faire et il les empilait maintenant les unes sur les autres, dans l'attente de sa propre décision.

Je ne sais pas si tu as lu l'article dans le journal d'hier qui disait : 3 francs par jour et le litre de vin pour nos poilus. Eh bien, tout cela, c'est du battage[2]. Sur les 3 francs, nous touchons 0,50, et

notes

1. subversif : qui invite à renverser l'ordre social ou politique.

2. battage : campagne publicitaire.

LA VIE TRANCHÉE

*le reste, soit 2,50, sera versé sur le carnet de pécule... Pour le vin,
c'est la même chose, nous continuerons à avoir les ¾ quotidiens,
le 4ᵉ quart à l'as[1]... Pour l'arrière, cela fait bien. On dit :
« Voyez, nos poilus sont heureux. » Tu parles d'un culot !*

Désormais, la pile comptait au moins une dizaine de lettres, toutes
estampillées[2] de son cachet, le numéro 81, plaqué de chaque côté de
l'enveloppe. À saisir ? À acheminer ?

*Si les beaux discours suffisaient à faire triompher notre droit, nul
doute que nous aurions une riche moisson de succès ; mais
pendant que les uns prêchent notre héroïsme, d'autres, et non
des moindres, emplissent leurs poches et profitent de la guerre.
Sinistres bandits qui détruisent l'unique corde sensible qui vibrait
encore : le patriotisme, et pouvait aussi faire des merveilles.
Aujourd'hui, l'annonce même de la grande offensive boche
n'émeut plus. Morituri[3], ceux qui vont mourir ne saluent
personne, car il n'y a personne digne d'un salut, à saluer. Troupe
résignée, résolue seulement à défendre sa peau.*

« *Morituri non te salutant.* Ceux qui vont mourir ne saluent
personne », répéta Louis dans un murmure, en approuvant subitement Fernand d'avoir pris la décision de déserter ce qu'il appelait « le
champ d'horreur ». Louis savait maintenant quoi faire. Il s'empara
des lettres de la pile et les plaça toutes dans le tas de celles destinées à
être acheminées.

notes

1. à l'as : non donné alors
que c'est dû
2. estampillées : signées.

3. *Morituri te salutant :* « Ceux
qui vont mourir te saluent. »
Parole prononcée par
les gladiateurs s'adressant
à l'empereur de Rome
avant le début des combats.

16

Gaurgeret : mort de ses blessures.

Émile : mort d'une balle ennemie compatissante après des heures d'agonie contre les barbelés.

Léopold : mort d'une pastille dans la tête en pleine corvée d'eau.

Gaston : mort brûlé par les gaz d'obus après des jours de souffrance.

Julien et Narcisse : morts, l'un noyé dans l'eau d'un cratère large comme une maison, l'autre enseveli par la boue déversée par l'éclatement d'une marmite.

Théophile : mort paralysé par une balle dans la colonne vertébrale.

Et les autres, tous ces autres dont Louis ne se rappelait plus les noms, tout juste les visages et parfois une attitude seulement, tous ces hommes échoués à ses côtés, devant lui ou bien derrière, des centaines et des centaines d'anonymes dont certains n'auraient jamais de sépulture, tombés là où ils avaient combattu... Louis était incapable de se souvenir de leurs noms, de leurs visages, de leurs regards. Il était incapable de tirer chacun d'eux de l'oubli, eux qui étaient morts un à un dans l'indifférence générale et ne représen-

taient au jour le jour qu'un chiffre laconique[1] transmis à l'état-major.
« Pertes : 420 hommes », écrivait le capitaine dans son journal de
marche. Quatre cent vingt ce jour-là ou mille sept cents le lendemain, de ne plus se rappeler leurs visages donnait à Louis l'impression qu'ils mouraient une seconde fois.

Léon : aveugle et agité de tremblements incessants de la tête aux
pieds.

Maurice : devenu fou.

Lucien : amputé d'une jambe, les poumons criblés d'ypérite.

Louis s'essuya le front d'une main moite.

Fernand : déserteur.

– C'est quoi, cette liste ?

Il releva la tête brusquement. Devant lui, Blanche se tordait le cou
afin de déchiffrer ce qu'il avait écrit d'une main maladroite et rapide
sur la feuille devant lui. Il froissa le papier en boule et le jeta dans
la poubelle placée à ses pieds. Un bref sentiment d'agacement
le traversa : de quoi se mêlait-elle ?

– Dites, c'est quoi ?

– Rien, grogna Louis en attrapant une nouvelle enveloppe.

La jeune fille eut une moue boudeuse puis, avançant son visage
vers le sien, elle insista :

– Vous ne me dites pas tout. J'ai vu ce que vous avez écrit.

– Ça m'étonnerait, dit-il. De toute façon, il ne s'agit que d'un jeu.
Un jeu de mémoire, ajouta-t-il vivement.

– J'y ai lu le nom de Fernand, je ne me trompe pas.

Louis redressa le menton d'un air de défi.

– Et alors ? Savez-vous combien de Fernand j'ai connu ?

Sous l'effet de la surprise, elle cligna des yeux et recula légèrement
son visage. Visiblement, elle ne s'attendait pas à cette réaction.

– Deux ? trois ? ou cinq ? (C'était lui maintenant qui approchait
son visage à mesure qu'elle reculait le sien.) Ou peut-être huit ? ou
neuf ? ou dix ? Douze. Oui, c'est cela, j'ai dû connaître douze
Fernand au moins.

---

note

1. laconique : concis, sans commentaire.

Chapitre 16

Elle semblait inquiète maintenant, tandis que Louis faisait des efforts pour ne pas se laisser aller à crier. Il avait envie de continuer à aligner des chiffres, n'importe lesquels, de toute façon le nombre serait toujours inférieur à ce qu'elle pouvait imaginer. Douze Fernand ?

Mais, en trois années de guerre, il en avait côtoyé des dizaines et des dizaines, des centaines, peut-être, s'il comptait ceux tombés à quelques mètres de lui et dont il ne connaissait que le visage et parfois seulement le son de la voix ! Tous ces Fernand dont il n'avait rien su et qui avaient été ses frères d'armes ! Il prit sur lui pour respirer lentement par le nez et calmer la frénésie[1] bouillonnante qui l'envahissait.

– Des centaines ! lâcha-t-il alors brusquement en se mordant les lèvres pour s'empêcher de continuer.

Il brûlait d'envie d'ajouter : des centaines de Fernand et des centaines de Lucien, de Maurice, de Joseph, de Théophile, de Louis.

– Des centaines ! répéta-t-il.

Et tandis qu'il se lamentait quelques instants plus tôt de les avoir oubliés, voilà qu'un torrent de noms lui venait soudain et, avec lui, des visages perdus ressurgissaient comme par miracle, l'espace d'un instant, avant de disparaître à nouveau dans les bas-fonds de sa mémoire ; des visages qui apparaissaient comme des fantômes insolents, se moquant de lui et de sa pauvre vie, soldats de l'au-delà sans consistance ni réalité, ersatz[2] d'humains sans plus ni chair ni âme ne faisant que passer, sans existence, devant ses yeux incrédules. Foule anonyme et dansante, porteuse de tous les noms de la terre.

– Faut pas le prendre comme ça, murmura-t-elle.

Il tourna son visage vers Blanche, qui avait reculé le sien du plus loin qu'elle avait pu.

– Faut pas l' prendre comme ça. Moi, j' disais ça, hein...

---

notes

1. frénésie : agitation violente, fureur.

2. ersatz : produit de remplacement de qualité inférieure.

LA VIE TRANCHÉE

Il eut un pauvre sourire. Que dire au juste ? Rien qu'elle aurait pu comprendre. Il sourit de nouveau, un peu moins chichement[1] cette fois, et ce simple effort parut la satisfaire.

4800 — Vous savez, continua-t-elle un peu rassurée, je disais ça parce que je m'inquiète.

Elle faillit se rapprocher mais, au dernier moment, elle se ravisa.

— Vous n'avez toujours pas de nouvelles de Fernand ?

Tout le monde se tracassait pour Fernand, ces derniers temps,
4805 songea-t-il en se massant les tempes des mains. Où pouvait-il bien crécher, ce ballot ?

— Depuis le temps... C'est curieux qu'il ne vous ait pas écrit, au moins à vous. Vous ne trouvez pas ?

Peut-être Mathilde avait-elle reçu quelque chose aujourd'hui ? Il
4810 passerait au café tout à l'heure pour lui demander.

Blanche avait fini par se taire. Les mains croisées sur son ventre, le regard posé sur ses avant-bras, elle semblait réfléchir. Louis préférait cela à ses questions incessantes. Le silence lui permettait de penser aussi et il imaginait son ami, embusqué dans quelque endroit
4815 sinistre, sans aide véritable, cherchant dans les arcanes[2] de son cerveau une façon de se tirer de ce mauvais filon grâce auquel il avait cru pouvoir se débiner[3]. En admettant qu'il ait échappé aux gendarmes, Fernand ne pouvait compter que sur lui-même. On disait qu'à l'arrière, les civelots[4], hommes et femmes (et peut-être
4820 même que ces dernières étaient pires), se montraient aussi durs envers les soldats soupçonnés de ne pas être à leur poste que les gros de l'état-major. Aussi durs et parfois plus encore, c'était du moins ce qui se disait. De toute façon, depuis le début de la guerre, le poilu, on ne l'aimait jamais autant que lorsqu'il était au front. Et c'était
4825 bien là-bas qu'on entendait qu'il reste, le pauvre couillon du front.

— Dites donc, mademoiselle Castillard, lança soudain une voix vibrante. Ce n'est pas une salle de réunion ici. Veuillez regagner votre poste.

notes

1. **chichement :** pauvrement.
2. **arcanes :** mystères.
3. **se débiner :** s'enfuir (familier).
4. **civelots :** civils (familier).

Chapitre 16

Pageot s'était dressé au-dessus de son bureau et tendait vers la jeune fille un index accusateur.

Elle leva les yeux au ciel, ce que son détracteur ne vit pas puisqu'elle lui tournait le dos, et soupira à l'intention de Louis :

– Je ne sais pas pourquoi, mais ce type me déteste.

Il haussa les épaules. Lui aussi ignorait les raisons de l'inimitié de Pageot à l'égard de la jeune fille et, d'ailleurs, il s'en moquait.

– Laissez-le dire, va.

Louis ouvrit l'enveloppe qu'il tenait toujours entre ses mains. Il en sortit une feuille pliée en huit, une feuille de papier quadrillé bleu ciel sur laquelle son auteur avait tracé en lettres vives et serrées ces quelques phrases adressées à un ami.

Cher Gustave, commençait la lettre.

Avant de continuer, Louis jeta un dernier coup d'œil en direction de Pageot qui suivait d'un regard courroucé[1] la jupe s'éloignant lentement, dans un doux murmure feutré.

> *Cher Gustave,*
>
> *On dit que le moral des poilus est bon. Les journaux sont payés pour dire des mensonges : le moral est tellement bon qu'un pauvre soldat qui en avait assez s'est coupé la gorge ce matin avec un rasoir en présence de ses camarades. Tout le monde en a marre. Depuis que nous sommes arrivés en ligne, il y a trois poilus de la compagnie de désertés.*

Il replia la lettre et la replaça dans son enveloppe. Bom ! Premier coup de cachet. Celle-là aussi partirait, et tant pis pour le défaitisme et le mauvais esprit qui la caractérisaient. Bom ! Deuxième coup de cachet. Elle partirait parce qu'elle seule témoignait de la mort d'un homme, de la pauvre mort d'un homme happé par le gouffre, et puis aussi parce que ces trois poilus déserteurs lui parlaient de son ami.

note

1. courroucé : en colère.

LA VIE TRANCHÉE

★

Le soir venu, assis sur son lit à fumer une cigarette, Louis tournait toujours les mêmes questions dans sa tête. Où était Fernand ? Qui avait bien pu l'aider ? Avait-il vraiment déserté ou bien lui était-il arrivé malheur en route ? Du moins avait-il une réponse à cette question : un malheur semblait peu probable car plus il y pensait, plus Louis était convaincu que son ami avait déjà décidé au moment de sa venue qu'il ne rejoindrait pas le front. C'était du moins ce qu'il en avait déduit. Car, sinon, comment expliquer les réponses elliptiques[1] de Fernand quant à son retour dans le régiment ? En quelque sorte, sa visite ressemblait à un adieu. Pourquoi ne lui en avait-il pas parlé ?

Quant à l'aide nécessaire pour conduire son projet, Louis avait tout de même réussi à se faire sa petite idée qui l'avait d'ailleurs poussé à écrire l'après-midi même à sœur Anne. Il avait effectué mentalement le tour des connaissances de Fernand, tour rapidement accompli, vu le peu d'amis qu'il lui connaissait, et un nom s'était détaché du lot : Lucien, l'ouvrier parisien, l'unijambiste aux poumons gazés. Plus il y réfléchissait, plus il lui semblait évident qu'il était le seul susceptible de fournir un soutien à son ami. La cornette en chef possédait sûrement son adresse à Paris.

Si Fernand lui avait parlé de son projet, qu'en aurait-il pensé ? Louis l'aurait-il encouragé ? Ou bien aurait-il usé de son amitié pour l'en dissuader ?

Se rappelant alors que son ami avait mentionné le nom de Lucien dans une de ses lettres, Louis entreprit de fouiller le carton glissé sous le lit où il gardait tout son courrier. Il mit rapidement la main sur la lettre en question. Celle-ci datait du 23 novembre dernier. Après quelques lignes enthousiastes sur l'état de ses jambes qui lui permettait désormais de se remettre à marcher, Fernand parlait de Maurice, *parti comme ça, son livre sous le bras, sans rien dire, ni au revoir ni rien*, et de Lucien dont il disait n'avoir aucune nouvelle directe. À son sujet,

note
1. *elliptiques* : incomplètes.

Chapitre 16

il avait écrit ceci : *Sœur Anne m'a dit qu'il avait rejoint une association des estropiés de Paris, ou un truc du genre. Maintenant qu'il a sa jambe en moins, de toute façon, il a décidé de les emmerder tous et il y arrivera.*

Louis leva la tête. Oui. Lucien et son dégoût de la guerre allant jusqu'à la répulsion, Lucien brandissant sa prothèse comme le symbole de la boucherie orchestrée, Lucien emmerdant ce monde qui lui avait volé sa jeunesse et l'avait mutilé, ce Lucien-là n'aurait pas refusé d'aider Fernand si celui-ci le lui avait demandé.

Contrairement à lui qui, sans doute, aurait tenté de le raisonner.

Il écrasa sa cigarette dans le cendrier posé sur le lit et glissa le carton sous son sommier. Si son raisonnement était juste, Fernand se trouvait à Paris en ce moment. À moins que, toujours dans le cas où son hypothèse était la bonne, Lucien l'ait envoyé se planquer ailleurs, en banlieue, par exemple. Louis se renversa en arrière sur le lit, allongea les jambes et posa ses avant-bras sous sa nuque. Dès l'obtention de son adresse, il écrirait à Lucien, en espérant que celui-ci se souviendrait favorablement de lui et lui ferait confiance.

Il ferma les yeux. Trois semaines maintenant que Fernand l'avait quitté et, sans nouvelles de lui, il se sentait plus seul que jamais. Les yeux toujours fermés, il tâtonna de la main pour attraper sur la table de chevet sa boîte de Valda. Il l'ouvrit, prit une pastille qu'il plaça sur sa langue et qu'il commença à sucer consciencieusement.

Soudain, l'image s'imposa à lui, brutale, évidente. Comment n'y avait-il pas pensé plus tôt ? Louis se redressa immédiatement et plongea de nouveau sous son lit, à la recherche de son carton. En arrivant tout à l'heure, il avait déposé le courrier reçu ce jour, la lettre de sa mère, la carte de sa tante et cette carte postale publicitaire du Dr Valda. C'était celle-ci qui l'intéressait. Il la prit, la leva devant lui, la regarda, puis la retourna plusieurs fois comme un orfèvre observe un bijou, sous toutes ses coutures, avec attention et scrupule.

« Avec Valda, tout va bien, aujourd'hui comme demain », écrivait le bon docteur en brandissant devant lui la célèbre boîte verte.

Louis approcha la carte de ses yeux, la recula, passa le doigt sur le message écrit, puis il recommença une seconde fois. Comment avait-il fait pour passer à côté ?

La Vie tranchée

Il s'adossa contre ses oreillers et posa la carte sur le lit, laissant une main sur elle. Doucement, il caressa le texte dont il pouvait suivre du doigt les pleins et les déliés, décodant lettre par lettre le message qui lui était adressé : « Tout va bien », disait Fernand.

« Tout va bien, aujourd'hui comme demain », répéta Louis à mi-voix.

C'était simple, encore fallait-il y penser. Son ami avait trouvé le moyen le plus sûr de lui parler et de lui donner de ses nouvelles. La carte postale publicitaire : une idée de génie, bien de Fernand. À moins d'y regarder de près, comme il l'avait fait au bout d'une journée, il était impossible d'imaginer que le message adressé par le Dr Valda, au visage si ordinaire et rassurant, puisse être écrit de la main même de quelqu'un d'autre.

Louis se sentit envahi par un sentiment mêlé de soulagement et de joie, soulagement de savoir Fernand en bonne santé et joie de penser que celui-ci ne l'avait pas oublié. Il avait envie de chanter et il regrettait de n'avoir personne avec qui partager ce bonheur sur le moment. Si Blanche avait été là, avec lui, ils... Louis secoua la tête. Non. Il ne pouvait pas en parler à Blanche car elle travaillait à la commission. S'il avait été chez la mère Édith, alors il l'aurait dit à Mathilde et elle... De nouveau, il signa négativement. Trop risqué. Il ignorait tout de la profondeur des sentiments de la jeune fille pour son ami. Que penserait la jeune bistrotière d'un amant déserteur ?

Il leva une fois encore la carte devant ses yeux. Le cachet de la poste indiquait le 13-1-18, provenance Paris. Deux semaines après son retour prévu au régiment, Fernand était encore dans la capitale, ce qui confirmait la piste de Lucien.

Cette nuit-là, Louis dormit d'un sommeil ininterrompu, sans rêve ni cauchemar. Pourtant, lorsqu'il se réveilla le lendemain, il était perclus de courbatures[1] comme s'il avait effectué une longue marche, exactement comme du temps où il marchait avec son régi-

---

note

1. perclus de courbatures : paralysé par les courbatures ; se dit notamment pour les rhumatismes.

Chapitre 16

ment des heures et des heures, toute la nuit parfois, sans savoir où ils allaient au juste et quels étaient vraiment l'objectif et le lieu précis d'arrivée. Des heures qui comptaient double lorsque la pluie s'en mêlait et, avec elle, la boue terrible agrippant les hommes aux chevilles, ralentissant leur avancée et, par moments, semblant prête à les engloutir sans plus de façon.

Il s'étira. Il avait mal jusque dans les bras et, en les bougeant, il entendit craquer les os de ses épaules. Un coup d'œil à la fenêtre, dont il avait oublié de fermer les volets la veille, le renseigna sur le temps. Il pleuvait doucement, une pluie lente et régulière, qui pénétrait les corps jusqu'au plus profond et donnait encore, même après s'être tue, la chair de poule. Lorsqu'il toussa, Louis sentit une douleur vive lui vriller la poitrine. Il porta une main à son front, le trouva brûlant, et tout de suite il pensa qu'il avait attrapé la fièvre des tranchées, cette saloperie de fièvre courant de boyau en boyau, assommant les hommes les uns après les autres et à laquelle, par miracle, il avait échappé jusqu'ici. À moins qu'il ne s'agisse de la tuberculose[1] ! En trois ans, il en avait croisé des cracheurs de bacille[2] et autres avaleurs de Globéol[3] ! Il était d'ailleurs extraordinaire que la maladie n'ait pas causé plus de ravages.

Il toussa de nouveau et, cette fois, il eut l'impression que ses poumons, sous l'effet d'une douleur aiguë, se détachaient de son corps. Quelle poisse[4], songea-t-il en remontant ses draps jusqu'au cou et en se laissant glisser au fond de son lit. Une douce torpeur commençait à l'envahir et ses paupières brûlantes tombèrent bientôt sur ses yeux. Il s'endormit lentement, à la façon du malade qui sombre peu à peu dans une semi-inconscience. Ce n'était pas une sensation désagréable de se sentir partir de la sorte, vers un ailleurs inconnu, sans énergie pour lutter et sans aucune pensée

---

notes

1. tuberculose : infection pulmonaire contagieuse ; elle se propage d'autant plus vite dans les tranchées que les soldats atteints ne sont pas mis à l'écart et réformés rapidement.
2. bacille : bactérie responsable d'une maladie.

3. Globéol : médicament stimulant, efficace seulement au début de la tuberculose.
4. poisse : malchance.

La Vie tranchée

pour la suite. De loin en loin, il captait le bruit doux de la pluie contre la vitre.

> *... de la pluie, une pluie torrentielle qui vous fouette le visage. Impossible d'apercevoir à trois mètres devant soi. Sous leurs chargements, les hommes s'effondrent dans les trous d'obus ou disparaissent dans la boue épaisse, gluante, qui grimpe jusqu'aux genoux.*

Chaque fois qu'il ouvrait les yeux, Louis suivait de son regard brûlant de fièvre les méandres de la pluie à la fenêtre. Elle filait en minces ruisseaux qui se croisaient, se repoussaient les uns les autres, se chassaient mutuellement d'un bord à l'autre pour se rejoindre finalement au bas de la vitre et y former une petite flaque.

> *... nous sommes montés aux tranchées sans capotes car, avec la capote, on risque tellement d'être enlisé qu'il faut être cinq ou six pour dégager un homme.*

Il refermait ses yeux papillonnants de fatigue et s'enfonçait tranquillement dans son lit mou, en proie à de nouvelles visions. Il fallait tirer si fort parfois ! Le pauvre type criait grâce pour ses jambes, maintenues si fermement par la boue que l'on craignait de les lui arracher. Lui-même, un jour, était tombé dans un trou et s'était trouvé avec de l'eau jusqu'en haut des cuisses...

Aaaah ! Il manquait d'oxygène soudain.

Aaaah ! L'enveloppe de ses poumons se collait, comme vidée d'air, et il ne parvenait plus à respirer normalement.

AAAAHHHH ! Il tirait sur ses poumons désespérément, ne faisant qu'accroître la sensation d'étouffement.

Puis Louis se réveilla et tout cessa. Hormis le battement furieux de son cœur dans sa poitrine et la douleur cuisante à chacune de ses inspirations, il pouvait respirer normalement. Il essuya d'une main tremblante la sueur glacée qui lui coulait le long des tempes et entreprit de se redresser dans son lit. La fièvre faisait toujours venir de ces cauchemars...

Chapitre 16

Il jeta un coup d'œil sur sa montre. Onze heures ! Il aurait dû être à sa table de lecture depuis plus de deux heures maintenant. Il esquissa un mouvement pour se lever, mais l'évidence l'accabla aussitôt : il était incapable de bouger le moindre de ses membres sans souffrir le martyre. Il se laissa retomber sur le lit.

> *... hier, un petit obus de tranchée est allé éclater au fond de l'abri, au milieu de six types, et aucun n'est sorti indemne. L'ordonnance du lieutenant est mort pendant qu'on le pansait, et puis un jeune de la classe 17 a eu les deux jambes coupées et une main et il est mort pendant qu'on le transportait. Le lieutenant a eu une jambe cassée à deux endroits...*

À un moment de la journée, il émergea de nouveau avec une terrible envie de boire. Sa gorge sèche le brûlait atrocement et, alors que ses jambes raides comme du bois l'empêchaient d'envisager la moindre station debout, il eut la chance de rencontrer, au bout de ses doigts, sa gourde abandonnée au pied du lit. Bien qu'elle fût à moitié pleine, et donc peu lourde, il la porta à sa bouche à grand-peine, chacun de ses muscles tirant douloureusement au moindre geste. Un peu d'eau lui échappa et coula, tiède, de chaque côté de ses lèvres chaudes, mais le liquide, même en quantité infime, le soulagea. Sa main retomba ensuite sur le lit, épuisée par l'effort, et Louis se laissa de nouveau emporter dans un lourd et maladif sommeil.

> *... je me contente d'un quart d'eau puisée à la poutre de l'abri où elle suinte, après avoir traversé ce sol où sont enfouis les vieux cuirs, les vieilles tôles, les débris de capotes et les macchabées...*

À un autre moment, il ouvrit un œil et vit derrière la fenêtre – mais la vision ne l'effraya pas – Fernand et son crâne d'os aux orbites creuses, riant sous son casque Adrian[1].

---

note

1. Adrian : casque en tôle d'acier de couleur bleutée qui porte le nom de son inventeur ; il fut distribué aux fantassins français à partir de septembre 1915.

LA VIE TRANCHÉE

★

— Louis ? Vous m'entendez ?

Un visage énorme penché sur lui, méconnaissable, avançait puis reculait comme s'il voulait lui faire une bonne blague.

— Louis !

Il essaya de lever un bras. Hou là ! trop lourd tout ça... impossible !

— Saint-Gervais ! Répondez-moi, c'est un ordre !

« Ben ça ! V'là qu'on dirait l' piston Marion, c'te vieille vache de Marion. » Il eut un petit rire qui résonna comme s'il s'entendait de l'intérieur.

— Saint-Gervais, Bon Dieu ! Répondez !

« Peux pas. » Et il sombra de nouveau, glissant à vive allure dans le gouffre noir.

★

Lorsqu'il ouvrit les yeux, Louis vit tout d'abord Grillaud qui lissait sa moustache avec un air de contentement.

— Eh bien, dit celui-ci en ôtant sa pipe de sa bouche, vous pouvez vous vanter de nous avoir fait peur, mon garçon !

À ses côtés, Blanche acquiesça de la tête. Derrière elle, une femme en blanc s'activait et, parce qu'il ne la voyait que de dos, Louis pensa un court instant qu'il s'agissait de sœur Anne. Mais elle se retourna et il s'aperçut qu'il n'en était rien. Celle-ci était beaucoup plus jeune, bien que tout aussi expérimentée à en juger par la fermeté avec laquelle elle attrapa le poignet de Louis pour prendre son pouls, et elle n'était pas bonne sœur. Elle ne portait pas de cornette, mais une coiffe blanche marquée au front de la croix rouge. Louis la trouva insignifiante.

— Voilà cinq jours que Mlle Lucie vous veille, précisa Grillaud en lui présentant la jeune femme.

Cette dernière eut un sourire éteint auquel il ne prit pas la peine de répondre.

— Mais qu'est-ce que... qu'est-ce que j'ai eu ? demanda-t-il laborieusement.

Parler lui demandait un véritable effort.

Chapitre 16

– Chut ! dit Lucie en accentuant sa pression sur le poignet.

– Pneu-mo-nie, articula Blanche à mi-voix.

Cinq jours ! Louis n'en revenait pas.

– C'est bon, décréta la dame blanche en reposant la main de Louis sur le lit. Un peu faible, mais avec quelques jours de repos supplémentaires, tout cela rentrera dans la normale.

– Quel jour sommes-nous ? demanda-t-il.

– Lundi, répondit Grillaud. Vous n'êtes pas venu travailler mercredi dernier, ce qui n'est pas dans vos habitudes, alors le soir même j'ai frappé à votre porte. Comme je n'obtenais pas de réponse, j'ai ouvert et je vous ai trouvé ruisselant de sueur et délirant. Vous ne me reconnaissiez pas et vous teniez des propos extravagants. Vous aviez une fièvre de cheval, mon garçon, et c'est une chance que j'aie trouvé un toubib pour vous soigner rapidement. Heureusement d'ailleurs que j'ai trouvé aussi Mlle Lucie car, sinon, je vous envoyais à l'hôpital, ajouta-t-il soudain sous la pression du regard perçant.

Cette dernière eut un sourire d'autosatisfaction.

– Pauvre de vous, murmura Blanche, compatissante. Comme vous sembliez souffrir durant ces longs jours !

Il se tourna vers la jeune fille.

– Vous êtes venue me voir ?

– Eh, bien sûr, rétorqua-t-elle.

Louis eut un faible sourire.

– Vous ne croyez pas que Fernand l'aurait voulu ? ajouta-t-elle alors, faisant éclater comme une vulgaire bulle l'illusoire espoir de Louis.

Fernand ! Du fait de sa maladie, la semaine octroyée[1] avait presque fondu comme neige au soleil. Il plongea son regard dans celui de Grillaud. Il lui restait deux jours… à moins que le président n'ait déjà transmis le nom de son ami à ses lecteurs ? Louis se méfiait de Pageot

---

note

1. octroyée : accordée.

La Vie tranchée

plus que de tout autre. Si quelqu'un parvenait à déceler la super-
cherie des cartes publicitaires, ce serait bien lui.

5110 – À propos de Fernand...

Il n'osait continuer, de peur de divulguer devant la jeune fille
une information qu'elle ne possédait peut-être pas encore. Après
tout, la semaine donnée par Grillaud n'était pas terminée.

Le président lui sourit, puis il se mit à parler de tout à fait autre
5115 chose, négligeant de répondre à la question, comme si celle-ci
n'avait pas été posée.

– Il s'est passé bien des choses ces derniers jours, mon garçon, et
non des moindres. Après l'arrestation de Caillaux et l'affaire Bolo[1],
les députés se sont écharpés à la Chambre, il ne faisait pas bon y être,
5120 c'est sûr. En tout cas, dans les lettres, les hommes n'y vont pas de
main morte et plus d'un poilu traite les dirigeants de *traîtres* et de
bande de cochons. *Dire que c'est pour eux qu'on se fait casser la gueule...*,
voilà *grosso modo* ce qui se dit au front. Le moral en a pris un sacré
coup, on peut le dire, n'est-ce pas, mademoiselle Blanche ?

5125 – C'est vrai que les poilus sont en colère, très en colère.

Louis sourit en imaginant la tête des gradés du grand quartier
général, obligés de faire peindre en rouge vif leurs colonnes
du moral.

– Sinon, hier matin, on a enterré Gaurgeret, annonça Grillaud.
5130 Cérémonie rapide où il n'y avait pas grand monde. Le soldat
Poussain a tenu sa main sur le cercueil tout du long, jusqu'au
cimetière. Enfin..., soupira-t-il en grattant une soufrante[2] puis en
l'approchant de sa pipe. Hum ! Pfft... c'est comme ça, on n'y peut
rien.

5135 – Dites, intervint alors la blanche Lucie, il est interdit de fumer
devant un malade, surtout lorsque ses poumons sont pris. Sortez, s'il
vous plaît, ou bien éteignez cette chose... infecte.

– Ah ! fichez-moi la paix ! dit alors Louis.

notes

1. Paul Bolo, dit Bolo-Pacha,
sera condamné à mort pour
trahison le 14 février 1918.

2. soufrante : allumette
(familier).

Chapitre 16

Il s'était redressé sur son lit tant bien que mal, aidé par Blanche qui lui installait les oreillers dans le dos.

— Mais c'est mauvais pour vos poumons, protesta l'infirmière.

— Fichez la paix à mes poumons et, d'ailleurs, fichez-moi le camp ! rétorqua Louis d'une voix ferme, bien que faible.

Lucie le fusilla du regard et, furibonde[1], quitta la pièce à grandes enjambées.

— Bon débarras, ajouta-t-il en tendant la main vers le verre posé à son chevet.

L'eau fraîche lui ôta de la bouche cette sensation pâteuse et persistante qui semblait avoir envahi ses muqueuses.

— De toute façon, je dois y aller, déclara Grillaud en se levant. J'ai encore du travail à finir avant ce soir. Heureux de vous revoir parmi nous, mon garçon. Reposez-vous encore avant de revenir à la commission et prenez pour cela le temps qu'il vous faut.

Il se pencha sur le lit et tendit la main à son lecteur. Louis s'en empara et leva vers lui un regard interrogateur.

— Reposez-vous bien, surtout, conclut le président en retirant doucement ses doigts.

— Merci, mon capitaine. Merci.

Lorsque Grillaud fut parti, les deux jeunes gens restèrent silencieux quelques minutes. Parler avait fatigué Louis et sa poitrine le tirait désagréablement.

— Nous avons reçu des nouvelles d'anciens lecteurs, dit alors Blanche. L'abbé Jourdin a écrit de nouveau et il se dit très impressionné par ce qui l'entoure. Tenez, lisez vous-même.

Et elle lui tendit une lettre dépliée.

Les hommes sont admirables, s'extasiait l'abbé. *Il faut vivre auprès d'eux pour mesurer leur héroïsme et leur endurance. Quels sacrifices on demande à ces enfants et comme ils les accomplissent simplement !* Louis eut une grimace en reconnaissant cette façon que la soutane avait de parler de *ces enfants*. Il s'arrêta à cette phrase dans laquelle il retrouvait toute sa personnalité. *Il est stupéfiant*, concluait le curé, *que des gens*

---

note

1. furibonde : furieuse.

sans idéal, sans pensée d'au-delà, se sacrifient aussi héroïquement que les plus fermes croyants.

Eh oui, l'abbé... on en découvrait des choses au front !

– On a reçu également des nouvelles de Mercier, ajouta-t-elle, mais elles ne sont pas bonnes. En réalité, je crois qu'il se trouve dans un sale coin et il se plaint beaucoup. À tel point d'ailleurs que Pageot – c'est Pageot qui a ouvert sa lettre – a fait suivre son courrier au grand quartier général et que Mercier a reçu, en retour, des remontrances[1].

– Comment savez-vous cela ?

Elle eut une petite moue coquine.

– Oh ! comme ci comme ça, en écoutant les laïus[2] des uns et des autres. D'ailleurs, j'ai recopié pour vous son courrier et la note transmise par le quartier général... j'ai pensé que ça vous intéresserait.

Elle tendit une feuille de papier sur laquelle, d'une écriture arrondie et enfantine, elle avait reproduit mot pour mot la lettre de Mercier adressée à sa femme. Celle-ci, Louis la lut avec attention.

Le 18 janvier 1918, 3 heures du matin
Madeleine chérie, je suis mort de fatigue et de sommeil. Il y a une demi-heure à peine, je viens d'apprendre la mort d'un pauvre jeune homme de ma compagnie, pulvérisé par un obus dans un coin de boyau où hier soir encore j'étais passé avec lui. Jour et nuit, c'est un déluge de fer et d'acier qui s'abat sur nous. Nous nous terrons (quand nous le pouvons) comme des bêtes traquées et les jours succèdent aux jours, tristement, dans une morne abjection, dans la crasse, les poux et la puanteur. Comment n'ai-je pas été tué cent fois ? Je n'en sais rien. Il n'y a pas d'eau, les ravitaillements en vivres arrivent mal à cause des tirs de barrage[3] à peu près incessants. On ne peut ni se laver, ni changer de linge, ni

---

notes

1. **remontrances :** reproches.
2. **laïus :** propos, discours.

3. **tirs de barrage :** tirs violents et serrés, défensifs lorsqu'ils arrêtent la progression ennemie ou

offensifs lorsqu'ils précèdent l'avancée de l'infanterie alliée.

Chapitre 16

sortir à découvert pour satisfaire le moindre besoin. Voilà dix jours
que mes repas se composent d'une simple boîte de sardines à
l'huile partagée avec un camarade. Je ne peux pas, je ne peux pas
en supporter davantage. Je veux sortir d'ici. Je veux vivre et voir
la lumière du jour.

Lorsque Louis leva les yeux de sa lecture, Blanche lui tendit
une autre feuille sur laquelle, de la même écriture appliquée, elle
avait reproduit textuellement la note suivante : « Une enquête a été
effectuée sur les agissements de l'officier Mercier. Le rapport ainsi
que les lettres ont été envoyés à Monsieur le Ministre de la Guerre.
Des observations ont été faites sur son ordre à l'officier Mercier, en
vue de lui faire entendre qu'on est en droit d'exiger de lui à l'avenir
plus de retenue et une adhésion plus complète aux aspirations
nationales. Et s'il n'y a pas lieu d'exercer une surveillance active sur
la correspondance de ce militaire, la commission s'assurera seulement, par des contrôles espacés, que l'officier Mercier a tenu compte
des observations qui lui ont été faites. »

– Pageot devait jubiler, grommela Louis en imaginant avec tristesse le nom de Mercier allongeant la liste, déjà impressionnante,
du Mata Hari.

– Ça !

Ils se turent, chacun se plongeant dans ses pensées. Louis voyait
Pageot, serré dans son uniforme impeccable, sa Clemenceau en
bouche et, derrière l'embout de la pipe, ce sourire carnassier qui
évoquait pour lui cette phrase dont il ne se rappelait plus l'origine :
« Tous voyaient son sourire là où il fallait regarder ses dents. » Et puis
il pensait à Mercier. Pasd'souci ne s'était jamais montré vache avec
les autres, et Louis l'avait même surpris parfois à laisser filer quelques
lettres pessimistes. « Un homme est un homme, disait-il alors en
coulant un regard méfiant vers Pageot, il a le droit d'avoir un coup
de noir. » Pauvre Mercier, les soucis l'avaient bien rattrapé !
Blanche, elle, pensait à Fernand et se faisait de nouveau cette
remarque qu'il ressemblait à son frère. Tous deux avaient une même
séduction dans les manières et cette facilité identique à la faire rire.
Elle essuya ses yeux humides d'un revers de main. La veille, elle avait

reçu une courte carte de Paul et il avait changé d'une façon qui l'avait effrayée. *Tu sais, sœurette, je suis à moitié fou*, avait-il écrit.

– Tenez, j'allais oublier, se souvint-elle soudain, et elle sortit une lettre de sa poche de manteau. Poussain m'a confié ça pour vous.

Louis prit l'enveloppe et en regarda le cachet. La lettre venait d'Amiens, elle avait été postée l'avant-veille, preuve que le courrier fonctionnait de nouveau normalement. L'engorgement dû aux fêtes était loin désormais. Outre l'indication de provenance, il reconnut également l'écriture de sœur Anne. Il déchira le haut de l'enveloppe et en sortit une lettre écrite sur un papier à en-tête du Foyer du soldat.

Cher blessé,
C'est avec plaisir que j'ai reçu votre lettre et je vous remercie des nouvelles que vous voulez bien me donner de votre santé. Vous me demandez l'adresse de Lucien Ferrand. Je suis bien embêtée pour vous répondre car, aux dernières nouvelles, l'homme avait quitté le foyer d'estropiés où il avait trouvé à s'héberger. J'ai fait le tour de ses anciens camarades toujours présents à l'hôpital mais personne ne sait rien à son sujet. Avez-vous pensé à demander à votre ami Jodet ? Peut-être sait-il quelque chose, lui. Je suis désolée de ne pas pouvoir vous aider davantage. Sachez, cher blessé, que mes prières vous accompagnent chaque jour et que Dieu repose en l'âme de chaque soldat. Si vous passez par Amiens, venez nous rendre une petite visite.

Sœur Anne.

P.-S. : Continuez-vous de masser les moignons de vos pieds comme je vous l'ai montré avant votre départ de l'hôpital ? Faites-le deux fois par jour, il faut que le sang circule !

Louis replia la lettre et la rangea dans son enveloppe. Quelques lignes, quelques phrases, et tout l'espoir qu'il avait placé en Lucien s'effondrait. Comment le retrouver maintenant ? Il ne connaissait personne à Paris. À moins que... Il se retourna vers Blanche et la regarda. À moins que Blanche...

– Oui ? l'interrogea-t-elle alors comme si elle avait deviné ses pensées.

17

Ce dimanche-là, Louis se rendit à la commission. Bien qu'il se sentît encore très faible malgré de nombreux jours de convalescence, il voulait jeter un œil sur le courrier, en toute tranquillité. Personne ne travaillait le dimanche après-midi, excepté Grillaud qui, parfois, profitait de ce temps de solitude pour finir de rédiger une note ou bien pour mettre de l'ordre dans ses papiers. En descendant l'escalier de la maison, Louis avait entendu le président converser, preuve qu'il recevait de la visite, il serait donc seul dans la salle de lecture.

Dehors, il pleuvait encore comme les jours précédents. Cela faisait bientôt deux semaines que la pluie tombait sans discontinuer et, avec la fonte de la neige, elle grossissait dans les rues, créant par endroits de lourdes rigoles nerveuses. Le froid était tombé, le dégel s'était amorcé, et il régnait sur la ville un voile grisâtre et humide de fin d'hiver. Louis resserra le col de sa capote d'une main mal assurée. Une sensation de vertige accompagnait chacun de ses pas et menaçait de lui faire perdre l'équilibre, mais il tint bon durant tout le trajet, s'arrêtant juste quelques instants au bord du canal pour reprendre haleine et suivre des yeux un envol d'oiseaux.

L'escalier lui parut interminable et son silence surprenant, lui qui résonnait généralement des pas incessants des militaires et du claquement des saluts protocolaires. Lorsque Louis poussa la porte de la grande salle, il sursauta en l'entendant grincer. Entre les grandes

fenêtres striées par les traînées de pluie, les tables s'allongeaient, vides
et muettes, et, sur chacune d'elles, des lettres empilées en paquets
attendaient sagement le retour des lecteurs. Une odeur de perlot[1]
froid régnait, ce matin encore il y avait eu du monde à travailler ici
et les cendriers étaient toujours pleins de mégots et de filaments de
tabac noirci. Les plumes étaient posées au pied des encriers,
les feuilles soigneusement alignées. On aurait dit que tout venait
juste de s'arrêter, et c'était étrange de voir cette pièce si calme, elle
d'ordinaire bruissante, pleine de vie et bruyante sous le heurt
des cachets qui tombaient sur les enveloppes, les uns à la suite
des autres puis tous ensemble, pour quelques minutes, à un rythme
soudain harmonisé. Louis avait l'impression que la pièce se retournait tout entière vers lui dans l'attente de quelque chose, mais de
quoi ?

S'affranchissant de la méfiance la plus élémentaire, il avait finalement évoqué la situation de Fernand auprès de Blanche, par allu-
sions tout d'abord, puis, devant l'absence de surprise de la jeune fille,
il lui avait tout raconté : la désertion de son ami ; le manque de
nouvelles à son sujet, en dehors de cette carte postale publicitaire
rassurante, mais sans plus ; ses déductions lui laissant penser que
Fernand se trouvait à Paris et l'impossibilité pour lui de retrouver
Lucien, le seul homme susceptible d'être en contact avec son ami.
Sans discuter, Blanche avait accepté de l'aider en faisant jouer
les quelques relations qu'elle avait dans la capitale ; elle pensait
notamment à une certaine Marie dont le beau-père travaillait à
la préfecture et qui, par amitié pour elle (les deux jeunes filles se
connaissaient depuis l'enfance), accepterait certainement de lui
rendre ce service.

Louis s'assit à son bureau et s'empara de son paquet d'enveloppes qu'il
consulta rapidement du regard. Il cherchait un nouvel envoi de
Fernand, une carte ou une feuille de chou[2] publicitaire signées
du Dr Valda. Il lui restait peu de temps, Grillaud, qui n'avait eu de cesse

notes

1. perlot : tabac (familier).   **2. feuille de chou :** journal (familier).

Chapitre 17

de lui octroyer des délais supplémentaires, donnerait sûrement le nom de Jodet demain. Mais il ne trouva rien, en dehors d'une nouvelle lettre du petit homme, dont il reconnut aussitôt l'écriture ronde et bien formée. Il la sortit de son enveloppe et la déplia devant lui.

Ma Lilie chérie...

Louis leva les yeux. Il trouvait ce prénom joli et même un peu coquin. Lilie, ça sonnait gaiement, comme une petite musique. « Lilie, Lilie », se plut-il à répéter à voix haute, et il eut l'impression d'appeler une amie.

Il reporta son regard sur le courrier.

Ma Lilie chérie,
Je t'écris presque tous les jours et toujours pas de nouvelles de toi. Or, voici la dixième lettre que je t'envoie. Mes lettres sont confisquées. Bande de f... ! Faut-il qu'ils aient aussi peu d'honneur que de courage pour faire cette sale besogne. Un coupe-papier n'a rien de bien héroïque. Ce rôle dégradant sent la Rousse[1] à quinze pas. Si c'étaient d'anciens soldats, des blessés, ils agiraient autrement. Ah ! Je me tais, sinon...

Louis eut un mouvement d'humeur. Cette bande de fumiers, il en faisait partie et, contrairement aux autres, il connaissait les tranchées. Lui était un ancien soldat, et un blessé aussi !

Ici, c'est une boue épouvantable car, depuis trois jours, c'est le dégel. Nous rentrons tard le soir et fatigués de courir dans les boyaux avec de la boue jusqu'aux genoux. Je suis fatigué d'être ici, dans la souffrance et la misère, très fatigué.
Pauvres de nous dont personne n'a pitié.

note

1. la Rousse : la police (familier).

Personne ? De l'eau jusqu'aux genoux et plus haut encore, Louis savait ce que cela signifiait. Il se sentit visé, soudain.

Je suis comme beaucoup, ma Lilie, pardon de te le dire, mais je suis au degré le plus extrême tellement j'en ai par-dessus la tête. Je souhaiterais une jambe en moins car j'aurais fini toute cette torture morale et physique ; tu ne pourrais t'en faire une idée tellement c'est abominable.

À la fenêtre, la pluie redoubla, giflant les vitres avec une violence inaccoutumée.

Je te laisse et t'embrasse. Jo, ton petit homme P.L.V., Pauvre Loque Vivante.

Louis eut un haut-le-cœur. *Pauvre Loque Vivante* ! Quel sinistre abruti il faisait, quel péquenot, quel pedzouille, quel baluchard ! Comment avait-il pu imaginer que P.L.V. voulait dire Pour La Vie ! Fallait-il qu'il ait déjà tout oublié pour ne pas comprendre que P.L.V. signifiait tout autre chose, que le petit homme entendait par là tout le malheur qui lui était infligé ? Comment avait-il pu oublier les P.C.D.F., les Pauvres Couillons Du Front ? Il avait envie de se foutre des claques...

Pauvre Loque Vivante, bien sûr : voilà tout ce que pouvait signifier P.L.V. au front. Lui, le soldat d'infanterie, l'embusqué amputé, il aurait dû le savoir !

Louis s'adossa à sa chaise. Ce Jo dont il connaissait si peu de chose et tant à la fois, ce petit homme dont il saisissait les lettres depuis des semaines, n'était-il pas plus proche de lui que n'importe lequel de ceux qu'il côtoyait chaque jour dans cette pièce ? N'avait-il pas davantage de souvenirs en commun avec un bonhomme tel que Joseph Soubire qui, comme lui, avait vécu l'enfer des tranchées, avait pataugé dans la boue, bu l'eau croupie, enjambé des morts et soutenu l'agonie de ses camarades ? Comme lui. La pauvre loque

Chapitre 17

vivante n'était-elle pas de la même engeance[1] que Fernand et lui ?
N'était-il pas d'ailleurs, lui aussi, Louis Saint-Gervais, une pauvre
loque vivante ?

Il se redressa, mû par une impulsion subite, versa de l'encre dans
l'encrier puis y plongea sa plume. Tirant devant lui une feuille de
papier vierge, il rédigea rageusement ces quelques phrases qu'il
comptait laisser bien en vue sur le bureau de Grillaud avant de
repartir.

Sans prendre le temps de peser les mots employés, il écrivit ceci :

> *Note destinée au président de la commission de contrôle postal.*
> *Concernant la saisie des lettres ou leur mise au rebut, il faut tenir*
> *compte du fait que les hommes craignent moins la mauvaise*
> *nouvelle que le silence. Partout, le courrier est trop attendu de tous*
> *pour que sa suppression ne soit beaucoup plus funeste[2] que*
> *les quelques faiblesses que certaines lettres peuvent contenir. Il*
> *convient donc d'acheminer la plupart des lettres, pour ne pas dire*
> *toutes. Si l'état-major insiste vraiment, on continuera de caviarder*
> *les passages les plus indiscrets, à condition toutefois de ne pas*
> *attenter au sens général de la lettre.*
> Signé : *Louis Saint-Gervais, lecteur au contrôle postal,*
> *cachet 81.*

Et il ajouta : *Caporal du 66ᵉ R.I., 2ᵉ bataillon, 5ᵉ compagnie.*

Il repoussa loin devant lui cette note, puis, ne se sentant pas
soulagé par son acte, il prit une nouvelle feuille blanche et, cette fois,
il resta de longues minutes sans rien écrire, porte-plume en l'air,
réfléchissant. Au bout de quelque temps, il trempa sa plume dans
l'encrier et commença sa lettre.

---

notes

1. engeance : catégorie
de personnes jugées
méprisables.

2. funeste : qui apporte
le malheur ou la mort.

Chère Mademoiselle Lilie,

Vous allez m'en vouloir terriblement mais, jusqu'à présent, j'étais de cette « bande de f... » que votre homme exècre[1]. Sur ordre supérieur, j'ai en effet saisi les courriers qu'il vous avait adressés et, si je me permets aujourd'hui de vous joindre ce mot, c'est pour vous dire que Joseph Soubire n'a jamais manqué de vous écrire et que, désormais, ses prochaines lettres vous parviendront.

N'osant espérer le vôtre, je vous prie de croire, Mademoiselle, à tout mon respect.

L. St.-G., contrôle postal, cachet 81.

Il se relut puis, satisfait, glissa son mot avec la lettre du petit homme. Il referma l'enveloppe à l'aide de la bande translucide adéquate et frappa, recto verso, les deux coups de cachet réglementaires. « À acheminer », dit-il à mi-voix avant de s'emparer de la lettre suivante. Il se sentit heureux subitement, de ce bonheur simple qui, sans qu'on éprouve le besoin de savoir au juste pourquoi, emplissait le cœur de douceur.

Ici, c'est un gouffre d'hommes. Les régiments reviennent décimés, certains même anéantis. Partout on mène une vie fiévreuse. Il faut voir la grande route d'A. sur laquelle des convois de toutes sortes se font queue jour et nuit. Il semblerait que nous roulons, que nous courons vers un enfer où le monde corrompu périra bientôt... Les gens par ici sont tellement las de la guerre qu'ils refusent de nous donner de l'eau. Est-il possible que des hommes puissent assumer la responsabilité d'un massacre aussi épouvantable ?...

Deux coups de cachet. Bom ! Bom ! Acheminée, elle aussi, et la suivante également : *On peut le dire, c'est plus la guerre, c'est un déluge de vies humaines.* Il avait pris la décision avant même d'avoir fini de

---

note

1. exècre : déteste profondément.

Chapitre 17

la lire. *Cette boucherie n'aboutit qu'à l'épuisement du genre humain. C'est vrai que c'est sûrement le but véritable de cette guerre. À acheminer.*

Louis s'arrêta. Il lui semblait sentir la présence de Fernand à ses côtés et il pensa que, s'il avait été là, son ami serait fier de lui. Il se dit soudain que le meilleur endroit où il aurait pu se cacher était ici, à la commission de contrôle postal, précisément ici où personne n'aurait jamais eu l'idée de venir le chercher. Il émit un petit rire en imaginant Fernand planqué derrière des sacs postaux remplis de courriers à lire, au nez et à la barbe de Pageot. C'était fou, bien sûr, et totalement irréalisable, mais tout était tellement fou depuis trois ans et demi ! Le monde ne tournait plus rond, et Louis se sentait soudain autorisé à tout imaginer.

Lorsqu'il ouvrit la lettre suivante, les mots lui sautèrent au visage. *On tue ! On tue !* C'était comme au champ de bataille. « En avant ! En avant ! » Et ils allaient, la peur leur tordant le ventre, le cœur battant les tempes, criant pour ne pas s'entendre mourir. *On tue ! On tue !* Il essuya la sueur qui lui refroidissait le front.

> *Mon vieux,*
> *Voici un nouveau certificat de vie en date du 2 février 18.*
> *Pour le moment, nous sommes muselés – sacrifiés, muselés et bons pour la boucherie. On tue ! On tue ! À qui le tour, brave poilu ?*
> *Et là-bas, loin derrière, les usines fument, les autos de luxe sillonnent les routes, les ventres s'arrondissent. On jouit ! On jouit !*
> *En bas toute la souffrance humaine, en haut tout le cynisme[1].*

Au fond de la pièce, soudain, un bruit retentit. Oh, très léger ! À peine audible, un petit grincement tout juste mais qui se prolongeait. Louis tourna la tête vers l'endroit d'où venait le son. La porte

---

note

1. cynisme : attitude qui se moque de la morale, cruauté froide.

bougeait, poussée doucement par un courant d'air, sûrement. Il se replongea dans la lecture de la lettre.

> *Mais… ceux qui nous gouvernent, spectateurs amusés de la chasse à mort, deviendront un jour, à leur tour, le gibier traqué à qui le peuple miséreux ne fera pas de quartier[1]. Un jour viendra où les gueux[2], éclairés enfin par une juste colère, feront subir à toute cette bande un châtiment qui ne sera jamais assez dur en comparaison de leur crime.*

La porte s'ouvrait lentement, comme mue par la poussée précautionneuse de quelqu'un cherchant à ne pas se faire entendre. Louis redressa la tête et regarda de nouveau. Sans quitter l'endroit des yeux, il plia la lettre et la glissa silencieusement dans son enveloppe. Il manqua écraser dessus le cachet, mais il se reprit à temps. La porte s'ouvrait, plus grande ; cette fois, il en était sûr, quelqu'un se trouvait derrière.

La porte acheva enfin de pivoter sur elle-même.

★

Fernand fit quelques pas dans la pièce, puis il s'arrêta, les bras ballants de chaque côté de sa capote. Les yeux écarquillés dans leurs orbites noires, il regardait Louis sans sembler le voir. Il restait debout, immobile, avec juste une légère agitation qui faisait tressauter sa main droite comme sous l'effet d'un tic.

De surprise, Louis ferma les yeux. Fernand ! Même s'il ne disait rien, même s'il restait à l'entrée de la pièce comme un inconnu dans un lieu étranger, il *sentait* sa présence, si proche qu'il aurait pu tendre le bras et toucher son ami malgré la distance qui les séparait.

– Fernand, murmura-t-il en rouvrant les yeux.

À l'autre bout de la pièce, l'homme était là, le corps tout entier immobile, excepté cette main qui s'agitait de plus en plus et dont

notes

1. ne fera pas de quartier : sera sans pitié.

2. gueux : misérables.

Chapitre 17

le tremblement gagnait maintenant le coude. Louis ne parvenait pas à détacher son regard de ce bras envahi de secousses irrépressibles. Finalement, lorsqu'il releva les yeux vers le visage, il fut saisi par un spasme et éructa[1] violemment : « Fernand ! » en fixant désespérément les joues hâves[2] et les cheveux grisâtres, qui n'étaient pas ceux de son ami.

– Louis, répondit l'homme avec ce ton de voix rieur qui appartenait pourtant à Fernand.

Louis referma les yeux, comprima ses paupières le plus fort qu'il put, dans l'espoir que sa vision allait changer, que ce qu'il avait vu n'était qu'illusion et que, d'ici quelques minutes, tout serait rentré dans l'ordre. Il allait rouvrir les yeux et Fernand serait là, riant, plein de vie. Peut-être même se retrouveraient-ils tous les deux, définitivement en paix ? Il serra ses paupières plus fort encore, sentant le sang monter à ses tempes et battre son cœur. L'homme devant lui ne pouvait pas être son ami, mais il ne pouvait pas non plus ne pas l'être car, sinon, où était Fernand ? Et qui était ce soldat au regard perdu, planté à l'entrée de la pièce, le bras tout entier secoué de convulsions ?

Au moment de rouvrir les yeux, Louis sentit une vague de nausée lui retourner le cœur et il pensa qu'il allait s'évanouir. Il posa sa tête entre ses deux bras sur le bureau, le temps que le vertige disparaisse, retrouvant avec effroi une sensation ancienne. Il était tout jeune, dans les huit ou neuf ans, et sa fièvre le fournissait en personnages étranges, petits et nerveux comme des lutins. Au bout de son lit, il y en avait un particulièrement qui le regardait de ses yeux noirs, puis se mettait à lui parler dans une langue que Louis ne comprenait pas. Le gnome[3] se fâchait alors, parce que le garçon ne lui répondait pas, et il tapait des poings sur la couverture en proférant des mots qui étaient certainement de terribles insultes. Puis, d'un seul coup, il redevenait parfaitement calme et il reprenait son attente, au bout du lit, son petit regard muet posé sur l'enfant.

notes

*1. **éructa :** prononça dans une sorte de hoquet.*

*2. **hâves :** pâles et décharnées.*

*3. **gnome :** nain.*

LA VIE TRANCHÉE

5525   La sensation de vertige avait disparu. En se redressant avec précaution pour ne déclencher ni douleur ni nausée, Louis rouvrit les yeux et il laissa son regard courir sur le dessus des tables jusqu'au fond de la pièce, là où Fernand... là où l'homme... là où la « vision » lui était apparue.

5530   La porte était fermée, comme si personne ne l'avait utilisée. Pas de Fernand. Pas d'autre homme, non plus. Pas de... « vision ». À l'extérieur, le silence était si fort qu'il en paraissait peuplé ; à l'intérieur, le cœur de Louis résonnait dans son être tout entier comme dans une caisse vide.

5535   Il s'était levé trop vite, faisant monter rapidement le sang à sa tête et rendant incertaine la station debout sur ses quilles[1] vacillantes. Louis s'appuya d'une main sur la table et, de l'autre, il prit l'ensemble des courriers. « À acheminer », murmura-t-il en se dirigeant vers le casier des lettres destinées à reprendre leur cours.

5540   C'est alors qu'il le vit. Comment était-il entré et à quel moment ? Il n'aurait su le dire, lui qui avait seulement rêvé le grincement d'une porte.

Assis à sa table, à l'endroit précis où le règlement l'avait posé, Henri Pageot le regardait en silence.

---

note

1. *quilles* : jambes (familier).

Au fil du texte

Questions sur le chapitre 17 (pages 209 à 218)

QUE S'EST-IL PASSÉ ENTRE-TEMPS ?

1. Comment le capitaine Grillaud aide-t-il Louis à rester affecté à la commission ?

2. Pourquoi le capitaine Grillaud assure-t-il la promotion d'Henri Pageot ?

3. Quels sont les personnages présents au moment du départ de Fernand ? Qui Fernand désire-t-il voir ?

4. Quelle nouvelle concernant Fernand le capitaine Grillaud donne-t-il à Louis ?

5. Pourquoi Louis ne va-t-il pas travailler un mercredi matin ?

6. Comment Fernand parvient-il à donner de ses nouvelles à Louis ?

AVEZ-VOUS BIEN LU ?

7. Pourquoi la salle de lecture est-elle déserte dans ce chapitre ?

8. Quel moment de l'action à la fin du passage peut trouver une explication dans la faiblesse de Louis soulignée par l'auteur au début du chapitre ?

9. À qui Louis écrit-il ? Pourquoi ?

Au fil du texte

ÉTUDIER LE VOCABULAIRE ET LA GRAMMAIRE : LA MISE EN PLACE DE LA SCÈNE (L. 5271 À 5288, P. 209)

10. Dans le premier paragraphe, quel verbe est à l'imparfait du subjonctif ? Justifiez l'emploi de ce mode, puis conjuguez ce verbe au passé simple de l'indicatif, au présent et à l'imparfait du subjonctif.

11. Quels sont les temps employés dans le passage délimité ? Justifiez leur emploi.

12. Dans le deuxième paragraphe, relevez les mots ou expressions qui indiquent une durée et précisez leur classe grammaticale.

13. Relevez dans le deuxième paragraphe les mots et expressions de la météorologie qui ont un sens négatif. Quel est l'effet produit ?

14. Relevez deux tournures impersonnelles* et dégagez l'impression créée.

ÉTUDIER L'ÉLÉMENT DE RÉSOLUTION*

15. Quelle révélation déclenche chez Louis une prise de conscience qui va guider ses actes dans la scène ?

16. Dans quelle mesure la lettre de Jo concerne-t-elle directement Louis ?

17. Quelles sont les différentes réactions de Louis à la lecture de la lettre de Jo ?

18. Comment cette scène annonce-t-elle le dénouement ?

* tournure impersonnelle : construction dans laquelle le pronom *il* ne représente rien.

* élément de résolution : événement qui, dans le schéma narratif, dénoue le problème et introduit la situation finale.

Chapitre 17

ÉTUDIER LA LETTRE DE JO (L. 5329 À 5361, PP. 211-212)

19. Quels sentiments Jo exprime-t-il successivement dans sa lettre ? Justifiez votre réponse.

20. Que peut-on en déduire quant aux conditions de vie des soldats au front ?

21. Pourquoi, selon vous, l'auteur a-t-il choisi d'accorder tout au long de son roman une place aux lettres de Jo ?

À VOS PLUMES !

22. Imaginez que Lilie reçoive la lettre de Jo ainsi que celle de Louis. En vous inspirant des procédés utilisés par Bénédicte des Mazery pour insérer, en la fragmentant, une lettre dans un récit, vous raconterez cette scène.

23. En vous appuyant sur la lettre de Jo, imaginez ce qu'il ressent après l'avoir écrite. Vous écrirez un monologue intérieur au passé et à la 3e personne.

CHEMIN DES DAMES. — Le Plateau de Californie.

18

La veille

– Asseyez-vous, mademoiselle Castillard, et veuillez taper ce que je vais vous dicter, s'il vous plaît.

Blanche tira la chaise à elle et s'assit devant sa machine. Elle engagea une feuille vierge et plaça ses mains au-dessus du clavier, ses dix doigts en attente, mal à l'aise face à cet homme engoncé[1] dans son uniforme trop serré.

– Allons-y, annonça Pageot en sortant sa grosse pipe de sa poche.

Il prit le temps de la bourrer de tabac puis de l'allumer avant de commencer. Convoqué au grand quartier général, Grillaud, parti le matin même, avait chargé Henri Pageot de dicter le rapport qu'il avait rédigé.

– Impressions d'ensemble : les éléments de dépression qui avaient pesé lourdement sur les esprits au cours du dernier trimestre de 1917 se sont atténués, l'enthousiasme fait défaut, mais la résolution virile de, ouvrez les guillemets, « *tenir* », fermez les guillemets, s'affirme. Cependant...

---

note

1. engoncé : à l'étroit, mal à l'aise dans un vêtement.

Il s'arrêta quelques instants pour tirer sur sa bouffarde qui peinait à démarrer.

5565 — ... Cependant, il serait imprudent de méconnaître combien fragile est cet édifice fait de bonne volonté, d'amour-propre, de l'autorité des chefs, de la confiance des troupes ; la lassitude de la guerre, l'immensité des désirs de paix exercent leur action dissolvante.

Il eut un petit rire moqueur.

5570 — Ce vieux Grillaud, il se prend pour un écrivain !

Puis, sans relever la grimace désapprobatrice de Blanche, il continua.

— Extrait : « *Ceux qui n'ont pas un instant pris contact avec les lignes horribles auxquelles on a donné le nom de front, ceux qui n'ont pas partagé* 5575 *la vie qu'on y mène ne peuvent pas comprendre par quelles phases successives peut passer la mentalité des hommes qui habitent ces fossés mortels que sont les tranchées. Il y a des phénomènes moraux qu'on ne voit pas, il y a des souffrances qu'on ne devine pas quand on ne les a pas vues. Ceux qui ont été tenus éloignés du théâtre sanglant s'étonnent parfois de nous trouver* 5580 *changés, de nous voir revenir tristes et désabusés*[1]*, quand pour la plupart nous étions partis pleins du plus noble enthousiasme. Pour moi, je suis tombé dans un état moral qui ressemble à de la torpeur. Je sens peu à peu mon cerveau s'engourdir, j'oublie des choses très sérieuses avec une incroyable indifférence et une grande inactivité des facultés mentales.* » Fermez les guillemets.

5585 Il rit de nouveau.

— Du moment, commenta-t-il, qu'il n'oublie pas le fonctionne-ment de sa baïonnette, celui-là, c'est tout ce qu'on exige de lui comme faculté mentale !

À force de frapper les touches, Blanche avait les doigts gourds. 5590 Maintenant, elle tapait presque à la même vitesse que celle employée par Pageot pour la dictée, et ce dernier n'avait pas besoin d'en répéter les mots. Les mains de la jeune fille volaient au-dessus du clavier, fermes et sûres d'elles, les doigts posés à chaque fois sur

---

note

1. **désabusés :** sans illusions.

Chapitre 18

la bonne lettre. Elle tâchait de ne pas écouter les réflexions de Pageot, se concentrant sur sa cadence, résolue à en finir au plus vite.

– Les grèves actuelles dans les usines sont commentées défavorablement. Extrait : « *Cette bande d'embusqués fait la grève, ils demandent de l'augmentation et non la fin de la guerre... pendant que l'on se fait crever la peau pour eux, nous les P.C.D.F. Il y a de la place dans les tranchées où ils pourraient faire la comparaison.* » Fermez les guillemets. La plupart des hommes approuvent les récupérations effectuées par Clemenceau dans les usines. Extrait : « *Nous avons déjà vu arriver quelques débusqués des usines. Tordant ! Ils ont tous quelque chose : des palpitations ou autre maladie très grave ; peut-être bien la frousse... Ce n'est rien d'ailleurs : ils s'y mettront comme les autres.* » Fermez les guillemets.

Pageot s'arrêta soudain de dicter. Il tira quelques bouffées de sa pipe et regarda le nuage s'étaler devant lui, puis il approcha une chaise pour s'asseoir en face de Blanche. La jeune fille avait posé les mains sur ses genoux et elle attendait, sentant s'installer de nouveau son malaise. Ouvrant le tiroir du bureau, l'homme en sortit un paquet de cigarettes qu'il lui tendit d'un geste raide.

– Tenez, dit-il avec rudesse.

Blanche avança la main et prit une cigarette, qu'elle garda quelques secondes entre son index et son majeur avant de la porter à ses lèvres. Pageot lui tendit l'allumette qu'il venait de craquer et, lorsqu'elle se pencha au-dessus, il détourna rapidement le regard de son décolleté. Quelques minutes passèrent ainsi, en silence. Chacun fumait dans son coin, leurs regards se croisant de temps à autre par inadvertance[1] et s'évaluant alors avec méfiance. Puis Pageot, à brûle-pourpoint[2], dit de cette voix métallique qu'il avait parfois :

– Que savez-vous sur Fernand ?

La jeune fille baissa les yeux, en proie à une peur terrible, soudain.

– Allez ! la pressa-t-il avec vigueur. Dites-moi ce que vous savez.

---

notes

1. par inadvertance : involontairement.
2. à brûle-pourpoint : brusquement.

LA VIE TRANCHÉE

Pour gagner du temps, elle tirait coup sur coup sur sa cigarette.

5625 — Mais... (elle garda les yeux baissés) rien. Je ne sais rien. Pourquoi pensez-vous que je sais quelque chose ?

— Déserteur, ça ne te dit rien ? rétorqua Pageot d'une voix sourde.

La panique commençait à la gagner. Où était Louis ? Et pourquoi Grillaud était-il parti ? Qu'est-ce que Pageot, de plus en plus rustre[1] 5630 depuis qu'il était officier, avait à voir là-dedans ? Devait-elle vraiment obéissance à ce sale type ? Et de quel droit l'avait-il tutoyée ainsi, lui parlant comme à une vulgaire... poule[2] ?

Il avança le torse au-dessus du bureau, obligeant Blanche à reculer le sien.

5635 — C'est ta faute, tout ça.

Par-dessous ses paupières mi-closes, elle lui renvoya un regard noir.

— Oh ! arrête, tu me fais peur ! minauda-t-il en singeant les manières d'une donzelle[3]. Ta faute, oui, dit-il, de nouveau 5640 sérieux. C'est toi qui as remis le papier dans la poubelle. La liste, tu vois ce que je veux dire ? la petite liste de Saint-Gervais remplie de sa belle écriture.

Elle comprit alors. Ce papier que Louis avait rédigé et qu'il avait jeté pour ne pas lui en faire part, elle l'avait récupéré ensuite dans 5645 la poubelle pour le lire, discrètement. Elle l'avait pris, elle l'avait lu, puis... puis elle l'avait jeté à son tour, dans la même poubelle, au même endroit, au pied du bureau de Louis, à quelques mètres de celui de Pageot. Une envie de hurler l'envahit, suivie aussitôt par une envie de pleurer. Quelle idiote ! Quelle sombre idiote !

5650 Pageot recula complètement son torse, s'adossa à sa chaise et lança ses pieds sur le bureau. Ainsi installé, il ressemblait à un mercanti[4] sûr de lui et de sa marchandise hors de prix.

notes

1. **rustre :** grossier.
2. **poule :** fille facile.
3. **donzelle :** demoiselle (familier).

4. **mercanti :** nom donné par les poilus aux commerçants établis près du front dont les produits sont exagérément chers.

Chapitre 18

– Je ne comprends pas pourquoi tu le protèges, ce Jodet. Il ne t'a même pas embrassée, dit-il d'une voix mielleuse.

Elle ferma les poings, sans répondre.

– Il s'en foutait pas mal de toi, tiens ! « C'est pas mon genre », qu'il disait à Saint-Gervais. Ah, non ! Son genre à lui, c'était la Mathilde, la couche-toi-là du coin.

Blanche attrapa le paquet sur la table et en tira une cigarette qu'elle alluma elle-même, sans rien demander. Elle aspira avec frénésie, avide de sentir le tabac lui râper la gorge et racler ses poumons.

Pageot lui jeta un regard méprisant.

– Tu ne sais même pas fumer ! Qu'est-ce que c'est que cette façon de pomper sur sa cigarette !

Il ôta ses pieds du bureau et s'avança vers la jeune fille.

– Écoute-moi bien. Il est en mon pouvoir de faire beaucoup de choses pour toi. Si tu es complice d'un déserteur, je peux, par exemple, te faire envoyer en prison et peut-être même jusqu'au poteau d'exécution. Les temps ne sont pas sûrs, tu sais.

Elle tressaillit, incapable de contenir la peur qui grandissait en elle.

– Mais je peux aussi, mademoiselle Castillard, faire beaucoup pour vous... en bien, cette fois.

Il avait repris le vouvoiement, et son ton, mesuré, était celui du gradé dans l'exercice tranquille de sa fonction.

– Je peux, par exemple, maintenir votre poste dans la commission et, sans doute, l'améliorer. N'aimeriez-vous pas devenir la secrétaire particulière d'un président ?

Blanche conservait obstinément les yeux baissés, soucieuse de ne rien laisser paraître de la peur mêlée de dégoût qui lui serrait la poitrine.

– Je peux aussi, et vous serez sans doute plus intéressée par cet aspect des choses, je peux aussi faire en sorte que votre frère Paul quitte le front.

La jeune fille leva avec vivacité son regard sur Pageot.

– Je crois savoir que votre frère souffre dans l'artillerie, ajouta ce dernier avec un sourire qui lui souleva un coin de lèvre. Que disait-il déjà dans sa dernière lettre ? fit-il en faisant mine de fouiller sa mémoire... Ah ! oui, c'est cela : « *Je suis à moitié fou.* »

Cette fois, Blanche ne put se contenir. Mais alors qu'elle se croyait possédée par la colère, ce fut un sanglot qui monta dans sa gorge, si violent qu'elle n'eut pas le temps de le retenir, et les larmes jaillirent, irrépressibles, abondantes.

– Qui protégez-vous, Blanche ? votre frère dont le corps sert de bouclier pour vous défendre, vous et la France, contre les barbares ? ou Louis Saint-Gervais qui abrite le déserteur condamnant votre frère à mourir à sa place ?

La jeune fille pleurait, incapable de se rebeller contre cet homme qui la malmenait, ayant devant ses yeux emplis de larmes le visage, déjà lointain et presque oublié, de son frère à son départ.

– Qui compte le plus pour vous, Blanche ? Paul auprès de qui vous avez vécu les meilleures années de votre jeune vie et qui n'attend que de reprendre sa place de frère à vos côtés ? Ou bien ce Fernand Jodet qui n'a d'yeux que pour une fille sans vertu et ne vous a même jamais regardée ?

Il se tut.

Blanche pleura longuement et ses sanglots résonnèrent longtemps dans la pièce. Puis, lorsqu'elle eut épuisé tout son stock de larmes, d'une voix sourde et le regard baissé sur ses genoux, elle se mit à parler. Elle raconta dans le désordre ce qu'elle savait, que le président Grillaud avait laissé à Louis une semaine puis deux pour entrer en contact avec Fernand, mais que celui-ci n'avait donné aucune nouvelle, et que Louis guettait en vain un signe sous la forme d'une carte postale publicitaire, des pastilles, semblait-il. Personne n'avait rien reçu, ni elle, ni Mathilde. Louis pensait que Fernand était caché par un ancien blessé de l'hôpital où ils avaient séjourné ensemble l'été précédent. Lucien, il s'appelait Lucien Ferrand. À Paris, oui. Il avait fait partie, un temps, d'une association pour les amputés ou les mutilés, enfin pour ceux qui avaient perdu des morceaux d'eux-mêmes.

– Ferrand, Ferrand, répéta Pageot les yeux mi-clos. C'est un nom que je connais.

Il sortit son carnet de sa poche et se mit à le feuilleter, humectant son doigt pour en tourner les pages.

Chapitre 18

– Ça y est, triompha-t-il soudain, je l'ai ! Ah ! la belle engeance que voilà ! Lucien Ferrand, classe 14, ouvrier imprimeur à Paris, socialiste, inscrit sur le carnet B depuis 1910. La mauvaise herbe commence jeune, toujours.

Il referma son carnet d'un mouvement sec de la main.

– Voyez, mademoiselle Castillard, le genre d'homme que vous protégez ! Un agitateur politique !

Elle renifla à plusieurs reprises, puis elle se calma peu à peu et, sur l'insistance de Pageot, elle finit par jurer de ne rien dire à personne avant qu'il n'ait pris « les mesures nécessaires », comme il disait.

Il lui tendit le paquet de cigarettes, qu'elle refusa d'un signe de tête.

– Bien, mademoiselle, conclut-il en bourrant une nouvelle pipe. Comme vous voulez.

Durant quelques minutes, ils firent silence. Blanche gardait le regard fixé sur ses mains figées sur ses genoux. Pageot approcha la flamme du culot[1] et tira doucement sur l'embout de sa pipe. Une odeur chaude de tabac enveloppa la pièce. Puis il ôta la bouffarde de sa bouche et, d'une voix naturelle, il dit :

– Nous n'avons pas fini de taper le rapport. Reprenons, mademoiselle Castillard, voulez-vous ?

Elle plaça ses mains au-dessus du clavier, les doigts courbés sur les touches, attendant. Que pouvait-elle faire d'autre, maintenant que tout était dit ?

Il reprit la dictée, d'une voix ferme.

– Bien que les soldats expriment leur confiance dans le nouveau masque en museau de porc qui vient d'être distribué, les bombardements actuels affaiblissent, on ne peut le nier, la belle assurance des hommes. Ils sont déprimés par les rudes journées vécues et, plus que jamais, la question des gaz est à l'ord...

---

note

1. culot : résidu de tabac au fond du fourneau de la pipe.

★

Au même moment, dans un couloir du grand quartier général, au château de Compiègne.

Joseph Grillaud patientait, assis sur une chaise bancale. Le coup de téléphone l'avait surpris aux premières heures de l'aube, et il n'avait eu que le temps de sauter dans son uniforme et d'attraper le prochain train pour Paris. Au bout de plusieurs heures de voyage, il était arrivé au grand quartier général et il attendait d'être reçu, d'après ce qu'il avait compris, par le lieutenant-colonel Zopff lui-même. Il ignorait ce qu'on lui voulait mais l'affaire semblait grave. Un président de commission de contrôle postal se trouvait rarement convié par le chef du Bureau des renseignements sans raison valable.

Il tirait sur sa moustache en observant le va-et-vient des hommes dans le couloir. Tous sanglés dans leur uniforme impeccable, un peu juste pour certains (on le voyait à la façon dont les boutons tiraient sur les boutonnières en les écartant), ils passaient en tapant de la botte, cirée à en reluire. Tête nue pour la plupart, le cheveu court et la moustache soignée, ils lui jetaient un regard indifférent, parfois vaguement interrogatif. Quelques-uns arboraient à mi-bras un bandeau noir, signant le deuil d'un proche, mais tous affichaient des figures d'enterrement, de celles que portent les hommes à la tête de missions définitives.

Grillaud consulta sa montre. Voilà plus de trois quarts d'heure qu'il attendait ainsi, planté sur une chaise grinçant au moindre de ses mouvements, et il commençait à en avoir assez. S'il voulait repartir le soir même, il avait intérêt à être reçu très vite. Car le président n'avait aucune intention de s'éterniser dans la région. Paris ne l'attirait nullement, pas davantage que Compiègne où le grand quartier général s'était installé depuis un an.

Soudain, alors qu'il se tortillait sur sa chaise et envisageait de s'allumer une pipe, Grillaud vit Zopff sortir de la pièce devant laquelle il se tenait. De taille moyenne, la moustache rieuse malgré un air strict, il lui fit signe de la main.

– Entrez ! commanda-t-il.

Chapitre 18

Le président se leva et entra aussitôt. Face à lui, se tenaient assis cinq hommes en uniforme qui ne daignèrent pas même le saluer d'un signe de tête. Il rejoignit la chaise placée à son intention devant le petit groupe, comme face à un tribunal, et s'assit.

Lorsqu'il ressortit, une demi-heure plus tard, Joseph Grillaud n'était plus président d'une commission de contrôle postal. Il n'était même plus membre de la commission en question. Rétrogradé[1]. Voilà ce qu'il était. De capitaine, il se retrouvait troupier, un vulgaire homme de troupe qui attendait désormais son affectation à un quelconque régiment d'infanterie. Parce que Grillaud comptait encore quelques amis bien placés, le déshonneur d'un procès pour « complicité avec déserteur » lui avait été épargné, en échange de son départ immédiat pour les premières lignes.

Lorsque Grillaud descendit l'escalier de marbre, il avait une seule pensée et elle était pour Louis Saint-Gervais, ce jeune garçon qu'il aurait aimé avoir pour fils et que, sans doute, il ne reverrait jamais.

note

1. Rétrogradé : ramené à un rang inférieur.

Georges Clemenceau rendant visite aux soldats dans les tranchées.

19

Louis posa son paquet de lettres dans le casier du courrier à acheminer. Tandis que Pageot suivait ses gestes du regard, il songea que, depuis quelques jours, il avait fait partir toutes les lettres normalement destinées à être retenues. Sur chacune d'elles, quel qu'en soit le contenu, il avait apposé le double cachet, sésame[1] leur garantissant la continuité du voyage.

Il se retourna et, d'un pas toujours mal assuré, s'approcha d'une nouvelle pile de lettres. Il en saisit une bonne partie entre ses mains, revint s'asseoir à sa table et ouvrit la première enveloppe, sans rien dire, agissant comme s'il se trouvait seul.

Pageot le surveillait du coin de l'œil, attentif et patient comme un oiseau de proie.

Louis déplia la courte lettre, froissée, qu'il lissa de la main.

Mon Aimée,

Sa main s'attarda sur les mots, suivit la courbe des lettres. *Mon Aimée*, traça-t-il avec ses doigts par-dessus l'écriture au crayon de

note

1. sésame : moyen magique pour ouvrir une porte.

bois. Il se rappelait les phrases qu'il formait, lui aussi, maladroit, accroupi, la feuille posée sur ses genoux, le corps penché pour protéger le précieux courrier des premières gouttes de la pluie.

Pageot toussa et le bruit sec déchira soudain le silence, crispant les doigts de Louis sur la lettre. Pageot toussa de nouveau, puis une autre fois encore, mais Louis ne sursauta plus. Il gardait les yeux baissés et les mains apposées sur la lettre, sans la lire. Dans son angle de vue, Pageot bougeait, sans doute se levait-il, mais il ne voulait pas lui donner l'impression qu'il s'intéressait à lui. Il fit un effort pour se concentrer sur les phrases, devant lui.

Mon Aimée,

Mais il avait beau faire, Louis n'arrivait pas à dépasser ces deux mots. Le reste se brouillait et formait une sorte de galimatias indéchiffrable à ses yeux, et pourtant cette lettre devait être très simple, il ne pouvait en être autrement. Depuis le temps qu'il ouvrait le courrier, il avait lu plus de trente-sept mille lettres (il avait fait le compte récemment, lorsque Fernand lui avait posé la question) et jamais il n'était tombé sur une seule qui soit incompréhensible.

Cette fois, Pageot s'était suffisamment approché pour se trouver dans son champ de vision. Louis caressa la lettre une dernière fois, puis il la replia et entreprit de la replacer à l'intérieur de son enveloppe.

– Eh bien, Saint-Gervais, dit alors Pageot d'une voix doucereuse[1]. On ne salue pas ses supérieurs ?

Il avait fait le tour du bureau et il se tenait maintenant de l'autre côté, debout en face de son lecteur. De mauvaise grâce, Louis posa le courrier, se leva à moitié et porta une main vaguement réglementaire à sa tempe droite.

– Repos, dit Pageot, sans relever l'approximation du geste.

note

1. doucereuse : d'une
douceur exagérée et
suspecte.

Chapitre 19

Louis se rassit tandis que l'officier s'emparait de la feuille placée sur un coin de la table.

– Tiens, tiens, tiens, dit-il d'un ton amusé. Mais que lit-on ici ? Diable ! Une note destinée au président de la commission et signée... (son regard descendit jusqu'en bas de la lettre) du caporal Louis Saint-Gervais ! Tiens donc !

Il approcha la feuille de son visage et se mit à la lire, à mi-voix. Une fois arrivé au bout, il répéta d'un ton sarcastique[1], en détachant chaque mot :

– « Si l'état-major insiste vraiment, on continuera de caviarder les passages les plus indiscrets. »

Puis, lentement, il releva la tête et fixa sur Louis un regard sévère.

– Eh bien, caporal, je ne suis pas l'état-major mais, en ma qualité d'officier responsable d'un certain nombre de lecteurs, dont toi, « j'insiste vraiment ».

Gardant la note dans une main, il tendit l'autre au-dessus du bureau.

– Donne-moi cette lettre, veux-tu ?

Il désignait le courrier que Louis venait de replacer dans son enveloppe, la lettre à l'Aimée qu'il n'avait pas réussi à lire.

– Non, répondit Louis en le fixant à son tour.

Pageot eut un moment de flottement, cela se sentit à son regard subitement agité. Le refus d'obéissance à un supérieur lui paraissait inconcevable, il devait avoir mal compris : voilà ce qui se lisait dans ses yeux. Il réitéra sa question, d'une voix moins sûre pourtant, sembla-t-il à Louis.

– Non, répondit de nouveau ce dernier en posant une main sur le courrier exigé.

Pageot pâlit et ses joues se creusèrent. Il prit une inspiration sifflante puis, d'une voix hachée par la colère, il menaça :

– Si tu ne me donnes pas ce courrier...

Il avança sa main, dans un suprême et inutile espoir. Louis prit alors son cachet et frappa consciencieusement chaque côté de

---

note

1. sarcastique : moqueur.

LA VIE TRANCHÉE

l'enveloppe. Bom pour le recto ! Bom pour le verso ! Dans le silence de la pièce, le bruit semblait décuplé[1]. De blanc, Pageot devint rouge et, cette fois, il plaqua sa main sur l'enveloppe.

5885 — Je le prends moi-même, annonça-t-il, brandissant la lettre au-dessus de sa tête.

Louis ne se démonta pas. Il prit une nouvelle lettre, la décacheta, la sortit de son enveloppe et, la tenant devant son visage, il commença à lire à haute voix :

5890 *Mon frangin bath, Je suis complètement dégoûté de voir ce qui se passe. Ici, c'est massacre sur massacre et comme avance...*

— Tais-toi ! hurla Pageot en cherchant à arracher la lettre des mains de Louis. Tais-toi, sale espion !

— Quoi ?

5895 Louis n'en revenait pas. Un espion ! Lui ? C'était la meilleure. De surprise, il baissa le bras et Pageot en profita pour s'emparer de la lettre.

— Tu m'as traité d'espion, c'est cela ?

L'officier se mit à éructer :

5900 — Protéger un déserteur, t'appelles ça comment ? Et acheminer des lettres pessimistes, défaitistes, subversives, antinationales ou que sais-je encore... t'appelles ça comment ?

Il parlait à toute allure, sans reprendre son souffle, et sa voix se faisait de plus en plus éraillée :

5905 — Débaucher une gamine pour retrouver celui qui cache Jodet, c'est quoi d'après toi ? Du patriotisme peut-être ? Espion, tu n'es qu'un sale espion !

Alors, sans réfléchir, Louis se leva. Lui qui ne s'était jamais bagarré avec personne, lui dont Fernand moquait l'aspect conciliant, il se

5910 jeta soudain furieusement sur Pageot. Toute faiblesse l'avait quitté à cet instant et il assena de rudes coups de poing en pleine gueule de l'officier qui se mit à crier comme un putois, si fort que la porte

---

note

1. décuplé : amplifié ; littéralement, « multiplié par dix ».

Chapitre 19

s'ouvrit sous la poussée de quelques hommes de passage dans le couloir, alertés par le tapage.

Ils se mirent à trois pour les séparer et durent maintenir Louis encore fermement, tandis que Pageot hurlait et tenait son nez en sang entre ses deux mains, répétant à qui voulait l'entendre que son lecteur avait voulu le tuer.

Trois mois plus tard,
fin mai 1918

Les sabots claquaient sur les pavés disjoints et la carriole grinçait, suivant les irrégularités de la chaussée. Il était tôt, six heures du matin, et la lumière faible pénétrait tout juste dans la minuscule cellule. Quelques oiseaux, que Louis ne voyait pas, criaillaient énergiquement, comme s'ils se disputaient, puis leurs cris disparurent au loin et, de nouveau, il n'entendit que le martèlement des pas du cheval, de plus en plus faible à mesure qu'il s'en allait.

Louis se reposait. Son procès avait été simple et le jugement sans faille. « Au nom du peuple français », le conseil de guerre devant lequel il était passé l'avait déclaré coupable. Complicité à déserteur, manquements graves à sa fonction de lecteur, incitation à l'insubordination et antipatriotisme avéré[1], le caporal Louis Saint-Gervais, déchu de son pourtant tout petit titre militaire, avait été condamné à cinq ans de travaux forcés, et son départ pour un bagne d'Afrique du Nord fixé au matin du 27 mai 1918.

note

1. avéré : prouvé.

Chapitre 19

Les semaines étaient passées et, avec elles, une épuisante alternance d'angoisse, de refus et de résignation. La date fatidique approchait désormais à grands pas et il ne restait plus à Louis que quelques jours en France mais, curieusement, il se sentait moins oppressé qu'avant, comme s'il avait finalement accepté son sort et que ses dernières heures n'avaient plus rien d'inquiétant.

Louis se reposait dans sa cellule, écoutant les bruits de la vie libre, pensant à sa sœur qu'il ne verrait pas grandir et à ses parents que sa situation plongeait dans le déshonneur. Sa mère n'avait pas cessé de lui écrire et ses lettres, longues et tristes, lui parvenaient frappées du double sceau du contrôle exercé sur sa correspondance. Elle lui donnait les dernières nouvelles de Jeanne mais ne parlait plus jamais du père. Louis avait compris que le Taiseux ne lui pardonnait pas l'infamie dont, par ses actes, il avait couvert la famille entière.

De temps à autre, on lui donnait quelques informations sur les uns et les autres, mais il ne recevait la visite de personne ; l'état-major, craignant peut-être que son mauvais esprit ne déteigne sur celui qui passerait le voir, avait interdit les contacts extérieurs. Lorsque sa solitude se faisait trop pesante, Louis écrivait. Il avait ainsi envoyé plusieurs lettres à Joseph Grillaud, à Blanche et même à Mathilde, sans obtenir aucune réponse. Son courrier devait être saisi, bien sûr, et seules les missives insignifiantes échangées avec sa mère semblaient autorisées. Les quelques nouvelles qu'il parvenait à avoir lui étaient données par ses deux gardiens, et notamment le plus jeune que le soldat Jean Poussain tenait régulièrement au courant (« le fou est encore passé ce matin », disait-il en se moquant). Et c'est ainsi qu'il avait appris la mort de l'abbé Jourdin, victime de l'explosion d'un obus tombé à quelques mètres où, paraît-il, il s'apprêtait à prononcer pour les soldats fauchés du jour le *De profundis*[1] des défunts. « Paix à son âme », murmura alors Louis, traversé pour la première fois par une pensée compatissante à l'égard de l'homme

---

note

1. De profundis : prière que l'on prononce pour les défunts.

d'Église. La paix... qu'on ne trouvait que dans la mort, voilà ce qu'il se disait désormais.

Au-delà des barreaux, la vie se remettait à bruisser comme chaque matin. Parce que la fenêtre avait été placée très haut, Louis ne pouvait pas regarder à l'extérieur, mais son oreille s'était si bien faite aux sons du dehors qu'il lui semblait voir ce qui s'y déroulait, aussi nettement que si la scène se jouait devant ses yeux. De nouveau, la carriole passa mais, très vite, il s'aperçut qu'il s'agissait en fait d'une autre voiture, car celle-ci était tirée par deux chevaux, comme l'indiquait le claquement des huit sabots, et non par un seul comme la précédente. Puis le bruit se fit plus sourd, avant de mourir au loin.

Voilà un mois, Louis avait appris la destitution de Grillaud et son envoi au front, à la territoriale. Cette nouvelle l'avait profondément peiné. Il se sentait responsable de ce qui était arrivé au président et il devait faire un effort terrible pour ne pas penser à sa mort possible, dont il aurait été le comptable[1]. En même temps, il n'était pas coupable de ce que les hommes bons et justes soient mis de côté si aisément. Car... pourquoi les officiers qui lui semblaient, à lui, simple lecteur, les mieux disposés à commander les hommes, c'est-à-dire des officiers capables de prendre quelque liberté avec la règle, des gens comme Grillaud ou Mercier ayant, à leur petite mesure, fait simplement preuve d'humanité et de compréhension, pourquoi ces officiers-là, justement, se trouvaient-ils réprimandés et écartés ?

Il n'avait pas de réponse à cette question. Ou alors si, une seule, la seule qui lui paraissait valable : Pageot se prévalait désormais du titre de président du contrôle postal.

Louis sortit de sa poche la boîte de Valda reçue la veille dans un colis de sa mère. Il l'ouvrit et attrapa entre le pouce et l'index une pastille verte. Comme chaque fois, il eut une pensée particulière pour son ami. Il ignorait toujours où se trouvait Fernand, mais il était sûr d'une chose : celui-ci n'ayant jamais compté que sur lui pour l'approvisionner, il manquait certainement de Valda. En

note

1. comptable : responsable.

Chapitre 19

plaçant la pastille sur sa langue, il regarda sa montre : sept heures et dix minutes, indiquait celle-ci.

Voilà quelques jours, le plus jeune des deux gardiens lui avait avoué que, au début de son incarcération, une jeune fille s'était présentée chaque semaine, demandant à voir Louis « cinq minutes, pas plus ». De taille moyenne, les cheveux châtains, les yeux noisette, avec un air buté comme si elle faisait la tête, la décrivit-il, désignant ainsi clairement Blanche. Mais les gardiens avaient des consignes précises et l'une d'elles excluait toute visite féminine. Ça n'empêchait pas la jeune demoiselle de revenir et de s'entendre opposer toujours le même refus, jusqu'au moment où elle leur dit : « Cette fois, vous ne me reverrez plus mais, s'il vous plaît, demandez-lui qu'il me pardonne. » Le jeune soldat avait longtemps gardé cette phrase pour lui mais, à présent, alors qu'il ne restait au prisonnier que quelques jours ici, il lui avait semblé nécessaire de la lui rapporter.

Louis remercia le gardien, puis il s'enferma dans son silence. Pardonner à Blanche ? Il ne savait qu'en penser. Lui en voulait-il seulement ? En réalité, il ignorait l'étendue de son ressentiment[1] à son égard, si ressentiment il éprouvait. Il n'en était pas sûr car, au fond de lui, il savait que les paroles prononcées n'avaient fait qu'accélérer les événements. Tôt ou tard, quelqu'un à la commission se serait aperçu de son manège. Que Blanche ait parlé n'avait servi qu'à avancer le calendrier de son arrestation. Non. Chaque fois qu'il pensait à la jeune fille, ce n'était pas de cette façon-là...

[Louis laisse divaguer ses pensées jusqu'à ce qu'il entende des pas s'approcher de son cachot.]

La cellule de Louis s'ouvrit et le plus jeune des gardiens s'effaça pour laisser entrer Henri Pageot.

C'était la première visite que Louis recevait depuis de longues semaines et il en éprouva d'abord un curieux plaisir. Bien que l'officier fût le dernier homme au monde qu'il avait envie de voir,

note

1. ressentiment : rancune.

la rupture momentanée de sa solitude et le sentiment de familiarité que lui procura sa vue le soulagèrent, pour quelques instants, du poids qu'il portait en lui depuis sa condamnation. Avec Pageot, c'était un peu de la commission qui entrait dans la cellule. L'homme tenait dans sa main droite une enveloppe ouverte et, dans la gauche, sa fameuse pipe Clemenceau, encore tiède à en juger d'après l'odeur qu'elle dégageait. Mais lorsqu'il lui adressa son petit sourire narquois, toute bienveillance quitta soudain Louis.

L'officier s'assit sur la chaise que le gardien, avant de partir, avait placée dans un coin, près de la porte, puis il tendit la main en direction du prisonnier.

– C'est pour toi, dit-il d'une voix sourde.

Louis s'approcha et prit l'enveloppe, réprimant un sursaut à la vue de cette écriture qu'il reconnut aussitôt. Il recula jusqu'au lit, s'y assit et sortit la lettre qu'il déplia sans pouvoir empêcher ses mains de trembler.

Mon vieux,

Il eut un sourire triste. Rien qu'à le lire, il entendait la voix de son ami et ce ton, un brin désolé, qu'il prenait pour prononcer ces deux mots, « mon vieux ».

Je sais que tu garderas ma lettre, qu'à toi je peux faire confiance. N'es-tu pas mon seul ami ? Voilà (enfin !) de mes nouvelles en direct. Si je ne t'ai pas écrit plus tôt, c'est que je ne pensais pas cela possible... eh oui, mon vieux, être mon ami n'est pas de tout repos et je pense que tu as dû en entendre parler. J'espère tout de même que tu as reçu les nouvelles du Dr Valda et que tu ne t'inquiétais pas trop à mon sujet. Vois-tu, Louis, je savais qu'en retournant là où j'allais, je n'en reviendrais pas. Ma mort était programmée, je le sentais, j'allais être tué. L'obus avec mon nom dessus était prêt, cette fois. Je sais que tu ne seras pas d'accord avec moi mais, je t'en prie, essaie de me comprendre. Je ne pouvais pas y retourner : je n'y ARRIVAIS pas.

Chapitre 19

Louis leva les yeux un instant et porta son regard sur le mur suintant de sa cellule. Il pensa que si Fernand le voyait là, il serait bien triste.

J'ai attendu que les semaines passent. Je me suis dit que tout allait rentrer dans l'ordre et que ce ne serait plus grave pour toi d'être mon ami. Je ne crois pas m'être trompé. Ton président n'avait pas l'air d'un mauvais bougre, je ne pense pas qu'il se sera acharné sur toi. Espérons... Comme tu l'as sans doute deviné, je suis à Paris et grâce aux bons soins de L., j'y suis en sécurité. À ta prochaine permission, passe dans le coin et il fera en sorte que l'on puisse se voir. D'ici là, mon vieux, reste bien au chaud où tu es, loin de cette abominable boucherie. Reste tranquille aussi pour moi car je n'ai que toi à qui me confier, mon seul ami. Lorsque tout cela sera fini, car ça va bien finir un jour, on se retrouvera ensemble. Comme au début. Cette foutue guerre, on l'a commencée à deux, eh bien, on la finira à deux, je te le jure. Et il ne se passe pas un jour sans que je pense au moment où nous nous retrouverons... en paix (mais pourra-t-on jamais se sentir « en paix » après ce que nous avons vu et vécu ?). Dans les coups de noir, c'est la seule pensée qui me réconforte.
Je t'embrasse. À te revoir à la fin de ce terrible massacre.
Ton ami Fernand Jodet.
P.-S. : Dépêche-toi pour ta perme, je n'ai plus de Valda sur moi.

Louis garda les yeux sur la lettre, laissant les mots de Fernand résonner comme s'il avait eu son ami en face de lui. Puis il appuya sa langue contre son palais et sentit fondre l'ultime petit bout de pastille. Louis jeta un œil sur sa montre : sept heures trente, et il s'aperçut alors qu'il venait de battre le record de Fernand. Cette constatation lui arracha un sourire.

– Cela t'amuse ? grinça Pageot en se levant.

Il s'approcha de Louis et lui reprit doucement la lettre des mains.

– C'est très amusant en effet de savoir que, grâce à toi, le destinataire de cette lettre, Fernand Jodet, a été arrêté il y a quelques semaines. Arrêté et condamné comme toi. Peut-être que vous allez

LA VIE TRANCHÉE

être envoyés dans le même bagne. Eh oui... en voulant préserver tous les autres, tu as sacrifié ton seul ami.

Il lui tourna le dos et tapa à la porte de la cellule pour se faire ouvrir.

— Je te plains, Louis Saint-Gervais, dit-il en sortant. Je te plains.

★

Cher Fernand,

Voici venue l'heure de ma dernière lettre depuis la France, et c'est à toi que je l'adresse, à toi et à celui qui la lira avant qu'elle te parvienne, celui-là même qui décidera si elle te parvient ou pas.

À toi donc qui viens d'ouvrir cette lettre et qui en commence la lecture, qui que tu sois.

J'ai ouvert des milliers de courriers, je les ai lus, j'en ai caviardé, intercepté, saisi, par milliers eux aussi. Pourquoi ? Pour conserver à la France son beau moral, pour éviter que les idées subversives, pacifistes, antipatriotiques ne fassent des émules[1] dans la tranchée comme dans le pays, pour que le citoyen évite de prendre le pas sur le soldat. Auparavant, pendant trois ans, j'avais vu la guerre de près, je l'avais vécue comme les autres hommes dans l'infanterie, au milieu de la boue et de la mort et pourtant, quand une lettre décrivait trop justement l'ignominie[2] de ce que nous vivions, je la retenais. Quand les mots étaient au plus proche de la réalité que je connaissais, je les effaçais. Je n'ai rien fait pour m'opposer, j'obéissais aux ordres donnés et au souci de l'état-major de savoir si le moral de l'Armée était bon ou pas. Je lisais. Et je retenais. Puis je lisais encore. Et je retenais de nouveau. Pourquoi n'ai-je rien dit ? Pourquoi me suis-je tu tout ce temps ?

Je n'en sais rien.

Je sais seulement qu'un jour, une heure, un instant prévalent au changement qui s'opère en soi, à l'insu de soi. C'est beaucoup, et rien à la fois. Un instant seulement, mais qui fait que l'instant

notes

1. émules : disciples. **2. ignominie :** infamie.

Chapitre 19

d'avant n'existera plus jamais et que le suivant ne ressemblera à rien d'existant. Un instant où tout bascule en silence ; et c'est ça qui est étrange : cette modification profonde qui s'opère sans bruit, comme s'il s'agissait d'un simple changement de surface. Je lisais. Et j'acheminais. Puis je lisais encore. Et j'acheminais de nouveau. Pourquoi, à un moment, ai-je décidé que ce serait ainsi ? À quoi ce changement est-il dû ?

Je n'en sais rien.

Ce que je sais après l'avoir fait, c'est que je ne le regrette pas. N'être plus celui que j'étais m'a libéré.

Ce que je sais aussi, mon vieux, mon unique ami, c'est que nous ne nous retrouverons pas à la fin de cette guerre car nous en avons fini avant elle. Mais tu avais raison, nous finissons ensemble, de la même façon.

Je t'embrasse moi aussi et te dis… à bientôt.

Ton ami Louis Saint-Gervais.

Les deux soldats coupables, l'un de désertion et l'autre de complicité à déserteur : Fernand, Étienne, Gaston Jodet, et Louis, Théophile, Pierre, Marie Saint-Gervais, quittèrent le même jour, mais séparément, le sol de France. Le pays entrait dans son quarante-sixième mois de guerre et ce lundi-là, le 27 mai 1918, les Allemands reprirent brutalement et contre toute attente le chemin des Dames aux Alliés, écrasant sur leur passage les jeunes plants d'arbres, à la vie desquels Fernand n'avait, de toute façon, jamais cru.

Note de l'auteur

Le courrier échangé entre Louis et Fernand est de la pure fiction comme ce roman, mais les lettres ouvertes par Louis dans le cadre de son travail de lecteur ainsi que les extraits utilisés pour la rédaction des rapports sont tous issus de lettres authentiques, écrites par des poilus dont la correspondance a été saisie ou bien citée sous forme d'extraits anonymes dans les rapports des commissions de contrôle postal. Ces lettres et ces rapports sont conservés au S.H.A.T., Service historique de l'armée de terre, à Vincennes, parmi la centaine de cartons dédiés au contrôle postal durant la Première Guerre mondiale.

Je me suis également appuyée sur l'admirable ouvrage de Jean Nicot, ancien conservateur en chef du patrimoine et spécialiste des archives de la Grande Guerre au S.H.A.T., consacré aux lettres du front dans les années 1917 et 1918 qui ont été conservées ou recopiées par les services de la censure postale (*Les poilus ont la parole*, Éditions Complexe, 1998).

Remerciements

Si Pepita et Philippe Ortiz-Planet ne m'avaient pas confié, un soir, un paquet de lettres jaunies tout droit sorties du grenier de leur grand-père, ce roman n'aurait sans doute pas vu le jour. Je les remercie ici infiniment pour leur geste.

Merci également à Thérèse Blondet-Bisch, chargée des collections photographiques à la B.D.I.C. (Bibliothèque de documentation internationale contemporaine), pour son aide et sa conception vivante des archives de la Première Guerre, ainsi qu'au général André Bach, historien, ancien chef du Service historique de l'armée de terre, qui a mis au service d'une relecture attentive sa connaissance de cette période de l'histoire et plus particulièrement du contrôle postal aux armées.

Je remercie aussi Laure Fabre, bibliothécaire au musée de La Poste, Laurent Albaret, historien, chargé de mission aux collections postales et philatéliques du musée de La Poste, et Mathias Quincé.

Dossier
Bibliocollège

Structure de l'œuvre

L'intensité dramatique de *La Vie tranchée* tient principalement au contexte historique de la Première Guerre mondiale ; elle repose aussi sur une architecture romanesque qui utilise l'espace et le temps pour rendre plus dense encore le tragique d'une fiction qui, par le biais des lettres réelles, s'enracine dans l'Histoire.

Un espace concentrique

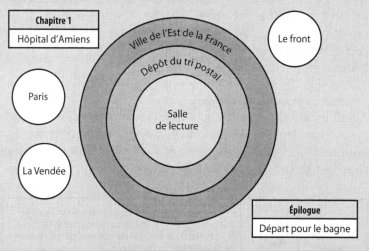

Comme dans la tragédie, l'espace est resserré (salle de lecture, dépôt du tri postal, ville) et cette fermeture est soulignée par l'existence d'un monde périphérique (le front, Paris, la Vendée) en marge de la salle de lecture où tout se joue. Le héros tragique ne peut quitter la scène sans se perdre ou mourir, et c'est bien ce qui se passe ici : Louis ne quittera le dépôt que pour attendre en prison son départ pour le bagne.

Structure de l'œuvre

Un temps resserré

Chap. 1 à 3	Chap. 4 à 14	Chap. 15-16	Chap. 17-18	Chap. 19
4 mois, d'août à fin novembre 1917	Décembre 1917	Janvier 1918	3 jours, début février 1917	Fin mai 1918

Le temps de la narration ne se calque pas sur le temps de l'histoire ; en effet, par un jeu de sommaires[1] et d'ellipses[2], l'auteur parvient à mettre en relief certains moments et à glisser rapidement sur d'autres. Deux périodes retiennent tout particulièrement notre attention : la fin du mois de décembre et le début du mois de février.

• Six jours, fin décembre

Au cours du chapitre 4, Louis reçoit deux lettres de Fernand : la seconde, datée du 10 décembre, annonce l'arrivée de son ami pour le 21. Les jours qui entourent Noël sont racontés sur sept chapitres, soit environ un tiers du roman.

Vendredi 21 décembre	chap. 7 à 9	• À l'arrivée de Fernand, Louis demande sa journée. Il apprend que son ami doit avoir rejoint le front le 26 (chap. 7) et il tente une vaine démarche auprès de Grillaud (début du chap. 8). • Fernand fait la connaissance de Blanche (chap. 8). • Première rencontre de Lucien (fin du chap. 7).

notes

1. sommaires : résumés des événements qui se sont produits.

2. ellipses : sauts dans le temps.

Structure de l'œuvre

Samedi 22 décembre	chap. 10-11	• Louis apprend qu'il doit passer devant la commission de révision le lundi 24 (chap. 10). • Deuxième rencontre de Lucien (chap. 10).
Dimanche 23 décembre	chap. 11	• Louis continue à lire des lettres découragées.
Lundi 24 décembre	chap. 12	• Louis est déclaré inapte. • La veillée de Noël est « *triste et ennuyeuse* ».
Mardi 25 décembre		*Journée non racontée.*
Mercredi 26 décembre	chap. 13	• Départ de Fernand pour le front. • Louis reçoit un colis de sa mère.

• Deux jours, début février

Presque trois semaines après le départ de Fernand, le mardi 15 janvier, Louis apprend que celui-ci a déserté. Le mercredi suivant, il tombe malade et ne reprendra conscience que cinq jours plus tard (p. 202). Les événements se précipitent à la fin de la semaine, et, pour mieux exprimer le resserrement, Bénédicte des Mazery renonce à l'ordre chronologique.

Chap. 17	Chap. 18		Chap. 19	
dimanche 10 février	samedi 9 février		dimanche 10 février	fin mai
Louis décide de soutenir Jo dont il vient de lire une lettre particulièrement violente et désespérée.	Pageot menace Blanche qui finit par lui indiquer où se cache Fernand.	Grillaud est rétrogradé. La scène se déroule à Compiègne.	Louis se jette sur Pageot.	Pageot apporte à Louis qui est en prison une lettre de Fernand.

Structure de l'œuvre

LE MÉCANISME DE L'ENGRENAGE TRAGIQUE

Le resserrement de l'espace et du temps contribue à nouer le destin des personnages, et, comme dans la tragédie, les efforts des héros ne font que resserrer le nœud qui les étrangle :

– Afin de protéger Louis et d'éviter son départ au front, le capitaine Grillaud intervient auprès de la commission ; pour acheter le silence de Pageot, il obtient que ce dernier soit nommé officier, ce qui causera sa propre perte et celle du jeune homme.

– Fernand ne donne pas clairement de ses nouvelles à Louis pour le protéger. Mais, en agissant ainsi, il pousse Louis à le rechercher, ce qui va provoquer leur perte à tous les deux.

– Pour aider Louis et Fernand, Blanche propose de participer à la recherche de Lucien Ferrand. Elle ne se servira en fait de cette information que pour mieux sceller le destin de Louis et de son ami en les dénonçant à Pageot qui la menace.

UN ROMAN HISTORIQUE ORIGINAL

Traditionnellement, le roman historique situe une intrigue fictive dans un contexte réel, ce qui permet au lecteur de se divertir tout en découvrant une époque différente de la sienne.

Bénédicte des Mazery renouvelle le genre car non seulement elle inscrit ses personnages de papier dans le déroulement chronologique des deux dernières années de la Grande Guerre, mais aussi elle insère dans la trame fictive du récit des lettres réellement écrites par des soldats. Comme elle l'explique elle-même à la fin de son roman, dans son œuvre se côtoient les lettres imaginaires, échangées par Fernand et Louis notamment, et les lettres bien réelles, lues par le personnage principal ou citées dans les rapports du capitaine Grillaud.

De ce fait, au sein de la fiction, la correspondance réelle d'un certain Jo (que l'auteur, pour les besoins de sa fiction, nomme

Structure de l'œuvre

Joseph Soubire) constitue une force motrice déterminante. D'abord, on se demande ce que signifient les initiales P.L.V. ajoutées à la signature du « *petit homme* » ; ensuite, on s'attache à ce soldat dont il est question à quatre reprises dans le roman et on comprend que sa souffrance résume celle de tous les hommes dont la vie est « tranchée ». « *Je suis comme beaucoup* », écrit Jo dans la dernière lettre que lira Louis avant de se décider à acheminer le courrier qui aurait dû être censuré et de se condamner au bagne quelques mois avant l'armistice.

Dans ce roman, fiction et réalité tissent des liens étroits pour mieux nous émouvoir et nous faire partager la détresse éprouvée par les soldats lors de la Première Guerre mondiale.

La Grande Guerre : un conflit mondial

Après un siècle d'enthousiasme et de confiance en l'homme, le conflit qui éclate en 1914 et qui, pour la première fois, entraîne le monde entier dans une horreur sans nom marque un tournant déterminant : les hommes désespérés sont projetés dans une modernité qui les dépasse et les broie. La barbarie sans bornes de la Seconde Guerre mondiale plongera ses racines dans les tranchées où les soldats ont connu l'inhumain.

LE DÉROULEMENT DU CONFLIT

• Les origines du conflit

À la fin du XIXᵉ siècle, les rivalités économiques et territoriales s'intensifient en Europe. Ainsi le Royaume-Uni redoute la concurrence commerciale des Allemands, tandis que la France n'a pas oublié l'Alsace et la Lorraine, deux provinces dont l'Allemagne s'est emparée en 1871 après la capitulation de Napoléon III à Sedan.

Pour se protéger, les pays européens contractent des alliances : la Triple-Alliance réunit l'Empire germanique, l'Autriche-Hongrie et l'Italie, alors que la Triple-Entente rapproche le Royaume-Uni, la France et la Russie.

Les pays européens se disputent également les dernières colonies : en 1906 (conférence d'Algésiras) et en 1911, le Maroc, convoité par la France et par l'Allemagne, met l'Europe au bord de la guerre.

C'est dans les Balkans que le feu prend, quand la Serbie, libérée du joug de l'Empire ottoman, ne cache plus son intention d'annexer les territoires slaves sous domination autrichienne. Le 28 juin 1914, l'assassinat de François-Ferdinand, héritier du trône austro-hongrois, enclenche, avec l'engrenage des alliances, une succession de déclarations de guerre. Dans chaque pays, malgré les voix

La Grande Guerre : un conflit mondial

pacifistes, l'armée est mobilisée et les partis politiques s'unissent dans des gouvernements d'union sacrée. En France, le chef socialiste pacifiste Jean Jaurès est assassiné à Paris, par un nationaliste, le 31 juillet 1914.

• Les trois phases du conflit

1914 : la guerre de mouvement. L'armée allemande envahit la Belgique, pays neutre, puis la France. Mais, en septembre, le général Joffre lance une contre-offensive sur la Marne et parvient à bloquer l'invasion. Sur le front oriental, les armées russes sont finalement repoussées par les forces allemandes.

1915-1917 : la guerre de position. À partir de novembre 1914, la guerre change de visage. Les armées s'enterrent dans des tranchées le long d'un front qui va de la mer du Nord à la Suisse. Les différentes tentatives pour percer ce front sont vaines et les victimes, morts ou blessés, se comptent par millions. On retiendra notamment l'offensive allemande à Verdun, celle de la Triple-Entente sur la Somme, puis l'horreur du chemin des Dames, une bataille mal conduite par le général Nivelle et qui fit 30 000 morts en un peu plus d'une semaine et 100 000 blessés côté français.

1917-1918 : la fin de la guerre. En avril 1917, les États-Unis déclarent la guerre à l'Allemagne ; en octobre, les révolutionnaires russes prennent le pouvoir et signent un armistice avec l'Allemagne, permettant ainsi aux Allemands de redéployer du côté français les troupes affectées au front russe. Malgré ce renfort, l'armée allemande ne peut repousser les offensives des armées alliées gonflées par l'arrivée de près de 2 millions de soldats américains. En Allemagne, une révolution provoque l'abdication de l'empereur Guillaume II le 9 novembre 1918 ; la république est proclamée et l'armistice est signé le 11 novembre à Rethondes (forêt de Compiègne), dans un wagon (ce même wagon où Hitler obligera les Français à signer l'armistice en juin 1940).

La Grande Guerre : un conflit mondial

• Le règlement de la guerre

Une conférence de la paix s'ouvre à Paris en janvier 1919. Le traité de Versailles entre les pays victorieux et l'Allemagne est signé le 28 juin 1919.

Jugée responsable du conflit, l'Allemagne doit payer d'importantes réparations pour dommages de guerre :

– elle perd toutes ses colonies et une partie importante de son territoire : l'Alsace-Lorraine revient à la France, tandis que des régions orientales sont rattachées à la Pologne ;

– l'armée allemande est réduite à 100 000 volontaires et la région du Rhin est démilitarisée.

Les Allemands, fortement éprouvés comme les Français par cette guerre de position inhumaine, trouvent le traité de Versailles particulièrement injuste et le rendent responsable de toutes les difficultés qu'ils vont traverser. Les millions de morts de la Grande Guerre, l'horreur des tranchées et le règlement si sévère du conflit contribuent à expliquer la Seconde Guerre mondiale.

UNE GUERRE NOUVELLE

• De nouvelles armes

L'artillerie est l'arme maîtresse de la Grande Guerre : les tirs d'obus obligent les armées à se cacher dans les tranchées ; ces « *orages d'acier* » (Ernst Jünger) qu'évoquent tous les témoignages déciment les bataillons et bouleversent les paysages. De nouvelles armes font leur apparition :

– les mitrailleuses ;

– les avions, dont la mission fut d'abord d'observer ;

– les gaz asphyxiants ou toxiques comme l'ypérite ;

– les mines et les chars d'assaut qui permirent la victoire en 1918.

Proclamation de l'Armistice par Clemenceau, tableau de R. Rousseau-Decelle

La Grande Guerre : un conflit mondial

• Une guerre mondiale et totale

La Grande Guerre est le premier conflit qui, par le jeu des alliances et l'implication des colonies, prend une dimension **mondiale**. L'Occident n'en sortira pas indemne ; il découvre horrifié que le progrès technique auquel il vouait un véritable culte au XIXe siècle peut se mettre au service de la souffrance et de la destruction.

La guerre est également **totale** dans la mesure où elle mobilise toutes les forces d'un pays. En effet, les industriels reconvertissent leurs usines pour produire des armes ou du matériel de guerre ; les dépenses de l'État sont telles qu'il doit augmenter les impôts, recourir à l'emprunt, fabriquer des billets, ce qui déprécie la monnaie et provoque une hausse des prix. Les femmes doivent remplacer les hommes partis se battre et les États font de la propagande pour maintenir le moral des soldats et des civils. Les voix pacifistes sont muselées, les grèves et les manifestations, tout comme les désertions, sont durement réprimées. La presse est censurée et le courrier en provenance du front est strictement contrôlé, comme nous le montre Bénédicte des Mazery dans son roman.

• Les tranchées

À la fin de l'année 1914, la guerre se fige dans la boue et le froid des tranchées. Soldats français et allemands sont immobilisés à quelques mètres les uns des autres, dans leurs couloirs respectifs. La guerre a changé de visage : il s'agit désormais de repousser le front, par de petites actions ponctuelles ou par de grandes offensives. Dans un cas comme dans l'autre, le terrain gagné est souvent perdu à nouveau.

Dans les tranchées, les soldats connaissent la violence d'un conflit qu'ils ne comprennent pas toujours ; ils souffrent de la boue, de l'humidité, de la saleté, de maladies et, l'hiver, du froid. Ils connaissent la fraternité, les anciens (les « poilus ») aidant

La Grande Guerre : un conflit mondial

les nouveaux (les « bleus ») ; mais ils ont souvent le sentiment d'être incompris de l'« arrière », voire abandonnés et sacrifiés. Le héros traditionnel de la guerre qui triomphe du combat dans un corps à corps qui révèle sa force et sa bravoure a fait place à la « chair à canon ». Les mutineries et les désertions expriment ce désarroi, les soldats se sentant parfois plus proches des troupes qui partagent leur sort de l'autre côté de la ligne que du commandement militaire dont ils ne comprennent pas bien les décisions. La répression est sans pitié : 600 soldats français environ seront fusillés pour *« avoir manqué à leur devoir »*, principalement en 1914-1915, et 49 pour mutinerie, en 1917.

LES PLAIES ET LES CICATRICES DE LA GRANDE GUERRE

• Un nouvel équilibre mondial

La guerre a fait près de 9 millions de victimes (dont près de 1 million et demi en France, soit une moyenne de 900 morts français par jour) et 6 millions et demi d'invalides.

À ces chiffres s'ajoute un désastre matériel et financier. Les régions dévastées sont à reconstruire et les États se sont lourdement endettés. Si l'Europe s'est appauvrie, les États-Unis qui ont accru leur production et prêté de l'argent à leurs alliés se sont enrichis, tandis que le Japon développait son commerce avec l'Asie au détriment de l'Europe.

Les colonies, qui ont participé à l'effort de guerre, font entendre leur voix et demandent, si ce n'est leur indépendance, davantage d'autonomie.

Au lendemain de la Grande Guerre, non seulement l'Europe a changé, mais l'équilibre mondial s'est trouvé modifié.

La Grande Guerre : un conflit mondial

• En Europe : une souffrance qui ne s'oublie pas

En France, et plus encore en Allemagne où le règlement du conflit laisse un sentiment d'injustice qui deviendra un esprit de revanche, il est impossible d'oublier les millions de morts et la vie inhumaine des tranchées. Les écrivains qui ont vécu le conflit en témoignent. Dès 1916, *Le Feu* d'Henri Barbusse, où l'auteur, de son lit d'hôpital, raconte l'horreur du front, reçoit le Prix Goncourt. En 1919, Roland Dorgelès publie *Les Croix de bois* pour que les « *vivants ingrats* » n'oublient pas toutes les victimes, pour que les soldats tombés au front ne meurent pas « *pour la deuxième fois* ». Révolutionnant la littérature par un style original, Céline consacre la première partie de son roman *Voyage au bout de la nuit* à la Grande Guerre au cours de laquelle il a été blessé. Les Allemands racontent aussi cette guerre inhumaine : Ernst Jünger évoque avec une fascination mêlée de répulsion l'enfer des « *orages d'acier* » (*Orages d'acier,* 1920) ; neuf ans plus tard, Erich Maria Remarque fait entendre sa voix pacifiste dans *À l'ouest rien de nouveau* (1929) qui connaît un succès mondial.

• Les bouleversements de la société

En l'absence des hommes partis au front, les femmes ont dû se débrouiller seules. Cette indépendance devient émancipation : les jupes et les cheveux se raccourcissent ; l'égalité et le droit de vote sont réclamés.

De manière générale, la Grande Guerre constitue un tournant. Les rêves et la confiance du XIXᵉ siècle se sont évaporés. Les jeunes artistes dénoncent la société bourgeoise qui est, selon eux, responsable du massacre. L'art s'en prend à l'ordre établi ; il provoque ; il cherche de nouvelles formes pour exprimer cette implosion des valeurs anciennes et cette douloureuse modernité. Langage mystérieux de l'inconscient et associations étonnantes (les poètes et peintres surréalistes), voire agressives, paysages et corps déstruc-

La Grande Guerre : un conflit mondial

turés par les peintres cubistes : l'art exprime le monde angoissé et la pensée blessée de l'entre-deux-guerres.

ET AUJOURD'HUI ?

La souffrance absurde des tranchées et le règlement du conflit par le traité de Versailles ont nourri un esprit de revanche qui explique en partie la montée du nazisme et la barbarie de la Seconde Guerre mondiale. Nous tirons de ces deux guerres, chacune inhumaine à sa manière, des leçons de prudence et d'unité. L'Europe se construit sur ses tranchées et sur ses camps de concentration ; elle en garde la mémoire pour éviter que de pareils conflits ne viennent marquer les siècles prochains.

Le 12 mars 2008 est décédé Lazare Ponticelli, le dernier poilu français. Le 1er janvier de la même année, Erich Kästner, le dernier soldat allemand de la Grande Guerre, était mort dans l'indifférence générale.

En France, les célébrations du 11 Novembre sont l'occasion de nous souvenir du sacrifice patriotique de millions d'individus qu'une inscription sur un monument ou une croix anonyme dans un cimetière militaire vient rappeler. Mais, aujourd'hui, on commence à évoquer sans honte ceux qui ont pleuré dans les tranchées et qui ont fui, sans réelle lâcheté, la barbarie des combats. Le mot *réhabilitation* est sur les lèvres depuis qu'en 1998 Lionel Jospin a manifesté son souhait « *que ces soldats, fusillés pour l'exemple, réintègrent pleinement notre mémoire collective* ». Le 13 mai 2007, une dizaine de familles descendant des 27 soldats fusillés à Craonne pour mutinerie lors de la bataille du chemin des Dames en 1917 ont été invitées par le conseil général de l'Aisne à l'occasion du 90e anniversaire de ce sanglant épisode de la Grande Guerre. En mai 2008, le secrétaire d'État aux Anciens Combattants, Jean-Marie Bockel, a lancé une réflexion sur la réhabilitation des poilus fusillés durant la Première Guerre mondiale.

La Grande Guerre : un conflit mondial

Ces avancées témoignent d'un nouveau regard porté sur ce conflit qui a modifié le paysage et la pensée européens : au-delà des patriotismes qui ont nourri les guerres du xxe siècle, considérons la faiblesse de l'homme broyé dans la terrible machine de l'Histoire.

Chronologie

DATES	ÉVÉNEMENTS HISTORIQUES	ÉVÉNEMENTS CULTURELS
1870	Guerre franco-prussienne.	
1871	Défaite de la France qui perd l'Alsace et la Lorraine.	
1882	Triple-Alliance entre l'Allemagne, l'Autriche-Hongrie et l'Italie.	
1893	Alliance militaire franco-russe.	
1904	Entente cordiale entre la France et le Royaume-Uni.	
1907	Triple-Entente entre la France, la Russie et le Royaume-Uni.	
1914	**28 juin :** assassinat à Sarajevo, par un nationaliste serbe, de l'archiduc François-Ferdinand, héritier d'Autriche-Hongrie. **28 juillet :** l'Autriche-Hongrie déclare la guerre à la Serbie. **31 juillet :** assassinat de Jean Jaurès, socialiste pacifiste. **1er-23 août :** succession de déclarations de guerre, à l'exception de l'Italie qui affirme sa neutralité. **6-13 septembre :** bataille de la Marne ; les Français bloquent l'avancée allemande. **Fin décembre :** début de la guerre de position, dite « guerre des tranchées ».	Roland Dorgelès (1885-1973) s'engage. Louis-Ferdinand Destouches (Céline, 1894-1961) est blessé au combat. **5 septembre :** mort au combat de l'écrivain Charles Péguy, âgé de 41 ans. L'écrivain Gabriel Chevallier, âgé de 19 ans, est mobilisé. **22 septembre :** mort au combat de l'écrivain Alain-Fournier, âgé de 27 ans. L'écrivain allemand Ernst Jünger (1895-1998) s'engage à 19 ans.

Chronologie

DATES	ÉVÉNEMENTS HISTORIQUES	ÉVÉNEMENTS CULTURELS
1915	**12 février-20 mars** : échec de l'offensive française en Champagne. **19 février 1915-9 janvier 1916** : bataille des Dardanelles sur le front d'Orient. **22 avril** : première utilisation des gaz de combat par les Allemands près d'Ypres. **23 mai** : entrée en guerre de l'Italie contre l'Autriche-Hongrie.	**Avril** : mort au front de l'écrivain Louis Pergaud (Prix Goncourt 1910, auteur de *La Guerre des boutons*), âgé de 33 ans. **10 septembre** : naissance du *Canard enchaîné* qui dénonce les mensonges de la presse. Premiers poèmes de guerre de Guillaume Apollinaire (1880-1918). **10 décembre** : Romain Rolland (1866-1944), romancier pacifiste, obtient le Prix Nobel de littérature.
1916	**21 février-18 décembre** : bataille de Verdun. **1er juillet-18 novembre** : bataille de la Somme. **15 septembre** : première utilisation des chars d'assaut par l'armée anglaise. **12 décembre** : Nivelle devient le chef des armées françaises.	Henri Barbusse (1873-1935), blessé au combat en 1915, publie *Le Feu* qui obtient le Prix Goncourt.
1917	**10-12 mars** : première révolution russe ; abdication du tsar. **6 avril** : entrée en guerre des États-Unis. **16 avril** : offensive meurtrière du chemin des Dames. **Mai à juillet** : mutineries dans l'armée française. **15 mai** : Pétain remplace Nivelle. **Nuit du 12 au 13 juillet** : première utilisation du gaz ypérite ou «moutarde» par les Allemands. **Novembre** : révolution bolchevique en Russie ; Lénine est au pouvoir. **15 décembre** : armistice entre les Russes et les Allemands.	Georges Duhamel (1884-1966) publie *Vie des martyrs*. L'écrivain allemand Erich Maria Remarque, âgé de 19 ans, est blessé.

Chronologie

DATES	ÉVÉNEMENTS HISTORIQUES	ÉVÉNEMENTS CULTURELS
1918	**3 mars :** traité de Brest-Litovsk entre l'Allemagne et la Russie. **Mars à juillet :** offensives allemandes sans succès en France. **Juillet :** début de la contre-offensive française. **9 novembre :** révolution en Allemagne et abdication de l'empereur Guillaume II ; proclamation de la République. **11 novembre :** signature de l'armistice.	**9 novembre :** mort du poète Guillaume Apollinaire de la grippe espagnole.
1919	**28 juin :** traité de Versailles ; fondation de la Société des Nations.	Roland Dorgelès publie *Les Croix de bois*.
1920	**11 novembre :** le soldat inconnu est inhumé sous l'Arc de Triomphe.	Ernst Jünger publie *Orages d'acier*.
1921	Le 11 Novembre devient un jour férié.	
1929		Erich Maria Remarque publie *À l'ouest rien de nouveau*.
1932		Céline publie *Voyage au bout de la nuit*.
2008	**1er janvier :** décès du dernier poilu allemand, Erich Kästner. **12 mars :** décès du dernier poilu français, Lazare Ponticelli.	

**Officier muni de son masque,
photographie de Peyvel.**

Groupement de textes :
Dans les tranchées

En France, « *sur 8 millions de mobilisés entre 1914 et 1918, plus de 2 millions de jeunes hommes ne revirent jamais le clocher de leur village natal. [...] Plus de 4 millions d'hommes ne survécurent qu'après avoir subi de graves blessures, le corps cassé, coupé, marqué, mordu, la chair abîmée, quand ils n'étaient pas gravement mutilés* », écrit Jean-Pierre Guéno dans la préface de *Paroles de poilus*, ouvrage constitué de lettres qu'il a réunies avec le concours de Radio-France. La Première Guerre mondiale a fait dans le monde près de 10 millions de morts et 20 millions de blessés. Dans un camp comme dans l'autre, les hommes et leur famille ont vécu pendant quatre ans un enfer dont ils ne voyaient pas la fin, ils ont mené ou subi un combat inhumain dont ils ne comprenaient pas le sens. Le progrès technique auquel croyait le XIXe siècle s'étant mis au service d'un massacre sans nom, la confiance des hommes dans l'humanité a disparu, inaugurant une ère de doutes et de révoltes, d'amertumes et de violences dont l'aboutissement a été la Seconde Guerre mondiale.

Durant la Première Guerre mondiale, la confiance occidentale a surtout été brisée par la vie des hommes au front, leur angoisse, leurs souffrances physiques et morales, et un sentiment d'abandon souvent partagé. Nous sommes bien au-delà de la question du courage ou de la lâcheté qui a présidé aux différents conseils de guerre pour indiscipline ou désertion, car ce qu'expriment, non sans une certaine fascination parfois, les textes qui évoquent la vie des soldats du front, c'est le caractère inhumain de la guerre. Les lettres de poilus en

Groupement de textes

témoignent ; les récits de fiction écrits par les auteurs qui, d'un côté ou de l'autre, ont vécu le conflit font revivre cette inhumanité de façon bouleversante. Et, à présent que le dernier poilu est décédé, il nous revient de perpétuer la mémoire de cette guerre afin que rien de tel ne se reproduise jamais.

GABRIEL CHEVALLIER, LA PEUR

Gabriel Chevallier (1895-1969) est étudiant aux Beaux-Arts quand, en 1914, il est mobilisé dans l'infanterie. Blessé en 1915, on le verra pourtant en première ligne en 1918. Peu connu aujourd'hui, il obtint en 1934 un grand succès avec son roman *Clochemerle* qui évoque de façon amusante la vie d'une petite ville du Beaujolais. Son roman *La Peur*, publié en 1930, exprime toute l'angoisse des soldats envoyés au front durant la Première Guerre mondiale. Bénédicte des Mazery place en exergue de *La Vie tranchée* une phrase tirée de ce roman.

> Une étendue plate, morne et sans échos se développait devant nous en tous sens, jusqu'à l'horizon pluvieux, chargé de nuages bas. Cette étendue n'était que bouleversement et marécage, uniformément grise, d'une désolation[1] accablante. Nous savions que les armées, transies et sanglantes, se trouvaient quelque part dans cette vallée de cataclysme, mais rien ne décelait leur présence ni leurs positions respectives. On eût dit d'une terre stérile, récemment mise à nu par un déluge, qui se serait retiré en la semant d'épaves et de corps engloutis, après l'avoir recouverte d'une sombre vase. Le ciel obscur pesait sur nos têtes comme une pierre tombale. Tout nous rappelait que nous étions désignés pour un destin inexorable.

note

1. désolation : étendue dévastée, ravagée.

Dans les tranchées

Nous finîmes par déboucher sur une sorte de place d'armes, aux voies très larges. Cet endroit avait dû être miné, bouleversé, puis réorganisé avec une grande quantité de sacs à terre. Marchant l'un derrière l'autre, nous ne nous étions pas regardés depuis la veille, et nous fûmes surpris de nous reconnaître, tellement nous avions changé. Nous étions aussi pâles que les cadavres qui nous environnaient, sales et fatigués, l'estomac tenaillé par la faim et secoués par les frissons glacés du matin. Je rencontrai Bertrand, qui appartenait à une autre unité. Sur son visage fripé et vieilli par les inquiétudes de la nuit, je reconnus les marques de ma propre angoisse. Sa vue me donna conscience de l'image que j'offrais. Il me glissa ces mots qui traduisaient l'effroi et l'étonnement de la jeune classe :

– C'est ça, la guerre ?

– Qu'est-ce qu'on fait là ? demandaient les hommes.

Personne ne savait. Les ordres manquaient. Nous étions abandonnés à travers ces terrains vagues, peuplés de morts, les uns ricanant et nous tenant sous la menace de leurs yeux glauques[1], les autres détournés, indifférents, qui semblaient dire : « Nous en avons fini. Arrangez-vous pour mourir à votre tour ! »

La jaune lumière d'un jour hésitant, comme frappé lui-même d'horreur, éclairait un champ de bataille inanimé, entièrement silencieux. Il semblait que tout, autour de nous et jusqu'à l'infini, fût mort, et nous n'osions parler qu'à voix basse. Il semblait que nous avions atteint un lieu du monde qui tenait du rêve, dépassé toutes les bornes du réel et de l'espoir. L'avant et l'arrière se confondaient dans une désolation sans limites, pétris de la même boue d'argile délayée et grise. Nous étions comme échoués sur quelque banquise interplanétaire, entourée de nuées de soufre, dévastée par des tonnerres soudains. Nous rôdions dans les limbes[2] maudits qui allaient, d'un instant à l'autre, se transformer en enfer.

Gabriel Chevallier, *La Peur*, Le Dilettante, 2008.

notes

1. glauques : sans éclat.
2. limbes : zone où se trouvaient les âmes des justes avant la venue du Christ ; espace difficile à définir.

Champ de bataille autour de Verdun.

Dans les tranchées

HENRI BARBUSSE, LE FEU

Henri Barbusse (1873-1935), journaliste et romancier, se porte volontaire en 1914. Blessé en 1915, il est hospitalisé ; c'est dans ces circonstances qu'il écrit *Le Feu,* roman qui obtient le Prix Goncourt en 1916 et suscite de vives réactions en raison de ses positions pacifistes.

Une salve[1] terrible nous éclate à la figure, à bout portant, jetant devant nous une subite rampe de flammes tout le long de la bordure. Après un coup d'étourdissement, on se secoue et on rit aux éclats, diaboliquement : la décharge a passé trop haut. Et aussitôt, avec des exclamations et des rugissements de délivrance, nous glissons, nous roulons, nous tombons vivants dans le ventre de la tranchée !

Une fumée incompréhensible nous submerge. Dans le gouffre étranglé, je ne vois d'abord que des uniformes bleus. On va dans un sens puis dans l'autre, poussés les uns par les autres, en grondant, en cherchant. On se retourne et, les mains embarrassées par le couteau, les grenades et le fusil, on ne sait pas d'abord quoi faire.

– I's sont dans leurs abris, les vaches ! vocifère-t-on[2].

De sourdes détonations ébranlent le sol : ça se passe sous terre, dans les abris. On est tout à coup séparé par des masses monumentales d'une fumée si épaisse qu'elle vous applique un masque et qu'on ne voit plus rien. On se débat comme des noyés, au travers de cette atmosphère ténébreuse et âcre, dans un morceau de nuit. On bute contre des récifs d'êtres accroupis, pelotonnés, qui saignent et crient, au fond. On entrevoit à peine les parois, toutes droites ici, et faites de sacs de terre en toile blanche – qui est déchirée partout comme du papier. Par moments, la lourde buée tenace se balance et s'allège, et on revoit grouiller la cohue assaillante... Arrachée au poussiéreux tableau, une silhouette de corps à corps se dessine sur le talus, dans une brume, et s'affaisse,

notes

1. salve : tir simultané de plusieurs armes.

2. vocifère-t-on : crie-t-on.

Groupement de textes

s'enfonce. J'entends quelques grêles « Kamerad ! » émanant d'une bande à têtes hâves[1] et à vestes grises acculée dans un coin qu'une déchirure immensifie. Sous le nuage d'encre, l'orage d'hommes reflue, monte dans le même sens, vers la droite, avec des ressauts et des tourbillonnements, le long de la sombre jetée défoncée.

Et soudain, on sent que c'est fini. On voit, on entend, on comprend que notre vague qui a roulé ici à travers les barrages n'a pas rencontré une vague égale, et qu'on s'est replié à notre venue. La bataille humaine a fondu devant nous. Le mince rideau de défenseurs s'est émietté dans les trous où on les prend comme des rats ou bien on les tue. Plus de résistance : du vide, un grand vide. On avance, entassés, comme une file terrible de spectateurs.

Henri Barbusse, Le Feu, Flammarion, 1916.

ROLAND DORGELÈS, LES CROIX DE BOIS

Roland Dorgelès (1885-1973), pseudonyme de Roland Lécavelé, s'engage comme volontaire en 1914. Blessé, il devient instructeur dans l'aviation en 1915. En 1919, il obtient le Prix Fémina pour son roman *Les Croix de bois*, dans lequel, en hommage à ses camarades disparus, il raconte la violence de la guerre, la force des amitiés et l'indifférence de l'arrière. À la fin du roman (le texte suivant), il est difficile de distinguer dans le pronom « *je* » le narrateur Jacques Larcher de l'auteur.

Et c'est fini...

Voici la feuille blanche sur la table, et la lampe tranquille, et les livres... Aurait-on jamais cru les revoir, lorsqu'on était là-bas, si loin de sa maison perdue ?

On parlait de sa vie comme d'une chose morte, la certitude de ne plus revenir nous en séparait comme une mer sans limites, et l'espoir même semblait s'apetisser[2], bornant tout son désir à vivre

notes

1. hâves : pâles et décharnées.

2. s'apetisser : diminuer.

Dans les tranchées

jusqu'à la relève. Il y avait trop d'obus, trop de morts, trop de croix ; tôt ou tard notre tour devait venir.

Et pourtant c'était fini...

La vie va reprendre son cours heureux. Les souvenirs atroces qui nous tourmentent encore s'apaiseront, on oubliera, et le temps viendra peut-être où, confondant la guerre et notre jeunesse passée, nous aurons un soupir de regret en pensant à ces années-là. Je me souviens de nos soirées bruyantes, dans le moulin sans ailes[1]. Je leur disais : « Un jour viendra où nous nous retrouverons, où nous parlerons de nos copains, des tranchées, de nos misères et de nos rigolades... Et nous dirons avec un sourire : C'était le bon temps ! »

Avez-vous crié, ce soir-là, mes camarades ! J'espérais bien mentir, en vous parlant ainsi. Et cependant...

C'est vrai, on oubliera. Oh ! je sais bien, c'est odieux, c'est cruel, mais pourquoi s'indigner : c'est humain... Oui, il y aura du bonheur, il y aura de la joie sans vous, car, tout pareil aux étangs transparents dont l'eau limpide dort sur un lit de bourbe, le cœur de l'homme filtre les souvenirs et ne garde que ceux des beaux jours. La douleur, les haines, les regrets éternels, tout cela est trop lourd, tout cela tombe au fond...

On oubliera. Les voiles de deuil, comme des feuilles mortes, tomberont. L'image du soldat disparu s'effacera lentement dans le cœur consolé de ceux qu'ils aimaient tant. Et tous les morts mourront pour la deuxième fois.

Non, votre martyre n'est pas fini, mes camarades, et le fer vous blessera encore, quand la bêche du paysan fouillera votre tombe. Les maisons renaîtront sous leurs toits rouges, les ruines redeviendront des villes et les tranchées des champs, les soldats victorieux et las rentreront chez eux. Mais vous ne rentrerez jamais.

C'était le bon temps.

Je songe à vos milliers de croix de bois, alignées tout le long des grandes routes poudreuses, où elles semblent guetter la relève

note

1. moulin sans ailes : lieu où les soldats avaient bivouaqué.

Groupement de textes

des vivants, qui ne viendra jamais faire lever les morts. Croix de 1914, ornées de drapeaux d'enfants qui ressembliez à des escadres[1] en fêtes, croix coiffées de képis, croix casquées, croix des forêts d'Argonne qu'on couronnait de feuilles vertes, croix d'Artois, dont la rigide armée suivait la nôtre, progressant avec nous de tranchée en tranchée, croix que l'Aisne[2] grossie entraînait loin du canon, et vous, croix fraternelles de l'arrière, qui vous donniez, cachées dans le taillis, des airs verdoyants de charmille[3], pour rassurer ceux qui partaient. Combien sont encore debout, des croix que j'ai plantées ?

Mes morts, mes pauvres morts, c'est maintenant que vous allez souffrir, sans croix pour vous garder, sans cœurs où vous blottir. Je crois vous voir rôder, avec des gestes qui tâtonnent, et chercher dans la nuit éternelle tous ces vivants ingrats qui déjà vous oublient.

Certains soirs comme celui-ci, quand, las d'avoir écrit, je laisse tomber ma tête dans mes deux mains, je vous sens tous présents, mes camarades. Vous vous êtes tous levés de vos tombes précaires[4], vous m'entourez, et, dans une étrange confusion, je ne distingue plus ceux que j'ai connus là-bas de ceux que j'ai créés pour en faire les humbles héros d'un livre. Ceux-ci ont pris les souffrances des autres, comme pour les soulager, ils ont pris leur visage, leur voix, et ils se ressemblent si bien, avec leurs douleurs mêlées, que mes souvenirs s'égarent et que, parfois, je cherche dans mon cœur désolé à reconnaître un camarade disparu, qu'une ombre toute semblable m'a caché.

Roland Dorgelès, *Les Croix de bois,* extrait du chapitre XVII, Éditions Albin Michel, 1919.

notes

1. escadres : divisions militaires, groupes de soldats.
2. Argonne, Artois, Aisne : zones de combat ; armées ayant combattu dans ces régions.

3. charmille : allée plantée d'arbustes taillés, généralement des charmes.
4. précaires : incertaines, fragiles.

Dans les tranchées

ERICH MARIA REMARQUE,
À L'OUEST RIEN DE NOUVEAU

L'écrivain allemand Erich Maria remarque (1898-1970), envoyé au front, est blessé en 1917. En 1929, s'inspirant de son expérience, il publie un roman pacifiste qui obtiendra un grand succès et sera traduit en 50 langues : *À l'ouest rien de nouveau*. À l'avènement d'Hitler, Remarque s'exile aux États-Unis ; il obtient la nationalité américaine en 1947.

Le narrateur, un jeune soldat de 18 ans, raconte son expérience du front.

Pour moi, le front est un tourbillon sinistre. Lorsqu'on est encore loin du centre, dans une eau calme, on sent déjà la force aspirante qui vous attire, lentement, inévitablement, sans qu'on puisse y opposer beaucoup de résistance. Mais de la terre et de l'air nous viennent des forces défensives, surtout de la terre. Pour personne, la terre n'a autant d'importance que pour le soldat. Lorsqu'il se presse contre elle longuement, avec violence, lorsqu'il enfonce profondément en elle son visage et ses membres, dans les affres mortelles du feu, elle est alors son unique amie, son frère, sa mère. Sa peur et ses cris gémissent dans son silence et dans son asile : elle les accueille et de nouveau elle le laisse partir pour dix autres secondes de course et de vie, puis elle le ressaisit – et parfois pour toujours.

Terre ! terre ! terre !

Terre, avec tes plis de terrain, tes trous et tes profondeurs où l'on peut s'aplatir et s'accroupir, ô terre dans les convulsions de l'horreur, le déferlement de la destruction et les hurlements de mort des explosions, c'est toi qui nous as donné le puissant contre-courant de la vie sauvée. L'ébranlement éperdu de notre existence en lambeaux a trouvé un reflux vital qui est passé de toi dans nos mains, de sorte que, ayant échappé à la mort, nous avons fouillé tes entrailles et, dans le bonheur muet et angoissé d'avoir survécu à cette minute, nous t'avons mordue à pleines lèvres...

Une partie de notre être, au premier grondement des obus, s'est brusquement vue ramenée à des milliers d'années en arrière. C'est

Groupement de textes

l'instinct de la bête qui s'éveille en nous, qui nous guide et nous protège. Il n'est pas conscient, il est beaucoup plus rapide, beaucoup plus sûr et infaillible que la conscience claire ; on ne peut pas expliquer ce phénomène. Voici qu'on marche sans penser à rien et soudain on se trouve couché dans un creux de terrain et l'on voit au-dessus de soi se disperser des éclats d'obus, mais on ne peut pas se rappeler avoir entendu arriver l'obus, ni avoir songé à se jeter par terre. Si l'on avait attendu de le faire, l'on ne serait plus maintenant qu'un peu de chair çà et là répandu. C'est cet autre élément, ce flair perspicace qui nous a projetés à terre et qui nous a sauvés sans qu'on sache comment. Si ce n'était pas cela, il y a déjà longtemps que, des Flandres aux Vosges, il ne subsisterait plus un seul homme.

Quand nous partons, nous ne sommes que de vulgaires soldats, maussades ou de bonne humeur et, quand nous arrivons dans la zone où commence le front, nous sommes devenus des hommes-bêtes.

Erich Maria Remarque, *À l'ouest rien de nouveau*,
trad. d'Alzir Hella et Olivier Bournac, Stock, 2009.

PAROLES DE POILUS

Jean-Pierre Guéno a recueilli des lettres authentiques écrites par les soldats envoyés au front durant la Première Guerre mondiale. On y lit, entre autres, quelques lettres qu'Étienne Tanty, un étudiant en philosophie âgé de 24 ans en 1914, écrivit à son père. Blessé en 1915, il sera soigné pendant près de six mois avant de retourner en première ligne. Fait prisonnier en mars 1918, il fut libéré et rapatrié en décembre de la même année.

Il est neuf heures et demie. Je viens de prendre ma faction[1] ; il fait du soleil, et il gèle ferme. Je suis d'humeur aussi satisfaisante que je puis l'être puisque j'ai pu écrire et que les lettres ne vont certai-

---

note

1. ma faction : mon tour de garde.

Dans les tranchées

nement pas tarder à arriver. D'ailleurs, ce pâle soleil sans vigueur sur la terre fleurie de givre n'inspire pas le morne désespoir d'un ciel pluvieux et humide. D'ailleurs, inconsciemment, mon esprit est auprès de vous, et va des uns aux autres. Papa, à la permanence, avec ses gros cahiers d'espagnol, doit avoir gardé son pardessus et il me semble voir tes cheveux blancs frotter contre le parement de velours quand tu relèves la tête pour regarder au-dehors les lilas couverts de givre. Je vois maman remonter la rue Duplessis[1] avec son filet, hâtive, pour préparer le déjeuner, en ruminant ses rêves ; et les frimousses de ces demoiselles sous le cèdre du lycée de filles. – Mais, en levant les yeux, j'aperçois les corbeaux, la croix, et les percutants sifflent très haut, et se suivent sans relâche. Alors les images de la guerre m'empoignent et je revois l'horrible boucherie, la route de Montmirail à Reims, je respire encore la puanteur des champs couverts de débris et de charogne, je vois les faces noires, charbonnées, des cadavres amoncelés dans toutes les positions, au pied de Montmirail, et près desquels on se couchait en tirailleur, sans savoir sur lesquels on butait dans la rue, cavalant sous les balles prussiennes. – À chaque obus que j'entends éclater, j'éprouve malgré moi une impression de terreur religieuse. Il me semble, dans ce bruit sourd et lugubre qui succède au sifflement – et qui diminue insensiblement –, entendre des pères, des femmes, des enfants qui pleurent sur toute la terre, il me semble que la Mort pénètre, comme dans une gravure de Callot[2], dans un intérieur que je me représente paisible et doux, pour leur annoncer triomphalement, à tous ces visages angoissés qui se tournent vers elle avec épouvante : pour leur annoncer qu'à cette heure un malheureux est mort sur la terre – c'est un fils, un frère, un père. Malheureux eux-mêmes ! Car la joie des autres sera leur douleur, et le printemps prochain pour eux sera sans fleurs. – Foyers vides aux soirées des hivers prochains ! Quel Noël pour tant de pauvres enfants et de parents ! La vie n'est-elle pas assez

notes

1. Les parents d'Étienne Tanty habitent à Versailles : son père est bibliothécaire et professeur d'espagnol au lycée Hoche (lycée de garçons).

2. Jacques Callot (1592-1635), célèbre graveur qui perfectionna la technique de la gravure.

Groupement de textes

malheureuse ! et avec leurs douleurs, il faudra que des malheureux peinent pour faire vivre et élever leurs enfants ! Qu'est-ce que c'est qu'un Allemand, un Français ! Des milliers de familles, à chaque heure, sont sous la menace – et malgré tout ce qui s'y oppose en moi, il me vient par moments des accès de foi en un Dieu qui seul pourra venger d'une vengeance digne ces atrocités inhumaines.

Paroles de Poilus, dirigé par Jean-Pierre Guéno et Yves Laplume, coédition Radio-France et Librio, 2004.

LAURENT GAUDÉ, CRIS

Laurent Gaudé, né en 1972, écrit des pièces de théâtre et des romans dont *La Mort du roi Tsongor* (Prix Goncourt des lycéens 2002) et *Le Soleil des Scorta* (Prix Goncourt 2004). *Cris*, publié en 2001, est son premier roman. Il nous rappelle que les romans contemporains (Jean Rouaud, *Les Champs d'honneur* ; Marc Dugain, *La Chambre des officiers*...) continuent d'évoquer la Première Guerre mondiale et la souffrance des soldats.

Croisant les monologues de Marius, de Boris ou du médecin, Laurent Gaudé nous fait entendre les voix de douze soldats prisonniers de l'enfer de la Première Guerre mondiale. Jules est un de ceux-là ; au début du roman, il obtient une permission mais il ne parviendra pas à s'arracher aux voix (les « cris ») qui le hantent. Dans le passage qui suit, le jeune homme se dirige vers la gare pour prendre le train qui doit l'emmener à Paris.

Je croise de plus en plus de nouveaux. Par petits groupes affairés. Est-ce qu'ils comprennent d'où je viens en me regardant passer ? Est-ce qu'ils voient, à la façon dont j'avance, que je suis plus vieux qu'eux de milliers d'années ? Je suis le vieillard de la guerre qui rase les parois des tranchées. Le vieillard de la guerre qui n'entend plus rien et marche tête baissée. Ne pas faire trop attention à eux. Rester concentré sur mes jambes. Je dois tenir jusqu'au train. Ils prennent place dans les tranchées. Je connais le nom de ceux qu'ils

Dans les tranchées

remplacent. J'ai mangé avec les cadavres qu'ils ensevelissent. Mais que leur importe le nom des tués. C'est leur tour, maintenant, de jouer leur vie aux dés. Ils sont nombreux. Forts et bien équipés. Je ne suis plus un homme, comme eux. Je sors de la dernière tranchée maintenant. Voilà. La marche va bientôt cesser. La gare est là. Je lève la tête. Je n'en crois pas mes yeux. Une foule incroyable de soldats, d'armes et de caisses entassées. Des trains entiers ont dû se succéder pour déverser ce peuple de soldats. Ils piétinent le sol sans avancer. Encombrés par leur propre nombre. Ne sachant où aller. Attendant de recevoir des ordres. Attendant de connaître leur affectation[1]. Attendant pour monter au front et prendre position. Une foule entière. Une nouvelle vague pour tout recommencer. Je me fraye un passage. Nous sommes si peu à prendre le train dans l'autre sens. Je me fraye un passage au milieu de ceux qui vont me succéder. Ils ne tarderont pas à me ressembler. Je garde la tête baissée. Je ne veux pas qu'ils me voient. Je ne veux pas leur laisser voir ce que sera leur visage épuisé. Je suis le vieillard de la guerre. J'ai le même âge qu'eux mais je suis sourd et voûté. Je suis le vieillard des tranchées, je marche la tête baissée et monte dans le train sans me retourner sur la foule des condamnés.

Laurent Gaudé, *Cris*, Actes Sud, 2001.

---

note

1. *affectation* : lieu où ils doivent se rendre.

Bibliographie, filmographie, sites Internet

BIBLIOGRAPHIE

Des témoignages
Paroles de poilus, dirigé par Jean-Pierre Guéno et Yves Laplume, coédition Radio-France et Librio, 2004.

Quelques fictions par d'anciens combattants
Roland Dorgelès, *Les Croix de bois*, 1919.
Ernst Jünger, *Orages d'acier*, 1920 (auteur allemand).
Joseph Kessel, *L'Équipage*, 1923.
Erich Maria Remarque, *À l'ouest rien de nouveau*, 1929 (auteur allemand).
Ernest Hemingway, *L'Adieu aux armes*, 1932 (auteur américain).

Quelques fictions plus récentes
Marc Dugain, *La Chambre des officiers*, Lattès, 1998.
Sébastien Japrisot, *Un long dimanche de fiançailles*, Gallimard, 1991.
Bénédicte des Mazery, *La Vie tranchée*, Anne Carrière, 2008 (texte intégral).

Bandes dessinées
Jacques Tardi, *C'était la guerre des tranchées*, Casterman, 1993.
Jacques Tardi, *Putain de guerre !*, Casterman, 2008-2009.
Paroles des poilus, Soleil, Toulon, 2006-2008.

FILMOGRAPHIE

L'homme que j'ai tué d'Ernst Lubitsch, 1931.
La Grande Illusion de Jean Renoir, 1937.
Les Sentiers de la gloire de Stanley Kubrick, 1957.

Bibliographie, filmographie, sites Internet

Capitaine Conan de Bertrand Tavernier, 1996.
La Chambre des officiers de François Dupeyron, 2001.
Un long dimanche de fiançailles de Jean-Pierre Jeunet, 2004.
Les Âmes grises d'Yves Angelo, 2005.
Les Fragments d'Antonin de Gabriel Le Bomin, 2006.

SITES INTERNET

www.crid1418.org
www.cheminsdememoire.gouv.fr
www.historial.org

Crédits photographiques

P. 4 : photo André Jouanjan. **PP. 5, 7 :** photos Photothèque Hachette Livre. **P. 22 :** photo H. Manuel / Photothèque Hachette Livre. **PP. 44, 56 :** photos Photothèque Hachette Livre. **P. 48 :** photo collection particulière. **P. 80 :** photo Universal. **P. 93 :** photo Film Pathé-Natan. **PP. 126, 168, 222, 232 :** photos Photothèque Hachette Livre. **P. 259 :** Georges Clemenceau annonçant la proclamation de l'Armistice à la Chambre des députés le 11 novembre 1918, tableau de R. Rousseau-Decelle, photo Photothèque Hachette Livre. **PP. 268, 272 :** photos Photothèque Hachette Livre.

Conception graphique
Couverture : *Karine Nayé*
Intérieur : *ELSE*

Édition
Fabrice Pinel

Mise en page
MCP

Illustration des questionnaires
Harvey Stevenson

Achevé d'imprimer en Italie par Rotolito Lombarda
Dépôt légal : Avril 2009 - Collection n° 63- Edition 02
28/1446/5